远方有多远

乔巴 著

山东文艺出版社

图书在版编目（CIP）数据

远方有多远 / 乔巴著 . -- 济南：山东文艺出版社，
2024. 7

ISBN 978-7-5329-7183-1

Ⅰ . I267

中国国家版本馆 CIP 数据核字第 2024E2X623 号

远方有多远

YUANFANG YOU DUO YUAN

乔 巴 著

主管单位	山东出版传媒股份有限公司	
出版发行	山东文艺出版社	
社　　址	山东省济南市英雄山路 189 号	
邮　　编	250002	
网　　址	www.sdwypress.com	

读者服务	0531-82098776（总编室）
	0531-82098775（市场营销部）
电子邮箱	sdwy@sdpress.com.cn

印　　刷	山东临沂新华印刷物流集团有限责任公司
开　　本	890 毫米 ×1240 毫米　1 / 32
印　　张	10.375
字　　数	235 千
版　　次	2024 年 7 月第 1 版
印　　次	2024 年 7 月第 1 次印刷
书　　号	ISBN 978-7-5329-7183-1
定　　价	56.00 元

梦回故乡

——

给久久漂泊的人一个好梦
——回到故乡

还记得吗？绿皮火车穿山越岭
咣当咣当把你带到远方
从此，故土在天的那一边了
你遗落在那里的，是整个童年
以及早春时节未了的心事

那座小小的城
冬天很冷，雪花与童话无关
那里的夏天很长很长
邻家女孩的碎花薄衫总浸着汗珠
（她的汗珠不是咸咸的那种。甜）
她曾经悄悄递给你一封信
有好多错别字，却不影响表达
那座小小的城啊，春雨湿透街巷

燕子叽叽喳喳飞过屋檐
而秋夜幽蓝如水，月色如水
星河的涛声能让人失眠……

你知道远方有多远吗
问一问满眼寂寞的游子吧
只有他们懂得，故乡有多远
远方就有多远

目　录

第三辑　行者无疆

第四辑　故土苍茫

第一辑

海棠依旧

冷月清泉

一

都说一方水土养一方人，水和土，无疑是世间万物生生不息的根本。我的故乡在大山深处，山是喀斯特地貌的石头山，风光旖旎，土地却很贫瘠；至于水，既没有川流不息的大江大河，也没有一碧万顷烟波浩渺的湖泊。如此水土，似乎乏善可陈，唯县城东北隅的一眼清泉还算特别，千百年来碧流涓涓，四季不绝。我们的县城因泉而兴，直到二十世纪七十年代，芸芸众生赖以生存的，仍是这一眼泉，真应了"天赐荣泉滋我黎民"的说法。

此泉名为"龙泉"，县城里的人称其为"龙井"。无法考证这个名号起于何时，当是因了"水不在深，有龙则灵"的寓意。即便勺水容不下龙尊，也希望有潜虬在此修行，哪一天化龙入海，或羽化腾踔于九天之上，兴云作雾润泽万物，普通的泉便成了灵泉；小城沾上福气，说不定从此地灵而人杰，也未可知。

明万历年间，黔地改土归流，废龙泉长官司，改设县知事公署，县名沿用"龙泉"。民国初，内务部清理全国各县名称，同名者必改其一。"龙泉"与浙江一县同名，彼县建于唐乾元二年，比我们县早八百多年，何况浙地富庶，"钱塘自古繁华"，改谁不改谁显而易见。民间传说，自从民国三年更名为"凤泉"，县内洪潦连年，毁田倒屋不计其数，民不聊生；有高人一语道破天机，说凤在泉里无异于落汤鸡，哪里能活得安生？"凤泉"二字得改。不确定出于什么缘由，民国十九年四月，国民政府批准改"凤泉"为"凤冈"——"凤凰鸣矣，于彼高冈"，自然是再吉祥不过了。

泱泱中华，固自辽阔，不同的地方，山川风物的禀赋相去甚远。不过，无论高原平原江南塞北，几乎每个地方都能数出"八大名胜"或者"八大景观"，便是东拼西凑，总得够这个数。我们县也不例外，也有"八景"。康熙年间，知县阎光黼好游历，可惜皇命在身，远处不敢去，只好在自己的辖区里逛。阎知县也好诗文，一路游山玩水，一路推敲索句，吟成《龙泉八景诗》，第一首《龙湫泻碧》写的正是龙泉。恕晚辈妄言，在我看来，这首诗写得并不出彩，首句"迢遰山城胜景多"便落了俗，跟着的"龙湫浑浑极清波"仍在同一个套子里，全诗笔墨平淡，用典也嫌牵强，唯"珠玑万斛愁难尽，鳞甲三千寿不磨"两句略好。顺治戊戌科进士许延邵两朝为官，到了康熙年间仍在黔中，曾游龙泉并赋诗一首，里面有"休疑尺水无云雨，触石还能润九州"的句子，赞誉这眼泉能够"润九州"，话显然说过头了，润泽一方倒是毋庸置疑的。几十年后，同为康熙朝龙泉知县的张其文作《龙泉记》："龙邑城内东北隅有泉流石穴中，其深远不可测，名龙井，上有乱石横列，下流可通城外，而北折可溉千亩……"此文约二百字，附五言古诗一首，对龙泉的描述生动而精准，实为用情之作。

　　张其文是广东兴宁县人，康熙丁卯科举人。这位寒窗苦读的书生终于成了朝廷命官，做的第一个官便是龙泉知县。不远千里而来，张知县一进城门就愣住了，他看到两排东倒西歪的木房子，差不多家家户户关门闭户，中间一条窄窄的街道，除了几个影子般走过的行人，还有一条黄狗在懒洋洋地闲逛；城里不过百十户人家，百业萧条，连县衙也垮塌了多年。都说"官不修衙"，张知县新官上任便不得不赶紧修，否则没地方升堂料理公务。

　　不知道重建县衙花了多少银两、耗费多少时日，总之是修起来了，张知县松了一口气，率土之滨终于皇恩浩荡，这是大事。同时，从一件无关"保境安民""造福一方"的小事，更遂知县大人的意。县衙百步开外有一眼山泉，泉水"清冽沁冰齿"（张其文《龙泉记》）。一有闲暇，张知县踱着方步出衙门，总是径直往泉边去，掬一捧泉水畅快地饮下，再掬一捧润润脸颊，顿觉神清气爽，绕泉信步走一走，任水珠留在胡须上，也不擦。他甚至在夜深人静的时候打着灯笼过来，守着一潭碧水发呆，如《龙泉记》里写的："夜半笼灯坐，欲去仍徒倚。"那些寂寥的漫漫长夜，客居于更为寂寥的穷乡僻壤，如果月亮正好升起来，满目清辉撩人心绪，张举人会不会牵念宁江之滨的故里？此时此刻，一轮明月悬在天际，洪塘坪上石砌的客家围楼也沐着同样的月光，与龙泉县衙木楼的格局完全不同；流官的苦处藏在心头，切切乡愁不可与外人言……

　　张其文在龙泉县为官三载，彼时天下太平，城乡安宁，有机会兴学倡教、劝课农桑，算赶上了好时候。盛世修志，以期存史资政，张知县主持修撰《龙泉县志》，并将自己关于龙泉的诗文收录其中。他的继任者们就没这么幸运了。清朝后期时局动荡，黔地匪患猖獗，又加上号军起事，扛着大刀梭镖乃至火铳的各色人等横冲直撞，周边大大小小的城池连连沦陷，龙泉县城多次被围困，所幸都化险为夷。史料记载，咸丰九年，号军围城达三十一天，久攻不下，丢下千余尸首败走；同治元年，八支号军协力攻打龙泉，城外"贼逆十万之众，连营四十里"，苦战多日，最终被"擒斩数千，于是溃奔"；民国时期，匪老二等悍匪多次围攻县城，数千人枪反复冲杀，城池固若金汤。有人说，龙泉城不破，是因为龙井"有潜虬"，龙王爷在此坐镇，"乱臣贼子"哪里进得来。

不好说龙王爷是否坐镇龙泉，即便真的在，也未必过问凡间的纷争；而县城里有一眼清泉，打起仗来至少水源无忧，这或许是城池不失的一个重要因素。

二

县城里的人习惯称龙泉为"龙井"，大抵因为这眼泉的确更像一口井：参天古木之下，玄泉幽流于不可知的地方，即便走到近旁，也只能看到一个潭；潭似乎深，但看不出究竟多深，周边怪石嶙峋，墨绿的苔藓印证着悠悠岁月；潭的后方有一个溶洞，高一人余，洞口石刻"飞雪洞"出自咸丰早年龙泉知县陈世镳手笔。这位来自蜀南的知县也身逢乱世，与号军打得不可开交，虽然战事吃紧，嗜茶的习惯却改不了，照样每天亲自去龙井取泉水沏茶。丙辰年秋天的一个清晨，陈知县来到泉边，木桶汲满泉水，抬头一看，溶洞里缕缕青雾无声地飘逸上升，如絮如雪。他呆呆地看了一阵，回到县衙，脑海里满是雪花，挥之不去，顿觉心有所悟，遂写下"飞雪洞"三个大字。随后，陈知县一边指挥清勇与号军厮杀，一边找来当地最好的工匠，把"飞雪洞"三字刻成石碑，嵌于洞口正上方，石刻至今保存完好。

对龙井，人们的珍视是无出其右和无以复加的，里里外外设计之考究、修葺之精美，便是明证。潭是龙井的要害，周遭建了严实的栅栏，谁也不能随便进到里面去。正前方设青石井台，五个石雕水槽伸出三尺许，泉流汨汨，饮用水在此处汲。水槽往下，暗渠连着青石条砌成的长方形池子，专门用于洗菜和淘米；水池上横一座小巧精致的石拱桥，桥头的石狮栩栩如生。再往下是圆池，形似满月，面积比方池大出好几倍，同样为青石条砌成，用于浣洗衣衫被褥。如果要洗其他东西，则必须到圆池以下的水渠，泉水自那里流过，汇入城外的小河。人们取饮用水、洗菜、淘米、浣洗衣物以及其他东西，都在固定的地方，绝不逾越。

县城通自来水之前，龙井是唯一的水源。我家厨房里有一口大水缸，我清楚地记得，父亲每天下班回家，第一件事情就是挑着一对木桶去龙井，把水缸装满需要挑三担水。十二岁左右，我自告奋勇从父亲那里接过了水桶。既然一根细细的扁担压上肩头，我每天就必去龙井好几趟。木桶里只装大半桶水，挑起来还是趔趔撞撞，走过半截街道，穿过两条小巷，约莫七八百米的路程，至少需要停下来歇息两次，才能到家。我由此懂得，所谓担子，只有挑在肩上了，才知道什么叫"分量"。

男孩子早一些学会担当，应该是好事情，女儿家就不一样了；女人是水做的骨肉，天生娇弱，何况女孩子呢。但是，有的女孩子固然同样是"弱"的，却不能"娇"。与我家相邻的一户人家，夫妻俩生了四个孩子，唯一的女儿和我年纪差不多。我去龙井挑水时，经常遇到那个邻家女孩，背一只很大的背篓，里面装满了脏衣服，除了她自己的，还有她父母的，以及一个哥哥和两个弟弟的，不时还有床单被褥；她蹲在圆池边，把浸过水的衣物放在石板上，瘦弱的胳膊扬起棒槌捶打，看上去特别吃力。有时候，我挑起水桶往回走，碰巧她正好洗完衣服，一前一后穿过街巷，看到她背上的背篓一路滴着水，感觉未必比我肩上的一担水更轻；她那样瘦小，身子努力往前倾，勉强保持住平衡。我总在想，她的背篓是不是太过沉重了……

从我家去龙井，水巷子是必经的一条小巷。十四岁那年上初中三年级，我注意到隔壁班的一个姑娘，仿佛一朵特别的花蕾散发出特别的气息，唤醒了一个少年亘古沉睡的心灵，让我有了懵懵懂懂秘不可宣的心事，既兴奋又惆怅。她家住在水巷子里面更深的岔巷里，我从巷口走过，哪怕挑着满满一担水，也不由自主放慢脚步，朝着她家的位置着迷一般凝望。我还暗自猜测过巷子里哪一间屋子是她的闺房，想象她的窗帘、被褥和蚊帐是什么颜色。第一次对女孩子的闺房浮想联翩，我不由得胆战心惊，怀疑自己是不是变成了一个小坏蛋。以龙井和一条小小的巷子为背景，在我人生早期的底片上悄悄曝光的这个影像，时至今天仍然保持着最初的色泽。

多年后回想起来，那个邻家女孩也许并不愁苦，清泉涤净全家人衣衫的时候，也沐着她幼小的心，纯净质朴的灵魂不染尘埃；而隔壁班的"花蕾"绽放在哪一个春天，我不得而知……

我每天去龙井挑水，前后不过两年多时间。后来街上修起了自来水站，尽管也得去那里把水挑回家，一分钱一担，毕竟距离只有三五十米，轻松得多。再后来，自来水进到家里，水桶不再有用处，放在墙角，不久便裂了很大的口子。自来水是从八公里外的穿阡水库引过来的，虽为河水，但当年山岭间的河流未遭侵蚀，水质如山泉一般清冽。

只有一些老人，他们说自来水终归不如泉水好吃，提着一个小水桶，或者一只小水壶，依旧去龙井取水。

三

因为历史、时代和地域的局限，我们的小县城如一幅褪色的水墨画，注定是黯然而沉寂的；如果要在这幅画上找出那么一点点靓丽的色彩，就只有龙井了。

龙井最为热闹的地方，要数圆形水池。不管春秋冬夏，到了傍晚时分，人们仿佛约好了一样，或背着背篓，或端着大大小小的木盆瓷盆，提着形形色色的篮子，从四处聚拢来，在水池边围成一个大大的圆圈；清泉流淌之间，五颜六色的衣物漂在水里，从远处看过去很像花瓣和花蕊；木槌捣衣的声音错落起伏，伴着嘻嘻哈哈的谈笑声，气氛欢快而热烈。大家都知道，龙井的水夏天很清凉，冬日又变得柔和细润，温度总是恰到好处。浣衣人多为女性。照女性的性情，这家盐咸那家醋酸，家长里短的话题永远也说不完。比如，小城里几千人，柴米油盐生老病死，悠悠万事之中，男大当婚女大当嫁的事情总是格外惹人关注，稍有风吹草动，便成为议论焦点，人人津津乐道。

小学一位老师娶了邻县的一个女子，也是小学教师。新媳妇第一次去龙井洗衣服，因为人长得标致，眼睛大大的，鼻梁直直的，引起一场轰动。接下来的一段时间，城里满是有关这个女子的话题。有人说"想不到天底下还真有长得这么好看的女人"，这算赞美，自然很好；也有人说"长得好看也不能当饭吃"，这话不是毫无道理，但显然有妒忌的意思；还有人质疑新郎何德何能，小学里的教书匠娶了这么个漂亮媳妇，说"未见得是好事呢，哪个晓得靠得住靠不住……"这就蹊跷了，言下之意，似乎女人漂亮就一定不可靠，娶了漂亮女人的男人也一定时刻担着风险。过了几年，看到两个人依然恩恩爱爱，便有口皆碑了，说早就看出他们是天造地设的一对，注定会白头偕老，错不了。

那个年代，世风保守而拘谨，男女之情尤为敏感，明媒正娶的夫妻尚且可能招惹闲话，何况年轻人花前月下卿卿我我。县城很小，人们生活在狭窄的街巷之间，在同一片灰暗的瓦檐之下，虽然恋爱自由婚姻自主的法则不言而喻，但法则归法则，现实是现实，一不留意涉嫌"作风问题"，做人做事就难了。所以，当时男婚女嫁多靠"介绍人"牵线搭桥，进而结成"革命伴侣"，与"媒妁之言"无异，说法不同而已。古往今来，媒婆嘴里说出来的话，要看你怎么听。据说旧时的媒婆非常厉害，一旦开了口，树上的鸦雀也会自己飞下来，老老实实站着，任凭安排；不知道而今的"介绍人"有没有这份能耐。终于有人注意到，自己亲眼所见，总比媒婆也就是"介绍人"那张嘴可靠；而人来人往的龙井是一个特别的地方，能看到一些特别的景象，发现一些特别的东西。不难想象，每天挑着水桶来取水的小伙子，很大概率不是游手好闲之辈，他们应该愿意也可以担起生活的担子；水池边淘米洗菜浣衣的年轻女子，也多半勤劳贤惠，打理日复一日的日子不在话下，不找这样的女人还去找谁？

我有一个儿时玩伴，比我大两三岁，人特别朴实，性格内向。因为家里兄弟姐妹有四个之多，作为长子，考虑家里的实际，他甚至没有认真准备高考，一门心思要早点挣工资补贴家用，高中毕业就工作了。到了该成家的年龄，而他连"自由恋爱"的经历都不曾有过，家里人觉得不行，忙托亲戚朋友四处张罗。兴许是"介绍人"功夫尚欠火候，比不上旧时的媒婆，上哪家提亲都碰壁。我那位朋友心里清楚，家境贫寒不用说，自己的个头不足一米六，也是重要因素；就算不以貌取人，如此身板能不能扛起一个家庭的日子，难免让人犹疑。没想到，一个高出他差不多一头的姑娘愿意嫁给他，原因是两个人经常在龙井碰面，只是没有说过话。小伙子每天黄昏时分挑着水桶准时现身，一声不吭地取水挑走，家里人多，需要的水也多，他一般要往返四五趟；有时候还带来一大背篓脏衣服，洗好以后，先背上背篓，再挑起水桶往回走。姑娘正好也是每天黄昏时分到龙井来，淘米洗菜浣洗衣衫，间或一抬头，总能看到小伙子来来去去的身影，步履虽显局促，却迈得踏实，让姑娘的心也跟着踏实。他们的婚礼很简单，一年之后生了一个儿子，过两年又生了一个儿子。

泉为媒，龙井成就了不少美好的姻缘，不知道是因为泉水本身的灵性，还是两个池子一上一下、一方一圆的格局寓意很好，泉水长流不断，寓意更好。

四

我离开故乡外出上学，毕业后在外工作，每年春节才能抽出时间回去一趟，祭扫祖坟，探望父母，也和同学朋友聚一聚。在小城里停留数日，说不清楚为什么，我从来没想过要去龙井看一看。

有一年春节，我照例回家探亲。那天晚上，来我家里喝酒叙旧的朋友一一散去，我帮着母亲收拾碗筷，进厨房打开水龙头，水哗哗流出来，是经过电热器加热的热水。那一刻，我突然想到龙井，冬日里龙井的水也是热的，准确地说是温的。我在脑子里搜寻有关龙井的印记，大的轮廓还算清晰，细节却模模糊糊。那么，千百年来滋养过我的祖辈，也曾经滋养我生长的"天赐荣泉"，竟然被我淡忘了，这算不算一种背叛？

已近正月十五，刚刚立春，深夜走在小城的街巷间，风依然是凄紧而刺骨的。我家已经不在原来的地方，我刻意绕了一段路，沿当年挑水必经的水巷子穿过去，在缓坡上面停住，远远看到了龙井。

我们的龙井，的的确确是大不一样了。四周电线杆上的灯还挂在那里，以前是雪亮的，此时一盏也不亮。所幸当晚云层很薄，一轮皓月浮在天际，借着凄清的月光，能看到龙井边上那几株古树，印象中枝繁叶茂，怎么也变得稀疏凋敝了呢？我继续往前，心里怯怯的，仿佛去朝圣，又不知道神灵是否接受我的膜拜。就这样忐忐忑忑地挪动脚步，终于到了井台边，四下里空无一人。潭依旧很深，依旧围在水泥墩加钢筋条的栅栏里面，石雕水槽依旧有泉水流出来，但水流明显细了；"飞雪洞"仍在崖石下面，静得像一个梦境，石刻隐约可见。凝神好一阵，我回身去看另外一边，原来洗菜和淘米的方形水池上面，生冷的石桥被生冷的月光照得更加生冷，桥头的石狮子形影孤寂，神情无奈。走上桥面朝下看，月亮正好倒映在同样像一轮月亮的圆形水池里，景致固然是好的，却又显出无尽的落寞来。

那么，我看到的是从前的龙井吗？恍惚之中，我想起曾经在井台前担起水桶的那些肩膀，想起水池边浣衣女子曼妙的身影，竟分不清是自己的记忆，还是某种幻象，一切都恍如隔世，无法触及，不可追寻……于是我知道了，不是我一个人遗忘了龙井，是芸芸众生。而泉水还兀自流淌着，默默无言。

刘基诗云："蔚彼芳树，生于兰池；景风昼拂，荣泉夜滋。"这首诗写的不是龙井，也不是任何一处甘泉；这首诗写的是树，诗人的意思是说，得到了泉水夜夜滋养的"芳树"，才可能"蔚"然。圣人说"水善利万物而不争"，我们的龙井遵循着天地间亘古的道法，执着而又平润。如今，自来水可以顺着管道爬上高楼大厦，龙井像一个饱经沧桑的老人，爬不动了，心平气和地歇下来，远远看着小城越来越繁华，看着人们的日子越来越可意，看着人世长长久久的未来。这一眼清泉之中，似乎藏着庄严的隐喻，引人肃然……

月下观泉，心绪纷纭，不知怎么就想起了刘伯温的这首诗，在心里吟哦几句。要说我的心因此而得到了某种抚慰，其实未必。那天晚上，真正带给我慰藉的，是一个不期而至的陌生人。

我正打算离开龙井的时候，听到一串脚步声由远而近，心头不由得一颤。夜已经深了，谁还会来这个早已被人遗忘的地方呢？甚至，仅仅在这里踯躅了一会儿，我觉得连自己也被这个世界遗忘了。既然还有人来这里，那么是不是可以说，我们的龙井与外面的大千世界还有着不绝的牵系？还没有被彻彻底底忘记？循声望去，我看到一个人走过来，从步履和体态判断，是一个年轻女子，手上端着一个瓷盆。到了近前，她抬起头朝石桥上看了一眼，看到了我，并不在意，在圆形水池边停住脚步，双手拢一拢头发，随即蹲下身子，从盆里拿出衣服不紧不慢地清洗，木槌捣衣的声音跟着响起来，"飞雪洞"那边传来有韵的回声。女子把衣服浸到水里的瞬间，倒映在水池里的月亮散成粼粼波光，之后慢慢聚拢，仿佛静影沉璧，接着再散开；她的一双手就这样起起落落，在水面描画出变幻莫测的光影，满月一般的水池顿时充满生机。这时候，我觉得整个龙井从沉睡中醒过来了，或者说是从奄奄一息的状态下活过来了。看着浣衣的女子，我心的深处漫出一种类似于感动的情绪，至于为什么感动，我说不清楚……多年以前，即便数九寒天，小城里的人们照样来这里淘米、洗菜、浣洗衣衫，而此刻只有这一个浣衣的女子；也好在还有这一个浣衣的女子，让我相信龙井仍然和过去一样，哪怕天气再冷，泉水也一点不冷。迟疑片刻，我走下石桥，不去惊扰浣衣的女子，到一旁方形的池子边蹲下，伸手试了试，水温温的，滑滑的。

　　离开龙井往回走，我一路猜想，今夜除我之外唯一出现在龙井的这个女子，她为什么会在深夜里、在冷冷的月光下浣洗衣衫？她是谁家的姑娘，或者谁家的媳妇？

2022 年

父母爱情

到山东工作后，朋友推荐我看电视剧《父母爱情》，说故事发生在蓬莱北面的小岛上，情节引人入胜，黄海和渤海交界处的海岛也很漂亮。网上找到片源，这部剧竟长达四十四集，我没时间追剧，看了两集就打住了。隐约记得第二集的内容，上个世纪五十年代，海军军官江德福苦苦追求资本家出生的漂亮姑娘安杰。两个人的背景和观念性格相去甚远，成就一段美满的姻缘，波折是免不了的，这样才有可以讲述的故事。

因为片名，我想到了我的父母。那个年代的人有相同的命运，经历过的包括爱情在内的任何事情，都带着时代深深的烙印。

就在江德福追求安杰的同一时期，我的父亲幸运地考上了大学，从黔北大山深处的小县城去省城医学院读书。我们那个地方偏远落后，当年很少有人能在高考中"金榜题名"。父亲初中毕业后，县里的中学没有设立高中部，他必须到邻县上学，开学前一天背着行李步行四十多公里赶到学校，差不多要走整整一天，放假后回家同样要走一整天。父亲说，倒没觉得功课多么难，上学和放假时必须带的行李，却沉重得令人生畏：一堆课本的分量已经不轻，加上打成一个大包的换洗衣服和床单被褥，悉数扛在肩上，实在不堪重负。当时正是"三年困难时期"，尽管人很年轻，吃不饱饭照样没有力气，父亲走在路上，常常会冒出把东西统统扔掉的念头。当然，任何一件物品都是不能扔的。去省城上大学，他带去的还是那些衣服和床单被褥，一直用到大学毕业，再带回来。

走进大学校园的年轻人风华正茂，不难想见，与青春有关的心事一定会如约到来。我的父亲上大三的时候，因为一个偶然的机会，遇到了一个比他小五岁的姑娘，从此坠入情网。他们不大愿提及当年花前月下的情形，即便我问起来，也只是笑一笑，不肯细说。时代决定人的观念和行为，他们绝不至于多么浪漫，无非周末逛逛公园、看看电影，纵是"才会相思、便害相思"的心思烈焰一般燃烧，也演绎不出起伏跌宕的情节来。普通人的爱情故事大多平淡无奇，"男大当婚女大当嫁"加上"两情相悦"，便是全部道理。我的父亲和母亲普通得不能再普通了，他们在应该相遇的时候相遇，愿意一起往前走，于是就一步一步往前走。

陷入热恋的人多半乐观，总以为只要两个人携手同行，便可以走到花好月圆的那一天；而事实上，丛丛荆棘说不定就在前面，怎么绕也绕不过去。正如父亲的朋友何士光在中篇小说《草青青》里描述的那样，爱情"从来不曾只是向人们允诺轻柔和快乐，也不曾允诺每一个人到头来都一样，都终成眷属，白头偕老"。我的父亲和母亲是冲着"终成眷属"和"白头偕老"去的，但是，父亲大学毕业，派遣令上写着的工作单位是我们那个县的医院，也就是说他不能留在省城，必须回去，母亲是在省城出生和长大的，当时已经参加工作，在一家工厂里做会计。那么，人生中一个极为重大的难题，或者说一个必须做出的选择，不由分说地来到他们面前。几百公里外的山区小县城究竟何等模样，母亲一无所知，也从来没想过会去那么偏远的地方安顿自己的未来。按照户籍管理制度，离开省城很容易，若是离开以后再回来，则毫无可能。那一年母亲才十九岁，对于她，远方很远，几乎像天的尽头一样远，她该是何等踌躇。

《草青青》里的两个年轻人，遭遇的也正是这样一种局面，只不过他们做出另一种选择：几经权衡，姑娘留在省城，让自己的恋人独自去一个乡镇中学教书。晨光熹微之际，两个人在站台上依依惜别，用"人有悲欢离合，月有阴晴圆缺"的名句相互慰藉，说暂时分开算不得什么，相信一切终归会好起来的。之后呢？《草青青》里有这样一段话："年轻人的那一点感情无非只能生出一点有限的快乐，用来度过春风沉醉的傍晚是充裕的，用来支撑日复一日的不平安的日子，却未必能够……到头来，如流的岁月就会洗涤旧迹，而新的叶芽也会在难堪的寂寞之中生长起来，最后刺穿那一点点情感的外壳……"春风沉醉的傍晚也好，日复一日的日子也罢，当情感掺杂了得与失或者利与弊的权衡，他们的故事，也就只能有一种可想而知的结局……

当年，我的父亲和母亲面临抉择的时候，母亲的去留无疑决定着两个人未来生活的轨迹，进而决定着一切。七月的山城阳光灿烂，一旦离开自己的城市，前面的路很难说是草长莺飞还是凄风苦雨。我猜想母亲可能也是有过犹疑的，但是，她最终放弃了有关得失和利弊的权衡，断然提出工作调动申请，并迅速办理了户籍和粮食关系迁移手续，打理好最简单的行李，和父亲一起出发，去了"像天的尽头一样远"的地方。从省城到我们那个县，必须先坐一段火车，再转汽车，需要两天时间。

聊起往事，母亲告诉我，对于县城与省城的区别，她早有思想准备，终于身临其境了，一切还是远在意料之外。小县城里仅有两条窄窄的小街，两边是歪歪斜斜的瓦房，即便大白天，街上也冷冷清清；背街的地方还有一些茅草房，黄泥夯筑的土墙裂着大大的豁口，里面居然还住着人。想到今后要在这个地方把日子过下去，而日子是天长日久的，心里不免发虚。不曾料到，就是这样一座小城，也没有她的栖身之地。虽然拿着盖了鲜红大印的工作调令、户籍迁移和粮油供应划转手续，但县里无法安排合适的岗位，几经周折才在一所乡村小学找到了空缺。在计划经济时代，任何人丢掉"正式工作"都是不可想象的，母亲只能服从安排。她想起曾经看过的苏联电影《乡村女教师》，觉得自己有一点像瓦尔瓦拉·瓦西里耶夫娜。

母亲去的那个地方叫"何家坝"，大约二三十户人家，大大小小的木房子沿沙石铺成的公路两边排开，形成一段很短的街道，偶尔有汽车摇摇晃晃地驶过，卷起漫天灰尘。小学的校舍距离小街二三十步，一前一后并排着两栋木房子，一栋是教学用房，为数不多的几名老师在教室里教孩子们念书；另外一栋是教师办公室和宿舍，母亲带着我住的那一间在最右边，狭窄而矮小，黄泥地面，一张木床、一张旧书桌和一把藤编椅子是全部家具，墙壁上糊着旧报纸。两栋房子中间有一片不大的操场，同样是黄泥地面，两端各竖了一块篮球板。只要不是雨天，母亲上课之前把我放在操场上，由我自己爬来爬去，她可以透过教室的窗户看着我。

　　母亲说，在何家坝那几年，我差不多处于野生放养状态，浑身上下泥猴一般，两条粘满尘土的鼻涕黑乎乎挂在嘴巴上方，擦洗几遍还有痕迹，又好笑又可爱。

　　人们都说儿时的记忆朦朦胧胧如黑白照片，而我脑海里有关何家坝小学的记忆分明是彩色的。我至今还清楚地记得，学校旁边有一片稀稀拉拉的松树林，松针在枝头呈墨绿色，掉到地上的变成焦黄色，我很喜欢踩上去那种软绵绵的感觉，如踩在一层绒毯上；松树林的那一边是一条小河，或者说是一条小溪，流水泛起白色的浪花，我母亲和学校的老师都去那里洗衣服；往更远处看，群山莽莽苍苍，一直延伸到天边，天总是很蓝，云总是很白……我不大记得雨天的景色，也不记得夜色里的乡村小学是什么样子，也许是因为下雨的时候我很少在户外活动，晚上更不会出门。

　　何家坝离县城六七公里，路程虽不算远，也正好在公路边，回一趟家仍然不容易。记忆中，星期六下午放学后，母亲带我进城，星期天晚上赶回来，不耽误第二天上课。我们几乎没有搭乘过客车，每天从遵义开往县城的班车只有一趟，正午时分经过何家坝，返程车第二天大清早从县城开出来，时间怎么也凑不上。如果运气好，可以搭上路过的货车，有时也搭马车，家里的一个亲戚是马车夫，我们搭他的车最多。偶尔回忆起往事，我眼前总是跳出这样一个画面：马儿欢快地跑起来，马铃的声音一路丁零零响，我一路咯咯咯笑。母亲证实的确是这么回事，说我一坐上马车就特别兴奋，即便冬日里寒风凛冽，我在车板上冻得满脸通红，也还是咯咯咯地笑……

　　五年之后，也就是我满四岁的那年，县里在原来幼儿园的基础上组建第二小学，需要补充一批师资，母亲才从何家坝调进县城。母亲说，那时看到县城里窄窄的街巷、街边半开半掩的小店和街上三三两两走过的行人，以及夜里半明不暗的路灯，竟感觉无比繁华。

我对父亲的记忆，也是从四岁开始清晰的。在我的整个童年时代，记得父亲只给我讲过一次故事，其实是照着一本叫《红山岛》的小人书念了一遍。几十年过去了，我还记得那个故事：在东南沿海的红山岛上，穷苦渔民家出生的海英当了女民兵连长，与解放军一起打败窜犯海岛的匪特武装，军分区奖励他们一面锦旗，上面绣着"军民联防、铜墙铁壁"八个金光闪闪的大字。我当时刚上小学一年级，书上的字认不了几个，听得津津有味。我还想让父亲讲故事，拿着新买的小人书去找他，他总说没有时间。印象中，父亲的确比较忙，一早去上班，中午回来一会儿，匆匆吃了午饭又去医院，傍晚才回家，还三天两头值夜班。父亲说，医生的工作关系着人的生命，一丝一毫也马虎不得。

后来我才知道，在六七十年代，我们小县城的医院里专业人员奇缺，全院也没几个毕业于医学院本科的医生。父亲俨然名医，半夜里常有病人慕名找到家里来，即便素昧平生，也来者不拒，正应了"医者仁心"的说法。不过，要论在县城里受人敬重的程度，母亲绝不逊色于父亲，她当了几十年老师，可谓"桃李满天下"，走在街巷之间总能遇到自己的学生，不断有人热情而恭敬地叫她一声"老师"，其中不少人她已经记不得名字了。那种时候，母亲有一份成就感，更有一份自豪感。

我的父亲和母亲，一个医生和一个教师，在小县城里生活了几十年，细心支撑着一个家庭平平常常的日子。如果我们家有什么特别的地方，那就是父亲几乎不会做任何家务。他没洗过衣服，至今摆弄不了洗衣机的开关。他很可能也摆弄不了煤气灶和微波炉的开关，因为没做过饭。逛菜市场就更不用说了，香葱和蒜苗不都是青幽幽的吗？青菜和白菜、豆腐和豆花有什么不同呢？他看不出猪肉和牛肉羊肉的区别，鸡和鸭勉强分得清，鸭和鹅就未必了。

正所谓有作为才有地位，这样一来，父亲在家里便没有多少话语权，每月工资发下来，五十二元五角悉数交给母亲，自己做一个万事不操心的人。记得有一年过春节，他们商量请朋友来家里吃饭，得买几瓶好酒，当年买酒要凭"酒票"，父亲托人拿到几张，兴高采烈地回来，说："有双沟大曲呢，江苏名酒，烟酒糖公司经理说数量不多哦，给了我两张票。"母亲问多少钱一瓶，父亲说两块九，母亲说太贵了，父亲马上点头，承认的确太贵；习水大曲一瓶两元零四分，母亲还是嫌贵，父亲又拿出鸭溪窖酒的票来，一瓶一元八角六分。母亲说，习水大曲和鸭溪窖酒各买一瓶吧，父亲说各买一瓶最好。接着又问，是否买几包好烟，烟票也拿到了几张，上海卷烟厂的"大中华"和"凤凰"牌香烟，都是七角二分钱一包。母亲问各买两包够不够，父亲说够了，待客嘛，又不是自己抽，各买两包绰绰有余。

如今我远在他乡就职，两个老人已经退休，不愿意和我一起在外漂泊，留在故乡安度晚年。春节或者其他假期回去陪他们几天，我看到家里的大事小事仍由母亲做主，家务活也由她一手操持，父亲依旧是一个不操心的人。有时我劝母亲，家务事不要事无巨细大包大揽，老年人做点事情就当活动筋骨，对身体有好处。母亲说："你爸爸那个人，你又不是不晓得，他会做什么？"

父亲在一边辩解："怎么可能不会吗？其实我都会，是你不让我做，我有哪样办法咯？"母亲说："你真的会啊？那今天的晚饭你来做？正好，儿子好不容易回来一趟，你看看做点什么好菜。"父亲的声音即刻低了八度，说："做菜嘛，又不是哪样高科技的东西，要做也不是做不了……"话这样说，人却躲进书房，一个下午不出来。母亲感叹岁月不饶人，说："年纪大了，做的饭菜越来越不好吃，好在你爸爸不挑剔，我做什么他吃什么，问他好不好吃，他都说好吃。我们这个年纪的人，也吃不了多少。"

当然，只要有机会回家探望父母，住上三两天，买菜做饭一定是我的事情。我做的饭菜，他们觉得很好吃。

今年是公元二○二二年，我的父亲和母亲已经携手走过整整六十个春秋。历经漫漫岁月的浸润，他们变得旷达而平和，每一天都过得白日清风一般恬淡，爱情的归宿也许就应该是这个样子吧。

2022 年

乡　居

一

　　童年时代，我有过几次去乡下小住的机会，学校放寒假的时候，陪奶奶去她的老家。那是一个很小的山村，离县城大约十余里地，因为村里有一只酷似木桶的水井被叫作"桶井"。奶奶十七岁嫁到县城里来，此后几十年间，每年春节都要回去住一段时间，通常是过了大年初三就去，一直住到正月末。

　　爷爷因病去世时，我的父亲还未成年。听父亲说，他小时候常常和母亲一起去桶井村，后来到邻县上高中（当时本县的中学未设高中部），便不能再跟着去了。父亲大学毕业回到县里，在县医院当医生，工作比较忙；不过，到了正月初三那天，一定会送奶奶到桶井，再按约定的时间去接。有一年春节，父亲突然说要我跟着奶奶下乡，当时我大约五六岁，记不清自己是否愿意。携孙子回娘家是一件体面的事情，奶奶当然高兴，担心我不情愿，一个劲地给我说乡下多么好玩，比如可以上山挖冬笋，可以去放牛，还可以在晒谷场上玩风簸等等；奶奶能够想到的，大概也只有这些"好玩"的事情了。

　　除夕刚过，我父母开始帮奶奶收拾东西，正月里回娘家，村里的亲戚故交要走一走，总得有点礼物。那个年代物资匮乏，有钱也买不到东西，何况还没钱，千方百计地拼凑，能想到的都拿出来，也不过几包白糖和黄砂糖、几把挂面、少许点心和几块崭新的布料。初二晚上，奶奶便掩饰不住兴奋，来来回回地清点那些东西，逐一装到竹编的背篓里，嘴上没说什么，神情是满意的。初三大清早，奶奶天不见亮就起床，穿了自认为最体面的衣服，为一家人做好早餐，接着叫我起床，叮嘱我穿得厚一点，说乡下比城里冷；说好九点钟动身，老人家还是不断催促我的父母，生怕耽误了行程。

　　通往桶井的路只有一条。出了县城，先过一座桥，再沿河岸走大约三里地，在一株很大的枫香树跟前右转，就进了山。小路在田园和山坳间延伸，不断地上坡下坡，隐入密林，穿过灌木丛，越过小溪；"桥"是两根并在一起的木头，或者几块石头构成的跳蹬，只容得一个人踩着过去；等到爬上高高的山垭，视野开阔起来，远远看到一片农舍，那就是桶井村。那天上午，我和家人一路走过去，远处绕着薄薄雾岚的青山、近旁风姿万千的丛林和溪涧、亮开翅膀悠然飞过的不知名的鸟，明快的线条和更加明快的色彩完美地组合，带着草木和露水气息的风扑面而来，带给人清新而轻松的感觉。

　　我还记得，当年奶奶已年过花甲，在山路上走得却很快，把我们甩在后面好几丈远。父亲感慨地说，人越是上了年纪越是恋旧，奶奶在回娘家的路上健步如飞，便是明证。事实上，奶奶早已没有真正意义上的娘家，双亲过世多年，家里只有一个弟弟，也就是我的舅公。照当地风俗，把弟弟家当成自己的娘家，其实是比较勉强的；但是，毕竟血脉牵连在那里，所以她总想回去看看。

二

奶奶娘家所在的桶井村，当时叫西山公社桶井生产队。庄户人家的房子以一片晒谷坝和旁边的粮仓为中心，错落着散开，又被乡间小道和田坎路串联起来，树林和竹林之间，青灰的瓦房和枯黄色的茅草房露出深深浅浅的轮廓。水井离晒谷坝不远，石砌的井口，圆圆的，的确像一只木桶。

绕过水井边上的斑竹林，再走一小段田坎路，一栋瓦房出现在眼前，左边是牛圈和猪圈，形成一个半封闭的院子，前面的几株柚子树枝叶茂密，右边还有几株李子树。房子的柱子立在石磉上，黄泥地面，屋檐下堆着干柴和干茅草，旁边放了几把锄头；堂屋居中，一张方桌和几条木凳子便是全部家具，角落里有两只竹背篓，墙上挂着蓑衣和斗笠，此外再没有别的东西了；堂屋左边的两间屋子住人，右边也是两间屋子，后面一间住人，前面一间是厨房，灶台正前方并排着两个灶孔，上面的两口铁锅特别大。从屋子里往外看，木板壁裂着很宽的缝隙，光线一缕一缕射进来，平时肉眼看不见的尘埃显现在光柱间，缓缓浮动。奶奶在这个家里出生和长大，直到花轿来到门前，唢呐声响起……

知道奶奶通常是初三那天来，舅公和舅婆刻意在家等着。见我们一家人到了，舅公从堂屋门前的木凳上起身，往前挪动几步，站了片刻，又回身到堂屋前，撩起衣服的下摆把所有凳子擦拭一遍。听到声音，舅婆也从里屋迎了出来。我察觉到，舅公虽然没说话，但明显是很高兴的，又显出几分不安，家境如此，似乎日子的苦寒是他的错，并为此而深深愧疚。舅公左眼失明，眼眶深陷，当时五十来岁，看上去却像六七十岁的老汉，穿一套蓝布衣服，两边裤腿的膝盖处补了很大的补丁，头上包着洗得很旧的白布帕子。我觉得他整个人都干枯了，像一截枯木，满脸皱纹如皲裂的树皮，一双手如枯槁的枝丫，散乱的胡须如干透的茅草，手指骨节突出，指甲很厚，里面藏满黑色的东西。舅婆是一个老实本分的农妇，神情透出知命认命的平和，也分明带着忧伤……

　　舅公和舅婆把我们领进屋里，往火笼坑里添了一捆干柴，说路上一定冷了吧，快坐下烤火。乡下人家的火笼坑，就是在屋子中间的地面挖出的一个土坑，粗细不一的杂木枝丫在里面噼噼啪啪地燃烧，火苗忽明忽暗；也烧一些灌木的树根，当地人称为"疙笎"，浸满泥土的潮气，烧起来直冒青烟，呛人。乡村的隆冬时节，围着火笼坑烤火是唯一的取暖方式。

　　寒暄几句之后，舅婆去厨房做饭。我好奇地跟过去，看到大铁锅里的水已经烧开，舅婆把甑子放上去，再把用筲箕滤出米汤的半熟的米粒倒进甑子，接着从灶前的炕架上取下腊肉和香肠，在一只木盘里用清水反反复复地清洗，放入旁边一口铁锅上的蒸笼里，转身出去，一会儿就摘回了蔬菜和香葱……那天中午的饭菜是丰盛的：香肠猛火清蒸，浓浓的香气在屋子里弥漫，诱人食欲；腊肉蒸熟以后加蒜苗炒，入口满嘴的油脂，却不腻；此外，米汤烩洋芋、清炒萝卜片都很好吃，水煮白菜苔蘸煳辣椒特别下饭。舅婆唯恐简慢，说乡下就这个条件，对不住了。奶奶坐在上席，表情严肃而满足，娘家倾其所能的接待令她脸上有光。

午饭之后，大家围着火笼坑坐下，有一句无一句地闲聊。舅公不说话，反反复复地卷手上的叶子烟，指头粗糙而有力，很硬的烟梗也能轻易揢断。舅婆说得多一些，话里话外透出隐隐的无奈，说家里六张嘴巴吃饭，总有这样那样的难处；不过，只要没个三病两痛，生活也勉强拉扯得走。他们家有两个儿子和两个女儿，大儿子二十岁出头，大女儿十七八岁，都在生产队做农活挣工分，一年辛苦下来，分到手的口粮还是不大宽裕；小女儿十岁出头，每天要打猪草，过年想吃上肉，家里至少得喂两头猪，其中一头平价交售给县里的生猪仓库，拿到"肥猪票"（交售证明）才能在生产队分口粮；唯一"吃闲饭"的是小儿子，才六七岁。舅婆说，好在近年又给农户划了自留地，虽说只有几分地，毕竟可以种点萝卜白菜葱葱蒜蒜，除了自家吃，挑一些到县城里卖给居民，能换几个盐巴钱。胆子大的农户还养鸡养鸭，赶场天拿到集市上去卖，市管会不大过问；而在前些年，这是"走资本主义道路"，一旦遇到"割尾巴"，往往鸡飞蛋打，得不偿失。舅婆说，要说日子好过，还是"三自一包"的时候，各家各户安排庄稼，没人磨洋工，打下的粮食多，交完公粮剩下的都归自己，养鸡养鸭也随便，卖了就是钱。舅公听到这话，假装咳嗽几声，舅婆停顿一下，嘟嘟囔囔地说："家里人摆龙门阵，怕哪样吗？又没到外面去说。"舅公没吱声，把一匹叶子烟塞进烟斗，从火笼坑里抽出一根枝丫，鼓起腮帮子使劲吹气，火苗冒起来，赶紧把烟杆凑上去。

直到我父母起身告辞，舅公坐在那里，始终没有说过话，若不是他一直在卷叶子烟，一直在吧嗒吧嗒地吸，就完全是一尊木雕了。

三

初到桶井的那几天，天色一直阴沉着，间或还飘起绵绵的雨，村子和周围的山野浸在雾气中，冷冷的，湿湿的。我的乡居生活就这样冷冷地湿湿地开始了。

"风雨凄凄，鸡鸣喈喈……"桶井的黎明不仅有喈喈鸡鸣，还交织着如诉的鸟鸣，中间夹杂了远远近近的狗吠和牛哞，回声悠远。淡淡的天光从木窗户透进屋来，四下迷迷蒙蒙，我睁开眼睛，还没完全清醒，就感觉到一股浸入骨髓的寒意。房子四壁透风，床又直接架在黄泥的地面，屋顶上瓦片稀稀拉拉，能看见星星点点的亮光，不知道风是从哪个地方钻进来的，但的确钻进来了。这样的早晨，即便拥着被子，还是冷，特别特别冷。舅公的小儿子和我一个房间，在一张床上各睡一头，他还在呼呼大睡。我心里想，这种天气掀开被子爬起来，得冷成什么样子啊。

这时候，舅公家的人已经陆陆续续起床了，木房子不隔音，我几乎能听到每一间屋子里的动静。先是舅公的咳嗽声，接着是舅婆的咳嗽声，沧桑的岁月一般嘶哑。过了片刻，堂屋里的木梯有了响动，步子敏捷而厚重，大儿子也起来了，他住在楼上，而楼上甚至没有完整的屋子，房梁间搭着几块木板，被褥铺在木板上。另外一边厢房的门也吱呀一声打开，那是两个女儿的房间，跟着就听到水桶挂上扁担的声音，大女儿说她先去挑水，大儿子说我去吧，大女儿说还是我去。过一会儿，挑水的人进了厨房，水哗哗倒进水缸。水声响过几次之后，我听到舅婆催促小女儿起床，说猪草不多了，赶紧去打一些回来。小儿子突然醒来，三下两下穿上衣服蹦出去，在外屋嘻嘻哈哈地吵，听不清说什么。

我起床时，舅公家大人孩子都不在屋子里，只有奶奶一个人坐在火笼坑前面，用一把木梳子梳头。按说，舅公家也算人丁兴旺，气氛却比较冷寂。

后来我才知道，春节后的这段时间是农闲季节，只要上面不布置特别的任务，生产队一般不安排集体出工。庄稼人习惯日出而作，闲不住，正好趁这段时间做点自己的事情，一家人各忙各的。舅公一大早去后山挖疙篼，柴火是每天要烧的，多打一些放着心里踏实；大儿子砍回几捆水竹，用柴刀划成细细的篾条，编一些箩筐和撮箕，赶场天拿到集市上多少能卖几个钱；舅婆和大女儿打理自留地，一挑接一挑地挑粪补肥，地里的菜长得很好；小女儿应该是打猪草去了。

当年，乡里的人家一日两餐，也就是早饭和晚饭。做饭是舅婆的事情，她在自留地摘了当天要吃的菜带回来，点燃灶火，从水缸里舀水洗菜淘米，插空剁猪草，动作非常麻利。灶台上两口大铁锅，左边一口做饭，右边一口煮猪食，两边同时动作。待到田坝上雾气散尽，早饭已经摆上桌子，家里人约好了似的，前后脚一一回来，坐下吃饭，奶奶依旧坐在上席，舅公紧挨着她。舅婆先把煮好的猪食舀进木桶，大女儿赶紧接在手上，提着去猪圈喂猪，忙活一阵才来吃饭。洗碗刷锅是大女儿的事情，舅公和大儿子坐在火笼坑边上抽叶子烟，一言不发。舅婆做饭的时候，奶奶也搭手，帮着清洗滤过米汤的筲箕，把碗筷摆上餐桌，或者坐在灶孔前添柴传火。过了晌午，大人孩子又出门了，还是只有我和奶奶在家。

开始那几天，奶奶带我在村子里走了几家亲戚。我看到每一家的境况和舅公家都差不多，我们起身告别时，主人嘴上挽留，说吃了饭再走吧，自己却先站到门口，显然是送客了。奶奶深知乡里的难处，绝不留在别人家吃饭，还叮嘱我，人家给的东西，不管吃的用的，先接下来，要道谢，出门的时候悄悄放下，千万不要带走了。

奶奶说的那些"好玩"的事情，其实并没有我想象和期待的那样好玩：冬笋是集体财产，不能随便挖；耕牛也是生产队的，家里没有养牛，所以不能去放牛；晒谷场上的风簸倒是可以去摇一阵，却单调无趣，玩过几回就不想去了。

四

舅公家大儿子个子高高的，皮肤呈古铜色，一眼就可以看出满身的力气。我到桶井没几天，他被生产队安排去冬修水利，打起背包走了。舅公的大女儿小名"香蛮"，我叫她"香蛮孃"。过了正月十五，每天清早出工的哨子响起，她扛着锄头出门，除了回来吃饭，一整天都和生产队的男男女女一起在地头做农活。舅公的小女儿比我大不了多少，却是长辈，算我的表姑。奶奶让她带我去打猪草，我跟着跑了几天，看田坎边和野地里的青草都长得一个样，不知道哪些可以喂猪，傻傻地跟在小表姑身后，觉得很尴尬。

舅公家小儿子比我小三岁，我叫他小表叔。小表叔长得精瘦，性格活泼，大清早就出去疯玩，不到吃饭的时间不回家，还常常惹祸，比如与邻家孩子打架，把人家打出鼻血了，被舅婆屋前屋后追着打。舅婆下手不轻，手上的竹丫扫帚非常铁实，是真打；小表叔不认错，也不哭，第二天照样出去疯玩，照样闯祸，回家接着挨打。我跟小表叔去玩了几次，玩伴是住在附近的七八个男孩子。我们分成两边"打仗"，找一根树枝或竹竿当冲锋枪，随手抓起泥块石块当手榴弹，坡上坡下田间地头到处跑。一场"战役"结束，因为谁胜谁负而争论不休，吵不清楚就直接打群架。村里的孩子皮实，每次徒手格斗，我总是战斗力最差的一个，被"敌方"嘲笑不说，还被自己一方嫌弃。下雨天不方便上山"打仗"，改在晒谷场上摔跤，他们中间即便比我小的，我也摔不过，再不愿意和他们玩了。

这样，多数时候，我就只能待在舅公家里，整天围着火笼坑烤火，百无聊赖。

山里的冬季，天黑得早。一家人都回来的时候，屋子里已经完全暗下来，饭桌上那盏煤油灯拨得再亮，也不大能看清碗里的菜。天气太冷，晚饭之后唯一能做的事情，就是坐在火笼坑边上闲聊。柴火噼噼啪啪地燃烧，火光给每一个人的脸庞涂上一层猩红，老人的皱纹更明显，神情更苍老，年轻人的肤色更红润。四周板壁裂着很宽的缝，冷风不时吹进来，哪怕火再旺，面前烤得发烫，后背也还是冷飕飕的。去房间里睡觉需要不小的勇气，只要离开了火笼坑，人就冷得禁不住打战。所以，我每天都睡得很晚，后来干脆穿着衣服睡觉。

事实上，到桶井没几天，我就发现乡间的夜晚实在难熬，人置身其间，仿佛坠入一泓深深的潭，坠入无边无际的寂静和寂寞。我看到夜幕沉沉地压住山岭和田园，门外黑黢黢的，勉强能分辨出院子边上柚子树和李子树绰绰的影子；远处一星半点的灯火闪一下，转眼隐去，过一会儿又闪一下，不知道灯下的人是谁，他们在做些什么。我总觉得暗处藏着某些神秘的东西，睁大眼睛又什么都看不见；我甚至隐约听到过某种神秘的声音，忽远忽近，静下心来又什么都听不见了。如果不是偶尔的几声狗吠，很难想象外面的世界是否还存在。

五

原本说好在舅公家住到正月末，但是，大年十五之后，我就不大待得住了。乡居生活单调是一个原因，而更重要的一个原因，是每天的晚饭引出的麻烦。来舅公家之前，父母就提醒我，说乡下不比城里，舅公家也不比家里，吃饭不能挑食，有什么吃什么，更不准要求特殊照顾，问题恰恰出在"特殊照顾"上面。

庄户人家的早饭大约安排在十点钟。说是早饭，其实并没有饭，主食多是蒸红薯，加上炒干玉米粒（当地人称"苞谷泡"），配一大锅熬得很清的油茶，上面漂着几点象征性的油星星。我觉得蒸红薯很甜，苞谷泡很香，一开始吃得津津有味，过几天便有些反胃，肚子气鼓鼓的，老是放屁。舅婆问我吃得惯不，奶奶抢过话头说吃得惯的，我赶紧说吃得惯，好吃。晚饭在天擦黑的时候上桌，有菜，也有饭；菜主要是自家园子里种的蔬菜，炒白菜、炒萝卜丝之类，几乎没有油水，油炸干辣椒撒上盐算好菜，玉米面炒酢辣椒就更好，因为费油，不是每顿都有。甑子里蒸了两种饭，一多半是苞谷饭，边上有很少的大米饭。家里人不让我自己盛饭，每次都是舅婆盛了递给我，满满一碗全是大米饭，而其他人的碗里则是苞谷饭。好几次我说要吃苞谷饭，舅婆说娃娃的肠胃精贵，吃苞谷饭容易隔食，奶奶跟着说："喊你吃哪样你就吃哪样嘛。"有一次，小表叔说他也怕隔食，要和我一样吃白米饭，舅婆狠狠瞪了他一眼，说："隔你的脑壳，一天到晚飞叉叉的到处惹祸，你还隔食？要吃就吃，不吃就把碗放起！"小表叔埋头扒拉碗里的苞谷饭，嘴巴周围沾满了黄黄的苞谷糁子。

我知道他们是刻意照顾我，但没有太在意，毕竟年纪太小，想不到那么多。直到有一天，我听到小表叔跟舅婆顶嘴，听了他们说出的那几句话，才明白这种照顾意味着什么。

那一天，小表叔好像又闯了什么祸，被舅婆追着打，一直追到猪圈旁边。乡下的猪圈和茅房是一体的，我正好上厕所，他们都没看到我。以前小表叔挨打是从来不哭的，那时却呜呜地哭。我没听到他们之前说了什么，只听到小表叔说舅婆偏心，为什么家里的白米饭只给我一个人吃，还说"城里的娃儿有哪样了不起嘛"。那一刻，舅婆举起的竹丫扫帚停在半空中，没打下去，语气缓和下来，说人家年纪小嘛。小表叔说我年纪比他还小啊，舅婆说你是表叔，长辈应该让着晚辈嘛，再说人家是客人，要忍嘴待客。小表叔说我不管，我就要和他吃一样的饭。舅婆叹了一口气，对小表叔说："你不晓得啊，家里只有两升多米，就算一个人吃，都怕吃不到正月底，哪够你们两个人吃啊？"她伸手摸了摸小表叔的头，说等八月间搭了谷子，新米下来了，天天煮白米饭给你吃，好不好？……

我从猪圈边上悄悄走开的时候，小表叔还在断断续续地抽泣。我的心却纠结起来，有一块什么东西堵在胸口，怎么也散不开。舅婆和小表叔的话令我惭愧，好像又不仅仅是惭愧，可以肯定的是，我给舅公家添麻烦了。当天晚饭时，我的饭碗里照例是白米饭，我起身到甑子边，把饭倒回去，重新盛了一碗，全是苞谷饭。舅婆问我咋个了，我说苞谷饭香，我想吃。奶奶看了我一眼，没有说话，一家人都没有说话。那天以后，我就自己去甑子里盛苞谷饭，也没人管我。

老实说，我想回家了，但不敢给奶奶说。最早看出我不大自在的是香蛮孃。有一天傍晚，香蛮孃收工回来，把锄头靠板壁放好，见我一个人坐在门槛边，问我为什么不和她弟弟一起去玩，见我不说话，她笑了笑，说乡下是不大好玩。晚饭后，香蛮孃洗完锅碗瓢盆，在火笼坑边上挨着我坐下，问我是不是想回家了。我说也不是想回家，只是不知道去哪里玩。过了一会儿，她用火钳在火笼坑里拨弄几下，拨出几个黑乎乎的东西，拿起一个放在手上拍打一番，轻轻撕去外皮，递给我，是烤红薯，一股特别的香气立刻弥漫开来。她收工回来就把红薯埋进火笼坑了，说柴灰里烤的红薯最好吃，如果我喜欢吃，她天天给我烤。那的确是我吃过的最好吃的烤红薯。

我和奶奶没在舅公家住到正月底，直接的原因是我身上长了虱子。那种我从未见过的小动物很讨厌，藏在毛衣的缝隙之间，捉不干净，而且越来越多。奶奶知道了，对舅公说："看来，得带孩子早点回去咯。"舅公说："那就带个口信进城去，让他们来接一趟。"奶奶说："算了，他们要上班，时间不一定凑巧。我们自己回去。"舅公说："也好，我送你们。"

第二天的早饭不再是蒸红薯和苞谷泡配油茶，舅婆把挂在灶前的最后一块腊肉取下来，配干辣椒和蒜苗爆炒，还炒了几道新鲜蔬菜。我盛了一大碗苞谷饭，舅婆夹给我一大块肥瘦相间的腊肉，我吃了，又夹给我一块，我夹给了奶奶，奶奶夹还给我，说你自己吃嘛，我又吃了。

吃完早饭，舅公背着背篓送奶奶和我回家，背篓里装了一些白萝卜和胡萝卜，还有板栗和核桃……

六

回到家，母亲赶紧烧热水让我洗澡，接着又烧了一壶滚烫的开水，把我换下的衣服烫一遍，细心清理衣缝间的虱子。毛衣也烫了，清洗后拆成两大团毛线，母亲说等有时间了重新织。我给父母说起在舅公家遇到的事情，父母说他们其实是想象得到的，每年送奶奶去桶井村，除了带上礼物，总要帮补舅公家一些现金。他们说，看来光给钱还不行，以后还要带一些粮票。

乡村的寂寥和窘迫，只是桶井村留给我的记忆的一部分。回想起来，我所看到的那些山梁和山谷、小溪和小河、高高的杉树和矮矮的火棘、长了庄稼和没长庄稼的田园、带板壁的农舍和带栏杆的猪圈牛圈，是那么纯粹和纯净，风景画与风俗画融着千百年来农耕文明厚重的历史，透出动人心魄的魅力。对于面朝黄土背朝天的日子，我的舅公和舅婆并没有太多抱怨，他们唯一的奢望，只是通过自己的劳作吃上一顿饱饭。如果诚实和质朴是一种美好，他们的形象则无疑是人世间最美好、最值得敬重的。还有我的大表叔、大表姑、小表姑、小表叔，以及桶井村里的老老少少，他们健美的体魄、谦和的面容、明净的眼神和爽朗的性情，处处昭示着山野坦荡的品格，毫无修饰却感人至深。我不知道他们在想些什么，那些被人们称为"人生"或者"价值"之类的概念，他们是否思索过，是否在意……

　　当然，有关舅公家晚饭的记忆，我是更不可能忘记的。只要想起在桶井村的乡居时日，我眼前最先浮现出来的，就是那个热气腾腾的甑子；甑子边上的一点点白米饭，被黄澄澄的苞谷饭映衬着，形成一种反差，诠释着苦寒之中的那一份善良最深刻的寓意。因为这段记忆，此后的几十年间，我最怕的事情就是给别人添麻烦，特别是添那种别人力所不能及而又努力为之的麻烦。人活在这个世界上，亲友之间、同事之间乃至仅仅是认识的人之间，是免不了要相互帮衬的，当一些事情来到跟前，带着大大小小的好心或好意，我总会寻思别人是不是为难了，他们为我做的这些事情，很可能付出了不为人知的代价，只是他们不肯说；而爱你的人、在乎你的人以及很多善良的人，他们往往就是这样做的。所以，我经常谢绝别人的好意，更不会轻易有求于人，我知道，这样可以最大限度减少让人为难的可能，从而减少自己内心的负重，让自己的心灵轻盈一些……

　　说来也奇怪，后来很多次跟奶奶去桶井，同样是冬天，也不便洗澡，却再也没有长过虱子。上了初中，我再没有陪奶奶去过桶井，后来外出上大学并在外地工作，就更没有机会了。

　　一九九六年八月二十二日，奶奶在接近九十的岁数上无疾而终，没能看到孙子完婚，或许是老人家最大的遗憾。因而，一九九九年三月，我回故乡举办婚礼，舅公出现在眼前的那一刻，我仿佛看到了奶奶，眼睛一阵发涩。照当地风俗，年过八旬的舅公从桶井赶来给我挂红，亲手将一匹鲜红的红布披在我身上，看上去特别喜庆。那时舅婆已经不在人世了，舅公穿的依旧是一身洗得很旧的蓝布对襟衣服，头上包着洗得很旧的白布帕子，脚蹬一双洗得很旧的解放鞋，挂一根拐杖，失明的那一只眼睛陷得更深，更像一截干枯得不能再干枯的枯木。与舅公交谈，我知道桶井村已经通了公路，而他是拄着拐杖一步一步走来的，也打算拄着拐杖一步一步走回去。

　　县城里的婚宴是简朴的，家门前的院子里搭上灶台案板，摆上几张方桌，亲朋好友帮忙做饭炒菜，客人来了找一张桌子坐下，吃饭喝酒都很随意。我陪着舅公吃饭，他喝了小半碗酒，吃了一小碗饭，放下碗筷，说要回去了，不然天黑了路不好走，蹒跚着挪动脚步。我赶紧回屋里抓起车钥匙，追出去拦住他，扶他上车，照他指的路线朝桶井村开去。一路十多分钟车程，舅公一句话也没有说。车子一直开到他家近旁的晒谷坝，谷仓还矗立在原来的地方，檐下的风簸还在，舅公家住的还是那栋瓦房，带着时光年深月久的印记。我为舅公打开车门，扶他下车，他还是不说话，也不问我要不要去他家里坐一坐，只是看着我。

　　我知道，舅公那样看着我，就什么都说了……

2022 年

街巷之间

　　故乡小县城街巷的格局，在当年是简单得不能再简单的：街面很窄，铺着细碎的砂石，两边的木房子低矮陈旧，檐角挂着蜘蛛网。谁也说不清这些房子是什么时候建起来的。当然，这无关紧要，有了房子就可能有家，就有机会生生不息繁衍下去。小城里，人们的日子过得泰然，且不说惊心动魄的大事，连邻里之间的纠葛也不多见。

　　城虽小，毕竟是我日日面对的整个世界。上学之前，我差不多每天在街上玩。父母上班没时间管我，奶奶宠爱长孙，不管我；一大堆孩子约在一起推铁环、打三尖角、赌糖纸和烟盒什么的，弄得一身脏兮兮的像个小叫花子。上了小学，功课也不重，下午放学很早，还是满大街玩。

　　街巷之间有不少商店，其中县烟酒糖公司的专卖店最为诱人，那里承载着我童年时代对甜蜜的渴望和幻想；而渴望和幻想总是难以实现的，不然就不会渴望，也不能称其为幻想了。此外，饭店也在我的关注范围内，中心饭店离我家最近，大清早就开始卖热腾腾的米糕、包子和油条，价格一样，五分钱加一两粮票，再多两分钱可以买一碗豆浆。我小时候特别馋，上学前去中心饭店买早餐，总是在想，如果每一个品种都能买一份，该有多好。

除了国营商店，街巷两边还有一些小小的商铺。铺子大多非常简陋，把自己家房子临街的一面打开，两条长凳上搭着门板，东西摆上去就可以了，实际上就是小摊贩。当年，这种行为是不符合政策的，小商小贩属于私有经济范畴，据说有复辟资本主义的危险。但是，县城里相当一部分人没有"正式职业"，不能在某一个单位按月领工资，他们要生活，总得想办法。于是，这样的人家做点小生意养家糊口，也就不能管得太认真。

我父亲的大姐——我的大姑，就是这样一个小摊贩。大约在我出生那年，姑父被判刑劳动改造，姑姑一个人在家，屋前搭一块门板卖点针头线脑维持生活。这种小摊平时根本没有生意，赶场天乡下人进城来买东西，才多多少少卖一点钱。后来农村"割资本主义尾巴"的动作越来越大，庄稼人自留地里种的东西、房前屋后树上结的桃子梨子板栗核桃等，只能自己吃，不能拿到集市上卖；家里养几只鸡、几只鸭，以及为数不多的鸡蛋鸭蛋，也一概禁止出售。每逢赶场天，手臂上戴着红袖箍的人到处转，街面上冷冷清清，姑姑"生意"的境况可想而知。

有一段时间，姑姑的"生意"几近"破产"，小摊子不摆了，不是她自己不摆，是不允许摆。好在新的政策随后出台，姑姑和街上几个同类的小摊贩被集中起来，办了一个"大集体"性质的"街道日杂商店"。店铺用的是我姑姑的房子，临街的部分略加改造，前台增加一排柜子，后面有货架，真像个商店。姑姑说集中起来也好，进货渠道正规，而且不用求人，以前去纸厂进点草纸还战战兢兢的，生怕别人一不高兴就不给了。唯一不大满意的，是同在一个店里，比她年纪大很多的一位老太婆每月工资十九元，而姑姑只有十七元，她想不通，但想不通又怎样呢。

在"史无前例"的时代，"斗私批修"是不留任何死角的。我家旁边住着一个孤老太婆，大家都叫她"陈大孃"，满头白发，三寸金莲的小脚走起路来颤颤悠悠，令人担忧。老人的全部生计，是一个背篓和一张簸箕，从乡下亲戚那里买一点葵花子和花生，用背篓背回来，一点一点炒熟，再用背篓背到街上去卖。我经常看到陈大孃把炒好的葵花子和花生装进背篓，簸箕反扣在上面，拿起一只小小的木凳子，背起背篓朝街面上去，一双小脚的步履迈得格外艰难；到了街上，找个地方摆好背篓，簸箕放在背篓上面，东西摊在簸箕里，人在凳子上坐定，一坐就是一天。陈大孃卖东西不用秤，用一个纸壳做的小杯子，葵花子和花生都是五分钱一杯，如果多买几杯，她会再装半杯赠送，脸上带着感激的笑容。

有一天，陈大孃背着背篓出门的时候，正好看到我，大声喊我，让我等一等。我停住脚步，见她很费劲地把背篓放下，拿开簸箕，从背篓里抓出一把葵花子给我。我赶紧谢绝，老人家如此不易，我不能要她的东西。陈大孃不高兴了，抬手轻轻打了我一下，把葵花子塞进我的衣兜，又抓出一把花生，塞进我另一边的衣兜。这时，老人浑浊的双眼浸出了眼泪，说："娃呀，隔壁住着，你从来没得过我的东西吃，以后想给你也不行了呢。"说完，把背篓重新背起来，小心翼翼地挪动一双小脚，走了。后来我才知道，那天陈大孃不是去街边摆摊，而是背着余下的东西加入集体商店。在离我家百余米的地方，"城关瓜果商店"的牌子挂了出来，店里既没有瓜，也没有果，只有葵花子和花生，还有少许的核桃和板栗，陈大孃和五六个老太婆坐在店里，脸拉得长长的。过去，这些老太婆分散在县城不同的地方，街边摆一个小摊，如今集中在一起，卖的还是那一点点葵花子和花生，显得很怪异。

"城关瓜果商店"办了大约两年，月月入不敷出，实在办不下去了，只好让老太婆们自己去摆摊子。相比起来，姑姑加入的"街道日杂商店"存在了多年，直到改革开放，商业全面放开，才正式散伙。当市场日渐繁荣，五彩缤纷的商品涌进县城，不要说姑姑她们几个老太婆经受不起冲击，连十字街的国营百货商店也败下阵来，关门了事。

"街道日杂商店"垮了以后，姑姑又在家门前搭起门板，继续卖点针头线脑，平时不摆，赶场天才摆。我父亲不止一次劝她，说一个月也卖不了几块钱，摊子不要摆了，生活费要多少给你多少。姑姑不听，说生意嘛，做一点总要得一点，不做就一点都没有。她总把"常将有时当无时"挂在嘴上，说要想到"吃得动不得"的那一天，没有点积蓄是万万不行的。因为条件所限，姑姑长期形成的思维方式和习惯根深蒂固，平时的生活非常简单，根本不是节约，而是对付一天是一天。谁也不曾料到，姑姑突然有了一大笔钱，姑父一九七五年刑满释放，一九七九年因病去世，次年冤案得以平反昭雪，补发工资七千零二十元，这在当时是一个非常可观的数目。拿到这样一笔巨款，姑姑是不是就不必担心"吃得动不得"的那一天了？完全不是这样，她的生活习惯一点没变，饭菜依然以勉强果腹为标准，衣服依然打着补丁，处处精打细算。后来我和妹妹先后去北京上大学，姑姑又变得格外大方，每个学期给我们一笔钱，说是上学赶路的"草鞋钱"；我和妹妹稍有推辞，姑姑就大发雷霆，也只能从命了……

街上的个体商贩统统都被当成"尾巴"割掉的时候，有个铺子却一直单独经营，谁也没去过问。那是一个草药铺，在我家对面，街道很窄，我在家里可以清楚地看到铺子里的情形。

县城里的老房子大多破旧不堪，如果要找出最破旧的，说开草药铺的那家便是，绝无争议。那是一间低矮的小木房，板壁裂开很大的口子，瓦檐歪歪斜斜，让人疑心它任何时候都可能垮塌下来。屋子十来个平方米，右边摆着一张木床，左边造了灶头，里面住着一对夫妻，没有子女。丈夫双脚残疾，妻子双目失明，街坊称他俩"跛子"和"瞎婆婆"，只是一个称呼，并无恶意，他们都点头答应。那对夫妻五六十岁，或者六七十岁。每天清早，跛子一瘸一瘸地把门板卸下来，坐在药摊边，草药铺开门营业，瞎婆婆坐在床上一动不动。中午和傍晚时分，跛子慢吞吞烧火做饭，瞎婆婆听到动静，摸摸索索下床，坐在灶台前，不时往灶膛里添一把柴，算是搭把手。

我印象中，那家草药铺一年三百六十五天开着，平时无人光顾，到了赶场天才有一点生意。城里人当然不会去跛子那里买药，乡下人遇上个三病两痛的，进城来抓药，价钱是很重要的因素，而跛子的草药卖得便宜。我对那些形形色色的树叶和草根充满好奇，常去摊子边一样一样细看。跛子一声不吭，只朝我笑；瞎婆婆眼窝深深地陷进去，脸上看不出任何表情，我从来没听到她说过话。

我家门前的庭院里种了很多花，其中的一丛玫瑰很特别，枝干一人多高，一年中好几个月繁花似锦，在县城里堪称一景，亲朋好友路过，每每近前来看一看。风雨过后，开过的玫瑰花瓣掉落下来，落英满地，这时，跛子会提着竹篮子来捡花瓣，说晒干了可以入药，对妇女的"月家病"有奇效。他从街对面一瘸一瘸地挪动脚步，终于来到花丛下面，却并不捡。我奶奶平时多坐在屋前的庭院里，见跛子来了，奶奶马上跟他打招呼，跛子就问可不可以捡些花瓣。奶奶每次都说你不用问了，随便捡，还蹲下来帮他捡。第二次再来，照样要先问我奶奶，他可不可以捡些花瓣，来一次问一次，得到答复才弯下腰去捡。奶奶也没办法，说跛子这个人样样都好，就是过于拘礼了。有时候掉落的花瓣又多又好，而跛子没顾上过来捡，奶奶就拿出家里的竹筐，捡很多花瓣装了给他送去，还让我去送过。这种时候，跛子也不说什么，咧着嘴笑，乱草一般的胡须跟着抖动……

　　县城里很少有人关注跛子和瞎婆婆。有一年端午发大水，人们才注意到这对相依为命的老夫妻。他们家的房子架在一条河沟上面，发洪水那天晚上，水从地板下面冒出来，很快淹过木床。跛子顾不上穿衣服，光着膀子背起老妻一步一步往外面挪，刚刚挪出屋子，地板塌进河沟，家里的东西大多被冲走了。洪水退去，瞎婆婆唠唠叨叨责怪跛子，说："我喊你先把盒子拿起，钱都在里面呢，你硬是不听，我眼睛又看不见。十几块钱呢，一分钱都没有了，还吃不吃饭？"跛子也很沮丧，说："水都淹过克膝头（膝盖）了，实在搞不赢（来不及）咯嘛。"瞎婆婆说："水淹过克膝头就不拿盒子了？都冲走了，咋个办吗？"跛子说："哪个说的都冲走了？你不是没遭冲走吗？"瞎婆婆说："我这个废人，就算冲走了又有哪样要紧！"跛子说："要紧得很哦，最要紧的就是你……"

大水之后，这对老夫妻的事情在城里传开，很多人感慨不已。政府立即安排救助，街坊邻居也凑了一些钱，大家帮忙，跛子和瞎婆婆的房子很快修复，铺笼帐盖和锅碗瓢盆添置齐当。放在高处柜子上的少许草药没被水冲走，跛子精心清理，拿出来摊开晾晒。我过去看他晒药，把那些树根和树叶之类逐一拿起来闻，觉得每一种都很香。

听说跛子的草药铺曾经也被列为割"尾巴"对象，但是，整个县城就这一家草药铺，大集体没法搞，总不能归进县医院吧？跛子一定没有行医的相关手续，按说责令停业也不是不可以。问题在于，靠小小的草药铺，一对残疾老夫妻毕竟能够自己养活自己，如果关掉，谁养活他们呢？不知道草药铺究竟开到了哪一年，我十六岁离开县城的时候，铺子还开着……

还有一个钟表修理店，也成了割"尾巴"的漏网之鱼。漏网的原因，同样是县城只有这样一家钟表修理店，会修理钟表的也只有店主一个人，合并到哪里都不合适。钟表是不容易坏的，但也不是绝对不会坏，城里没个修理店还真不行。

这个店在我家附近，当街的柜台约五尺大小，里面摆着几只闹钟和几块手表，旧的，还有少许零件。那个年代，闹钟不是每家都有，手表更不是人人都有，钟表修理店门庭冷落。店主是一个五十多岁的男子，头发花白，略胖。他好像一点不在意店里有没有生意，整天坐在竹椅子上喝茶，有时点一支烟叼在嘴上，从铺子里出来，周围东逛逛西逛逛。我想到姑姑卖针头线脑的摊子，还有陈大孃的背篓和簸箕，生意是"做一点得一点"，而钟表修理店几乎没有生意，店却一直开着，人也一直在那里，他靠什么生活呢？更重要的是，他看上去一副衣食无忧的模样，还能抽上不错的香烟，这就不能不令人生疑了。受特殊时代的影响，人们"警惕性"很高，小孩子想得更多。我暗自猜想，这家钟表修理店是不是特务的联络站？不然，完全不挣钱的铺子，为什么要开呢？电影里不是就有这样的情节吗？

　　疑心一起，我更加注意那家钟表店，暗中观察了一段时间，越看越觉得不对劲。有一天，我把自己的发现告诉了平时玩得很好的一个同学，他一听，表情即刻严肃起来，让我带他去钟表修理店，躲在附近"侦察"一番，说的确非常可疑。我同学进一步延伸推测，柜子里几只旧闹钟、旧手表和零件一直摆着，又不卖，这是为什么呢？说不定是特务接头暗号，摆放的方式不同，传递的情报也不同，一定是这样的。那天晚上，我和这位同学在街巷间找了一个僻静的角落，反反复复商量，面对如此重要的一条线索，应该怎么办呢？首先想到向老师报告，可小学正放暑假，不知道去哪里找老师，是不是等到开学了再说呢？商量下来，不能等，敌特分子就在身边，随时可能进行破坏活动，也随时可能逃跑，必须当机立断。同学说应该向派出所刘所长报告，他知道刘所长有一支驳壳枪，抓特务没有枪肯定不行。于是，我们马上赶往派出所，见大门紧闭，当时派出所只有刘所长一个公安人员，而他已经下班了。熬过漫长的一夜，第二天清早找到刘所长，他认真听了我们报告的情况，听到最后忍不住笑，紧接着收起笑容，表扬我们警惕性高。刘所长说，钟表修理店是不是特务联络站，店主是不是特务，公安部门会密切关注，让我们不要管这件事情了，最后还叮嘱我们，这件事情不要到处说，必须保守秘密，问我们懂不懂保密的重要性，我们说懂。

　　钟表修理店当然不是特务联络站，店主也不是特务，我们县城里从未发生过敌特案件。特务竟然看不上我们这个地方，小城故事因此而少了惊心动魄的章节，对于在特殊年代度过童年时光的我们，也算是一件憾事……

2021 年

草礼堂

草礼堂，顾名思义，就是草盖的礼堂。早些年，我们县城礼堂的屋顶上盖的是茅草，称"草礼堂"名副其实。可不要小看这个地方，县里重要的大会在草礼堂召开，文艺节目在草礼堂演出，后来有了电影，也在草礼堂放映。我出生于二十世纪六十年代中期，那时候，礼堂已经改造过，屋顶的茅草换成了青瓦，黄泥地面打了三合土，看上去体面多了，但人们仍然习惯称之为"草礼堂"。

那栋建筑样式普通，灰色的瓦片和县城民居房顶上盖的一样，青砖砌成的墙，正面左边和右边各开一道小门，右侧开一道大门，里面的空间很大，如果不是摆了一排排木凳子，则更像一个仓库。木凳大约二三十排，能坐下两三百人，挤一挤坐三五百人也不在话下；正前方建有台子，开会的时候用作主席台，文艺演出的时候用作舞台，上方卷了一大块白布，放下来就是电影银幕。经过又一次改造，木凳换成铁皮椅子，漆了暗红色的油漆，一共三十二排，中间留有过道，两边各十个座位，对号入座可容纳六百四十人。不过，我记得无论是开大会还是文艺演出，礼堂里总是超员，座位两边和后面都会加一些凳子；若是电影新片上映，人更多，中间的过道也塞满了各种各样的凳子，还有不少人站着看。所以，如果说草礼堂是县城人气最旺的地方，应该不会错。

草礼堂偏居城东一隅，只有两条小巷通往主街，另一面紧挨着龙井和县中学操场，再往前是凤凰山麓的田畴和树林。我们的小城实在太小，两条所谓的主街不过几百米长，形成一个小小的十字路口，叫"十字街"。县城中心自然非十字街莫属，而草礼堂的人气总与十字街有着牵连，比如什么大会即将隆重召开，什么文艺会演即将登上舞台，以及什么影片即将上映，都在十字街口的一面墙上预告出来。人们循着指引，往东走几十步，在县政府门前左转进入水巷子，再走几十步，便聚起了草礼堂这样那样的纷繁。

与草礼堂有关的事情，发生在白天的，都是大事。一些会议拉着横幅，气氛庄严而神圣，闲杂人等不得靠近，当然也没人敢于和愿意靠近。孩子们不谙世事，喜欢看热闹，胆子大的径自溜进去，也没人管。我小时候就不止一次去那里看大人们开会，坐在主席台上的人讲一阵，声音被高音喇叭放大到震耳的程度，我听不懂说的是什么；这期间，一个人突然站起来，高举拳头喊口号，其他人跟着喊，喊得震天响，似乎要比一比谁的声音更大，我也听不懂他们在喊什么。有一次，礼堂里坐满了人，主席台上也坐了人，还有十来个人站在台子下面，排成一排，每人头上戴一顶白纸糊的尖帽子，嘴里含着几根稻草，模样特别滑稽。大会开到最后，人们从礼堂出来，穿过水巷子到大街上游行，队伍拉得长长的；那些古怪的人低头走在中间，其他人则昂首挺胸走在两边，一边走一边喊口号。我一路跟着，觉得戴尖尖帽含稻草比喊口号好玩，不记得从哪里找来几根稻草含在嘴上，可惜没找到尖尖帽，也将就了，背着双手跟在游行队伍后面。街上看热闹的人注意到我，哈哈大笑，说这是谁家娃娃啊，装牛鬼蛇神装得挺像的；那些被称作"牛鬼蛇神"的人回过头来看到我，也跟着笑，有人嘴上的稻草都笑掉了……

上小学以后，擅闯会场乃至混入游行队伍的事情再不敢做了，去草礼堂是为了看电影和文艺演出。

我人生的第一场电影一定是在草礼堂看的，可惜不记得片名了，想来应该是《红色娘子军》《红灯记》或者《南征北战》《地道战》《地雷战》，也可能是外国电影，比如苏联电影《列宁在十月》《列宁在一九一八》，或者阿尔巴尼亚电影《地下游击队》《宁死不屈》。简易银幕上的那些画面，不管彩色的还是黑白的，都特别好看，同一部电影反复看，台词倒背如流了，也不觉得乏味。同学们聚在一起玩，学着瓦西里的口气念《列宁在一九一八》的台词，说"面包会有的，一切都会有的"，而谁也没见过面包究竟是什么东西。一位同学声称他父亲参加过抗美援朝战争，在东北的时候吃过面包，说面包是一种和馒头差不多的东西，大家都不信，笑话这位同学吹牛。当然，面包和馒头的确不大一样。

特殊年代，人们能看到的电影有限，小城里文娱生活匮乏。好在县文化馆有一支半专业的文艺工作队，不定期排练一些地方花灯剧、小话剧和歌舞，在草礼堂免费演出，每个单位发几张票。新戏目即将登上舞台的消息传出来，大家都非常期待；票终于拿在手上，更按捺不住兴奋，早早吃罢晚饭，提前一两个小时进场，一边嗑瓜子一边等着台上的帷幕拉开。有时，演出过程中突然停电，人们也耐着性子等，半个小时甚至一两个小时之后恢复供电，演出继续进行，草礼堂里依然座无虚席。我记得县文化馆演过一个小话剧，剧名《请炮手》，故事梗概大约是这样的：某生产队组织贫下中农学大寨修梯田，需要用炸药开山炸石，不知道什么原因，石炮总是点不响，即便响了也炸不开多少石头。人们想到了村里的一个人擅长摆弄石炮，但这个人是富农成分，是否请他出山，引发了一场争议。生产队长急于在冬天修好梯田，倾向于花钱"请炮手"，支书觉得问题蹊跷，经过一番调查，发现正是这位富农分子暗中搞鬼，半夜三更悄悄溜到工地在炸药上做了手脚。揪出了搞破坏的阶级敌人，工程得以顺利进行，层层梯田如期完工，贫下中农也再次接受了"千万不要忘记阶级斗争"的深刻教育……

逢着重大节点，省里或者地区文工团巡回演出来到县里，那就了不得了，全城百姓奔走相告，街头巷尾人人谈论的都是这件事情。因为通常只演一场，不是每个人都有机会坐进草礼堂里去的，那段时间，人们挖空心思到处托关系找票。我父亲与文化馆的人比较熟，托他找票的人一拨一拨上门，其实他并无多大神通，自己的票也未必有保证。有一次，解放军某部队文工团来县里慰问演出，我父亲一张票也没拿到，而我吵着一定要去看，父亲没办法，只好把我领到草礼堂门口，找到一个有票的熟人，请他把我带了进去。草礼堂有一条不成文的规矩，大人可以携一名小孩入场。知道了这个奥秘，为看一场电影或一场演出，我借故从家里溜出来，悄悄跑到草礼堂门口，等着遇到认识的叔叔阿姨，便请他们带我入场，这办法屡试不爽。不料，父母很快发现了我的名堂，有天黄昏时分在草礼堂门口把我捉住，拉回家狠狠揍了一顿。父母说我的行为"丢人之至"，我当时不以为然，现在想起来，眼巴巴守在草礼堂门口的样子的确丢人。

　　到了小学高年级，我也成了草礼堂舞台上的一名"演员"。那时候，学校的课程不多，学生宣传队的活动反倒更像回事；遇到文艺演出紧急任务，课就不上了，从早到晚排练节目，记得有革命现代京剧唱段《我家的表叔数不清》和《到这里为的是扫平威虎山》，还有舞蹈《学大寨赶大寨》《人民公社幸福多》等。所谓"紧急任务"，就是为县里的重要会议准备文艺晚会，比如一年一度的县乡村三级干部大会，我们都要去演出。这类晚会内容千篇一律，县中学、第一小学和第二小学的节目凑成一台，孩子们轮流上台跳跳唱唱两三个小时，节目质量如何是可想而知的。我是第二小学宣传队骨干，对参加文艺演出始终抱有热情，记忆中，草礼堂的舞台很大，站在上面感觉很风光。除了在舞台上能获得一种荣誉感，或者说满足一点虚荣心之外，演出结束后还可以去县政府食堂领一个馒头。

　　有一年夏天，我上小学三年级的时候，十字街的墙上贴出一张告示，上面写着一个激动人心的消息：四川省酉阳县川剧团某月某日来我县，带来的剧目是《烈火中永生》。酉阳位于川东地区，是一个土家族苗族自治县，现在属重庆，距离我们县近三百公里，大家都没听说过这个县，有人还把"酉阳"说成"西阳"。我们县里没有剧团，在人们眼里，但凡剧团，一定是高大上的。戏票提前一周预售，每张票三角钱，比电影票价格高出一倍，居然一抢而空。酉阳县川剧团并没有预料到能在我们县获得巨大成功，一开始剧团只来了二三十人，同一个剧目连演十多天，场场

满座，赶紧把全团的人调过来，晚上演出，白天排练新戏，一副
"在沙家浜扎下去了"的架势。当时正值暑假，我和几个同学经
常跑到草礼堂看剧团排练，免费的戏看得津津有味。一个月之
后，赶排出来的《南昌起义》上演，同样获得巨大成功。演出之
外的闲暇时间，剧团的演员们走在街上派头十足，跟今天的当红
明星没什么两样，人们站在远处议论，说："快看快看，那是江
姐！""双枪老太婆，双枪老太婆来了，原来并不老，还是个年轻
姑娘呢，演得好像哦！""那不是《南昌起义》的杨司令吗？就是
潜伏在敌人内部的地下党，好帅啊……"

　　如今我基本不看影视剧，更不看综艺节目，对所谓"明星"
完全没有概念。不过，我小时候也是追过"星"的。一天下午，
我在外面疯玩了大半天，浑身汗淋淋地跑回家，看到院子里坐了
几个陌生人，正和我父母聊天。我感觉其中一个人有点面熟，仔
细一看，竟是《南昌起义》里面的"杨司令"。父亲给我介绍说
这是"杨司令"叔叔，又介绍另外几个人，包括导演和锣鼓手，
我恭恭敬敬地逐一打招呼。原来，剧团导演半夜去医院看病，正
好是我父亲值班，看完病聊川剧，聊得投机。剧团的人在当地人
生地不熟，好不容易交上朋友，有空就来我家坐坐。那年中秋
夜，导演和"杨司令"等几个人演出散场后匆匆赶到我家，坐在
院子里赏月，把家里的月饼吃了个精光。我问"杨司令"叔叔，
为什么"江姐"和"双枪老太婆"没和他们一起来，"杨司令"
叔叔笑了笑，说："你爸爸妈妈没邀请她们啊。"不知道父母为什
么不邀请她们，我内心追的"星"其实是"江姐"和"双枪老
太婆"，并不是"杨司令"，但我没敢说。

　　七十年代末期，仿佛一夜之间，一切都变了，如当时的报刊所

描述的："改革开放的春风吹遍神州大地。"我们小小的县城尽管远在天边一般，也是"神州大地"的一隅，同样沐浴在春风之中。人们生活的变化，最直接的体现是草礼堂越来越热闹，过去被列为"毒草"的电影陆续恢复上映，成为"重放的鲜红"。记得草礼堂放映的第一部老电影是越剧《红楼梦》，首场安排在凌晨一点，照样一票难求。我找电影院的一位叔叔帮忙买到一张票，父母知道了，不让我去，说哪有小孩子半夜三更去看电影的，我只好忍痛割爱，把票让给了我们小学的罗老师。次日中午，罗老师来我家，问能不能再为他买一张票，当天凌晨他睡过了，赶到草礼堂时电影已经放了一多半，只看了"黛玉葬花"以后的部分。我还真有一张票，是晚上七点的，但肯定不会再让给他了。

那一两年，草礼堂的夜场电影大多在凌晨时分开始，因为要等上一个县最后一场放映结束后，才把拷贝送过来，每个县只能用一天，随后送到下一个县去，所以，片子一到就连夜放映，一场接着一场，草礼堂内外白天夜晚人来人往。早些时候放映的多是老片子，《上甘岭》《英雄儿女》炮声隆隆，《刘三姐》《五朵金花》清新靓丽，《冰山上的来客》《山间铃响马帮来》带着浓浓的民族特色，都非常好看。如果同时到了两部片子，便连场放映，票价加倍，每张三角钱。我看过《小兵张嘎》加《达吉和她的父亲》连场，也看过《流浪者》加《野火春风斗古城》组合，两个故事风马牛不相及，脑子迅速转换，尽力跟上节奏。有的电影我还提前读过剧本，父亲冒着风险收藏了一部分《电影文学》杂志，被我偶然发现，找出来偷偷翻阅，比如《金沙江畔》和《阿诗玛》，影片终于来了，兴冲冲去看，觉得不如想象中的好。没过多久，外国电影相继登场，南斯拉夫的《桥》《瓦尔特保卫萨拉热窝》，美国的

《魂断蓝桥》《罗马假日》和日本的《追捕》《山本五十六》等等，令人目不暇接，草礼堂的人气也达到了顶峰。

儿时在草礼堂看过的电影，如果一定要说哪一部给我留下的印象最深刻，舍《刘三姐》莫属。我父亲的旧书藏在阁楼上的一只大木箱里面，多是中外文学名著，其中有一本《电影〈刘三姐〉歌曲集》，彩印的封面上，"刘三姐"戴着斗笠站在船头。之前听说"刘三姐"如何漂亮，电影里的山歌如何好听；在这本书上看到"刘三姐"的形象，的确很漂亮，至于歌曲，我不曾听过，盯着酷似阿拉伯数字的简谱一筹莫展。这本歌曲集调动起我学简谱的巨大热情，拿着一些谱子找老师请教，当然是拿得上桌面的那种歌谱，懂了基本的东西，自己回到家里摸索着哼哼，把《刘三姐》的全部歌曲学会了。电影在草礼堂上映时，我只买到一张没有座位的票，站着看到终场，一步也没挪动。银幕上美丽的漓江令我震撼，那一刻我下了一个决心：今生可以不去任何地方，但一定要去漓江看一看。当时不可能想到，我多年后会去广西工作，常常行走在漓江两岸。

电影《刘三姐》面世五十八年后，因为工作关系，我与饰演刘三姐的黄婉秋老师在桂林相识。我几乎记得这部电影里的每一首山歌，这让婉秋老师特别诧异，也特别高兴，我们一见如故，成了忘年之交；我离开广西来山东工作了，仍然联系不断。今年立春那天，婉秋老师给我发来"春天的祝福"，没想到，刚刚过了一个月，三月四日凌晨，她的家人发信息告诉我，婉秋老师于三时三十六分因病辞世。万分遗憾的是，那几天我在京开会，无法告假，没能去桂林参加她的葬礼。我把三年多前写的长篇通讯《"刘三姐"眼里的漓江》在微信朋友圈重新发了一遍，表达深深的哀思。婉秋老师生前说过，几十年来，关于"刘三姐"的新闻报道数不胜数，她最喜欢我写的这一篇，因为我写了她的命运和漓江之间不能割裂的牵连，那是一曲充满艰辛而又无比美好的"山歌"对唱，余音绕梁……

时代不断变迁，人们注定要走向与往昔完全不同的生活，这是不可逆转的，但也难免掺杂进一些残酷的元素。比如，酉阳川剧团曾经再度来到我们县城，在十字街贴出海报，说他们带来了更为精彩的剧目。同一个剧团，同样在草礼堂演出，第一场仅仅卖出二十多张票，第二场卖出十三张票。据说，演员们含泪演完第二场，次日清早便悄无声息地离开了。

八十年代中期，我们县城在主街繁华地段新建了一座影剧院，一层能坐一千二百人，楼座还可以坐三百人，装配了标准软靠座椅、标准银幕和标准音响设备，以放映电影为主要功能，还设有专业化舞台，可以举办文艺晚会，当然也可以用作大会的礼堂。在召开了数不清的大会、上演了数不清的戏目、放映了数不清的电影之后，草礼堂终于淡出人们的视野，隐入小城深邃的历史。我离开故土多年，不知道草礼堂是什么时候拆除的。有一次回到县城，循着记忆找过去，看到原址上建了一栋三层砖混建筑，门上挂着县图书馆的牌子，墙上贴了乳白色瓷砖，怎么看也不如当年的青砖墙面顺眼。跨进门去，阅览室里只有三个人，其中两个是孩子。那么，位于水巷子深处的这么一个地方，从昔日的炽热纷繁到如今门可罗雀一般的宁静，这之间或许昭示着什么，我说不清楚……

2023 年

梦中的巧克力

乡村也许是另外一种情形。对于城镇而言，短缺经济年代的生活境况，从商店的货架上一定能看出端倪来。我们小县城最繁华的地方是十字街，两条小街交汇处形成一个小小的路口，百货商店、新华书店和银行储蓄所等等都在那里。百货商店的货物应该有一百种，差不多也就一百种，多不到哪里去，算得上名副其实。但有些东西不是想买就可以买的，得凭票证。新华书店的书怎么数也不到一百种，一百本倒是足足有余，因为没多少人买，灰尘积得很厚。最冷清的是银行储蓄所，通常好几天见不到一个人进出，无钱可存，便无钱可取，去那个地方干什么呢？唯有粮店始终门庭若市，人们每月一次按照购粮本上限定的配额买米买油，家家户户都得去。

简单地说，在一个偏远的小城逛商店，你想得到的未必看得到，看到的未必买得到，当然，买得到的也未必有钱买。还有一些更稀罕的，你可能听说过，却无论如何也想象不出来。比如，一种叫"巧克力"的东西，我幼年时在梦里看到过，等到真的看到了，才发现梦境与现实的差距，远远超过十万八千里。

　　我知道巧克力，是因为我父亲改编的一场小戏。有一年县里开县乡村三级干部大会，安排中学和两所小学为参加会议的代表准备一台文艺晚会。我母亲在第二小学教书，有些文艺细胞，学校让她组织节目。母亲回家向我父亲念叨，说一排节目就唱样板戏，《我家的表叔数不清》和《智斗》唱过无数遍了，没什么新意。父亲平时写点古诗词，大学时代还写过一首歌曲，歌名叫《那天边的彩云》，发表在省级文艺刊物上，文艺细胞似乎更多一些。父亲想了想，动手去翻我的连环画，找到一本《两颗手榴弹》，三下两下改成一个小剧本，交给母亲拿到学校去排练。这个故事很简单，说美国侵略越南，七八个鬼子兵发现一口水井里藏着游击队的武器，找来两个越南小男孩，让他们到井里把武器拿出来。美国大兵说："小朋友，下去，把井里的武器拿上来，给你们糖果吃，巧克力，很好吃。"两个小男孩很机智，假装乖乖下井去拿武器，一人拿了一颗手榴弹，拉燃导火索扔向美国大兵，两声巨响之后，鬼子一个不剩全部完蛋，两个男孩高高兴兴扛着武器唱着歌参加游击队去了。

　　《两颗手榴弹》作为那场文艺晚会的压轴节目，演出效果非常好，大家都说好看。我却不以为然，觉得情节有点假，两个小男孩炸死那么多美国鬼子，自己毫发无损，美国鬼子有那么傻吗？父亲说小人书上就是这样写的，照搬而已。不过，对于剧中提到的巧克力，我满心好奇，美国鬼子都说好吃的糖，会是一种什么糖呢？我问父亲，他说没吃过，甚至从来没看到过，大概是一种糖果吧。

　　既然是一种糖果，什么地方可能有呢？整个县城里卖糖果的，只有烟酒糖公司的门店，我知道那里多半是不会有的，如果有，我父亲就不至于没见过。虽然不抱希望，我还是想去看看，说不定烟酒糖公司的人见过巧克力，可以告诉我那是一种什么样子的糖果。

烟酒糖商店在我家附近不远处，小街斜对面有一栋红砖房子，颜色鲜明亮丽，并列排开的三个半圆拱门别具特色。店里有三张柜台，摆着烟酒和糖果饼干之类的东西。高端瓶装白酒在后面的橱窗里，记得有两瓶茅台酒，标价每瓶七元五角，有三瓶董酒，每瓶二元七角，都贴着"陈列商品、概不出售"的标签。香烟主要是三个品牌，一盒二十支装，"朝阳桥"二角八分，"蓝雁"一角七分，"向阳花"一角一分，偶尔还有"乌江"和"芦笙"香烟上柜，价格高达四角五分，很少有人问津。香烟不是任何时候都有的，说断货就断货了，店里十天半月一包烟也看不到，烟鬼们在柜台前转来转去，神情沮丧。小孩子对烟酒没什么兴趣，如果鬼使神差穿过拱门走进烟酒糖商店，一定往糖果柜子里看。多数时候，柜子里只有一种糖果，不包糖纸，堆在方形的搪瓷盘子里，黑乎乎的，旁边放着粘苍蝇的黏纸，上面粘住的苍蝇密密麻麻一大片。即便如此，那些颜色可疑的小方块仍然具有无穷的诱惑力，只可惜兜里没钱，看一看，咽着口水默默走开。年节期间，平时见不到的糖果悄然现身，有水果糖和奶糖，还有酥心糖，裹着花花绿绿的糖纸。这些糖果一上柜，商店里立马排起长队，有时一直排到拱门外面，因为东西不多，通常每人限购半斤，也不能保证排在后面的人能买到。买不到就买不到吧，大家也不抱怨，在当家人眼里，买不到未见得是坏事，起码省了钱，家里用钱的地方还多呢。孩子们就难免失望了……

带着对巧克力的想象，我钻进烟酒糖商店，问柜台后面的那位阿姨，店里有没有巧克力。阿姨听了一愣，笑着说，她也没见过，还说我们这样的地方，也许是永远都不可能有巧克力的。我怅怅然离开，既然阿姨如此肯定，我也就死心了，再没想到过巧克力。

其实，我的童年时代，即便最普通的糖果，也是不容易吃上的，因而看到糖果便馋。为此，我还挨过揍。有一年春节期间，父母带着我去一个亲戚家拜年，我惊喜地看到他家桌子上除了家家都有的花生和瓜子，还摆了一小盘水果糖。主人叫我吃糖，我当然高兴，吃了一颗，接着又吃了一颗，我剥开第三颗水果糖的时候，父亲和母亲同时用眼神暗示我。但是，我实在抵御不住诱惑，心里打定主意不再吃了，却管不住自己的手，又拿了一颗。父母的脸色越来越难看，主人笑了笑，说："喜欢吃就吃，孩子嘛，都一样。"父母赶紧起身告辞。我的脚刚迈出门槛，响亮的耳光跟着就过来了。他们骂我丢人，说我的样子就像从来没吃过糖一样。想一想，我当时的吃相一定很难看，可我真的想吃。我小时候比较调皮，经常挨揍，从来不哭，越是不哭挨得越重；这一次挨了一耳光，不仅哭了，自己也觉得羞愧。接着去另外一个亲戚家拜年，桌子上没有糖果，即便有，我也不敢吃了。

我重新想到巧克力，是因为几个上海人。

我父亲在县医院当医生。有一年夏天，医院里来了四个上海人，两男两女，但不是两对夫妻，和我父亲在一起工作。没过多久，这几个上海人和我父母往来渐多，家里做了好吃的就把他们请过来。当时猪肉按月凭票供应，家里终于买了肉，吃肉的人多了好几个，老实说，我内心是比较抗拒的。客人进屋之前，父母反复叮嘱我和妹妹，吃饭时绝不能随便伸筷子，父母往我们碗里夹多少，我们就吃多少，说这叫"忍嘴待客"，等客人退席了，想怎么吃就怎么吃。这样也没什么不对，问题在于，上海客人一点不客气，总是把回锅肉、宫爆肉丁和白菜粉丝肉丸汤等好菜吃得精光，我和妹妹眼睁睁看着，心里绝望至极。

但是，第二年春节，我对那几个上海人不再反感，因为他们探亲回来的时候给我和妹妹带了糖果。那天家里准备了较为丰盛的晚餐，鸡鸭鱼肉一应俱全，请上海叔叔阿姨过来吃饭，说正月里都算过年。他们进屋来并不急于落座，把我和妹妹拉到跟前，打开手提袋，抓出糖果往我们衣兜里塞，少说也有十几颗，小衣兜塞得满满的。我连饭桌上的大鱼大肉也不惦记了，转身进了自己的房间，掏出糖果摆在桌子上，一颗一颗仔细打量，一颗一颗品尝。"大白兔"奶香味很浓，裹着一层薄薄的糯米纸，入口即化；酥心糖焦而不煳，嚼起来满口甜津津的细粒；高粱饴软软的，不是很甜，三分像糕七分像糖；薄荷糖有点辣，回味清爽，含在嘴里唇齿留香……第一次见到这些糖果，我和妹妹当时的兴奋劲，几十年后我还记得清清楚楚。

从某种意义上说，我开始对外面的世界产生兴趣，那些糖果很可能就是重要的导因。之前，我对上海毫无概念，那里的街巷是不是和我们这里一样？那里的房子是不是也盖着灰色的瓦片？我想象不出来。可以肯定的是，他们那里的糖果多，还很好，我们的烟酒糖商店里几乎什么都没有，那么，两个地方多半是不大一样的。

这时候，我突然想到，上海有巧克力吗？我知道巧克力一定是某种糖果，而且是高级的糖果。上海叔叔阿姨带来的这些糖果不是很高级吗？这些糖果里面，是不是其中的一种就是巧克力呢？我们称之为奶糖或高粱饴的，在美国就叫巧克力，也不是不可能。我父母不懂，也许上海叔叔阿姨懂。于是，我好奇地问："这些糖里面有没有巧克力？"我的问题一出，客人有点尴尬，一个叔叔笑着说："不好意思，这次没带巧克力，叔叔下次一定给你带。"听到这个回答，我知道自己又闯祸了。

果不其然，客人离开后，我被父母狠狠地揍了一顿，说我"变相向客人讨东西"，我的行为"极其缺乏教养"。仔细一想，我的确有"变相向客人讨东西"的嫌疑。尽管我努力解释，说只是想知道这些糖果中间有没有巧克力，而不是要他们给我带，但是，他们相信吗？我觉得非常委屈，一个人躲在房间里哭，那是我第二次也是最后一次因为糖果的事情哭，此后再没有过。

那天晚上，我做了一个梦，梦到烟酒糖商店门前排了很长的队，一直排到几百米外的十字街口，过去一问，说店里有巧克力卖了，很贵，五块钱一斤。我赶紧跟着排队，焦急地看着前面的人一个一个进到店里，生怕他们把巧克力全部买走了。终于排到柜台前，售货员阿姨递过来一个纸包，我急切地打开，看到一种类似冰糖的晶体，这就是巧克力吗？阿姨说是的，这就是巧克力。梦境里没有付钱的环节，我小心翼翼地抱着纸包跑回家，伸出一只手推自己房间的门。我家住的是老旧的木房子，木门的门轴连着户枢，开门和关门总会"吱呀"一声；而这一次，"吱呀"的声音特别响……我被这声音惊醒，看到父亲刚刚推开我的房门，叫我起床去上学。好不容易买到的巧克力，没来得及尝一口，我心里抱怨父亲，偏偏这个时候来叫醒我，就不能稍微晚几分钟吗？

那天中午放学回来，我特意去街对面的烟酒糖商店转了转，里面冷冷清清的，"概不出售"的茅台酒和董酒还摆在柜子上，"朝阳桥""蓝雁"和"向阳花"香烟货源似乎充足，糖果仍然只有不包糖纸的那种，黑乎乎的颜色比以往更为可疑。

我见到巧克力何等尊容，尝到巧克力何等滋味，是一九八一年夏天，我离开大山深处的小县城，去北京海淀路三十九号上大学。当时校园里没有商店，只有一个不算大的商亭，里面满是各种各样的汽水、可乐、面包、糖果和其他食品，品种之丰富令小县城里来的少年眼花缭乱；我突然看到，一种咖啡色包装的东西摆在显眼的位置，标签上写着"巧克力"，坦率地说，那一刻我竟有些激动。巧克力不论斤卖，论块卖，看看价格，还真不便宜，最小的一种也要一元二角钱。我下决心买了一块，谨慎地剥开精致的包装，原来那东西并不像糖果，更不是冰糖一样的晶体，与我在梦中见到的完全不同。我试着咬一小口，微苦，再咬一大口，还是微苦，觉得并不好吃。我想起当年向上海客人提出的问题，惭愧和尴尬的感觉仍然堵在心头。

此后几十年，我不吃任何品种的巧克力，也不吃巧克力口味的任何东西，包括糕点、糖果和冰激凌等等。

上海叔叔阿姨在县医院工作整整两年，时间一到就走了，多一天也没停留。据说，他们来到我们的小县城，是为了支援落后地区卫生事业。两年时间不是很长，对他们来说，一定是不算短的。我们的小城在他们心里留下了什么样的印记，我能够想象得到……

2021 年

第二小学

一

故乡小城原本只有一所小学。"三年困难时期"之后，县城里人丁逐渐兴旺，需要上学的孩子越来越多。一九六八年，县政府决定将城里唯一的幼儿园升格，开设第二小学，以十字街为界，南边半城的孩子都划过来上学。第二小学是五年制完小，从一年级到五年级各有两三个班不等，幼儿园的五六个阿姨悉数转为教师，师资不够，抽调乡村骨干教师进城补充。我的母亲就是那时从一个叫何家坝的乡场调到第二小学的。

一九六四年夏天，我父亲大学毕业，从省城回到家乡工作，还带回了相恋两年多的女朋友。我母亲在省城出生和长大，能够义无反顾嫁到遥远的山区小县城来，无疑需要极大的勇气。母亲一门心思要当老师，因为老师一年有两个假期，可以回去探望父母和家人，而县城仅有的一所小学已经满编，离城六七公里的何家坝小学缺一名语文老师，只好硬着头皮去了。照现在的标准，六七公里算不得多远，但当年交通极其不便，平时是回不了家的。第二小学组建时，母亲已经做了五年乡村教师，接到进城的调令，自然欣喜若狂。那年我四岁，依稀记得，父亲来何家坝接我们，搭马车回县城。赶车的是一个远房亲戚，正好来何家坝拉货，顺道载我们一程。那一天阳光灿烂，我们一家人坐在马车上，像一首电影歌曲里唱的"马铃儿响来玉鸟儿唱"，一路有说有笑。从此，父母告别两地分居的日子，我也不用在乡村小学的黄泥操场上"野生放养"了。

第二小学在县城西边，离我家很近。从主街去学校，先要穿过一条巷子，接着走过一条土路，右边是茂密的竹林，左边是一片田园，种着密密麻麻的甘蔗或者向日葵，总是生机盎然的景象，土路尽头左转，就到了学校。当年的幼儿园本来就简陋，能把几十个孩子圈在里面便算了事。升格成小学后，依旧只有两栋房子，墙是红砖砌的，屋顶盖着灰瓦，大的一栋有六间屋子，全部用作教室；小的一栋只有四间，三间用作教室，一间是办公室，所有老师挤在里面。教室不够，学校把低年级分成上午班和下午班，二年级上午上课，一年级下午上课。第二年，学校后面的荒坡被推平，建起三栋青砖平房，每栋三间教室，这样，所有学生都可以全天正常上课了。原来的黄土操场上只有一个篮板，也拓宽修整，另外一边立起了新篮板，一新一旧看上去不大协调，但可以打篮球了。第二小学很长时间没有校长，最高长官是一位姓蔡的教导主任，瘦高个子，说话声如洪钟，全校学生都怕他，私下将他比成扑克牌里的"大王"或者"大鬼"。

得益于母亲当老师，我上学比较早，五岁"发蒙"读书。一开始并不是正式上学，母亲把我带到学校，方便就近照看，她上课时我自己在操场上玩。后来发现我很不安分，活动范围远不止操场，一不留神便不见身影了，竹林边田野里甚至后山上到处跑。校园没有围墙，南面紧靠一座小山，半山有一个溶洞，我跟几个大一些的孩子钻进洞里"探险"，最后从山顶钻出来，非常刺激，当然也非常危险。母亲实在不放心，想来想去，找了教导主任，希望能让我在一年级教室的空位上坐着。教导主任理解我母亲的难处，说只要不影响上课，坐就坐吧。没想到，我就这样坐了下去，直到小学毕业。

　　回想在第二小学上学的那几年，春秋冬夏轮回，记忆最深刻的，是冬天很冷，夏天很热，关于春天和秋天印象相对模糊一些。校园里有很多梧桐树，秋后结出的梧桐籽压满枝头，好吃，同学们用弹弓去打，总会不小心打碎窗户玻璃，久而久之，教室的窗户没剩下几块完整的玻璃。一到冬天，寒风往屋子里钻，老师学生每人拎一个灰笼，里面装着半明不暗的炭火，勉强取暖。学校西面是连绵的田野，沿着田坎路可以一直走到土桥河，夏日炎炎酷暑难耐，县城里的人都去那里游泳纳凉。第二小学的学生也去土桥河，有家长带着去的，也有自己偷偷去的。我就是偷偷去的，因此而挨过好几次揍，但屡教不改，第二天同学一喊，又跟着去了，在清凉的河水里使劲扑腾，不闹到筋疲力尽不回家。

　　那时候，男孩子下河游泳通常一丝不挂，女同学们也来土桥河游泳，但不敢靠近，径直走过石桥，到对岸上游一点的河湾下水。天然游泳场分成两个部分，相隔大约三五十米。我在题为《一条大河》（见散文集《那年花开》）的文字里描述过当时的情景，在我心里，那是一条"开花的河流"，色彩鲜亮而浪漫。

　　　她们聚集的那一片水域同样热闹非凡，河边几丛茂密的竹林成为天然屏障，叽叽喳喳、嘻嘻哈哈的说笑声藏在竹林背后，却能清晰地传过来。姑娘们好一阵才能换好泳装，之后三三两两出现在岸边，有的一下子扑进河里，有的从浅处小心翼翼试探着下水。她们的泳装非常漂亮，远远看去，水面上像开满了五颜六色的花朵。……女孩子们早早出落得美丽可人，穿上泳装更显得亭亭玉立，神情也随之端庄起来。那些花朵是谁都暗暗关注的。当她们在水面绽放开来，这一边的喧嚣必定提高好几个声部：两岸一个来回的自由泳比赛，如果赢了就夸张地欢呼，是不是为了引起那一边的注意呢？抑或选一处很高的岸壁，潇洒地伫立着，然后助跑和冲刺，先是大鹏展翅腾空而起，再蛟龙入水一般扎进河里，是不是也希望那一边的什么人看到？只要花朵还在水面，这一边就绝不会冷场。黄昏来临，那些花朵一一上岸躲进竹林，过一阵又露出身影，披着湿漉漉的头发沿河岸过来，从石桥上走过去，爬上缓坡，这一边的人紧跟着从河里钻出来，很快穿好衣服，尾随一般朝山垭那里去了……

二

那个年代，小学的课程设置非常简单，记得开了语文、算术、常识和政治，还有一门"文体"课，包括体育、唱歌和绘画。期中和期末也考试，几乎是象征性的。很多时候，老师带着学生聚在操场上搞"大批判"，小学生哪里明白"批判"的是什么，跟着喊喊口号而已。或者，一连几个星期停课排练节目，为县里安排的文艺会演做准备，男孩子学着《智取威虎山》里的杨子荣的腔调唱"到这里为的是扫平威虎山"，女孩子扮成《红灯记》里的李铁梅，唱"我家的表叔数不清"；规模更大的节目，是几个同学一起演《沙家浜》里的"智斗"，阿庆嫂、胡司令和刁德一演得有模有样。排练节目比坐在教室里上课有趣，老师和学生都觉得轻松。

大约在我上三年级的时候，两位不满二十岁的年轻男子高中毕业，到第二小学当老师；其中一位姓刘，浓密的头发略卷，中山装始终干干净净，卡其布的裤子熨出显眼的裤线，走在路上一副器宇轩昂的样子。不知道是否因为刘老师衣着讲究且长相"文艺"，学校让他组织学生排练节目，为参加县里的文艺会演做准备。我是少先队文艺骨干，能唱几首歌，很快引起刘老师注意。几次接触下来，刘老师皱起眉头指点，说我嗓音条件还好，如果唱《长征组歌》里面的几首歌，比如《四渡赤水出奇兵》和《过雪山草地》，效果一定更好，学校参加县里文艺会演的节目也能上一个档次。在学生眼里，老师说的话近乎圣旨，我每天兴高采烈地跟在刘老师屁股后面学唱《长征组歌》，觉得那些歌特别好听："横断山，路难行，天如火（来）水似银……"加上前面苍凉优雅随后又自信流畅的旋律，唱起来回肠荡气，能找到行军途中不畏艰险的感觉；"雪皑皑，野茫茫，高原寒，炊断粮"悲怆而坚毅，每一个字都带着不屈的意志。

歌是很快就学会了，刘老师和别的老师、同学都说我唱得不错，可惜的是，正式会演时却没能用上。出现这个意外，原因是刘老师安排的一个"插曲"打乱了节奏。

　　会演前一天，正逢县城赶集，学校组织同学们为贫下中农表演节目，刘老师带队，孩子们在街面上又唱又跳，进城赶场的庄稼人围成一个圈，看得饶有兴趣。那天本来没有我的节目，刘老师突然来了兴致，叫我上场，说要让贫下中农听一听《长征组歌》。我先唱了《过雪山草地》，刘老师说我的声音没有放开，重新唱，我又唱了一遍；刘老师说这还差不多，让我接着唱《四渡赤水出奇兵》。也许因为贫下中农的掌声还算热烈，刘老师颇有成就感，叫我继续唱，说尽量把声音放开，连我唱得不大熟也不适合独唱的《告别》《遵义会议放光辉》也唱了。一个十来岁的孩子，哪里懂得把声音放开不等于扯开嗓子拼命吼。我记得，"吼"到最后一句"革命一定要胜利，敌人终将被埋葬"时，我的嗓子嘶哑了。

　　第二天就要参加县里的会演，而我嗓子哑了，刘老师很着急。那天晚上，他专门到我家，送来一种叫"安乃近"的药片，说他问过医生，吃这个药可能有效。我父亲是医生，接过药片看了看，笑着告诉刘老师，安乃近用于急性高热，对头痛和关节痛等症状也有一定的效果，但不能治疗声带拉伤。刘老师说："声带拉伤？我还以为今天比较冷，唱歌时吸了冷风，嗓子才哑了呢。"父亲说："明显是用声不当或者用声过度，不过没什么大不了的，休息几天就恢复了。"刘老师问："明天能恢复吗？明天会演呢！"父亲呵呵一笑，说："明天啊？明天再看吧，说不定有奇迹呢。反正，从医学的角度看，一般需要十天半月才能完全恢复。"刘老师好像没明白我父亲的意思，说："也说不定哈？是的是的，说不定有奇迹。明天是县里的会演呢，排练几个月了……"

在第二小学上学的那几年，刘老师对我关照较多，他组织活动一定会拉着我参加。不过，有时候，他说的一些事情，我觉得听起来比较怪。记得他总提醒我要好好学习，为人师者勉励学生固然没有任何问题，但是，他的理由是成绩不好不能当班干部，还说"不想当将军的士兵不是好士兵，不想当班长的学生也未必是好学生"。我一向不愿意受约束，对当"官"毫无兴趣，没当过班长，最高"职务"是学习委员，还因为打架被撤了"职"，从此无官一身轻。刘老师苦口婆心劝我，说："人生必须奋斗！你晓得不，我的奋斗目标就是当校长，是当校长哦！"我斗胆问了一句："当校长和当老师有什么不一样？"刘老师眉毛一扬，说："不一样哦！当了校长……你现在还小，以后你会明白的。"

正所谓有志者事竟成，刘老师的进步真的很快，没过几年，我还在县中学读书，他就当上了第二小学的副教导主任，妥妥的"年轻干部"。受学历限制，他在副教导主任岗位上干了多年，通过"电大"拿到大专文凭，才去掉了"副"字。又过了一些年，刘主任晋升副校长，再后来当上了正校长。

刘校长退休前，在县人大谋到一个体面的职位，超过了他当年奋斗的预期。得知这个消息，我发自内心为他高兴……

三

上四年级的那一年，我们班语文老师生孩子休产假，学校找来一位姓倪的年轻女教师代课。这位老师性格柔弱，说话细声细气，还是外地口音，有些土气。学生本来欺生，代课老师的话听起来又比较费劲，就不肯认真听课。一些调皮的同学在课堂上满教室乱窜，随意进进出出像赶场。倪老师管不住，气得呜呜地哭，她越是哭，大家就越是笑，教室里总是乱哄哄的。

这种状况持续了几堂课，突然变了。想是得到了高人的指点，倪老师不再按原来的方式讲课，抱来一本书，站在讲台上念。她念的第一本书是《闪闪的红星》，当时同名电影还没拍摄出来，我们就知道了潘冬子和胡汉三的故事。随后又念《渡江侦察记》，记得是电影文学剧本，书的封面印着手提驳壳枪的解放军战士。从那以后，倪老师的课秩序好得不能再好，同学们一动不动坐在课桌前，教室里除了倪老师的声音，再听不到其他一丁点声，也没人在乎她土气的外地口音了。倪老师不拖堂，下课钟声一响，哪怕是念到半句也立即停住，学生心心念念，于是期盼下一堂课。那段时间，我最喜欢的课是语文课，确切地说是倪老师上的语文课。一个学期之后，我们的语文老师回来接着上课，倪老师走了，大家心里特别失落。

倪老师离开没多久，电影《闪闪的红星》隆重上映。学校与电影院商量，组织了专门的学生场，全校师生在操场集合，浩浩荡荡的队伍穿过街巷，去看这部大家期待已久的电影。彩色影片在当时是稀罕的，大家都说好，而我的感觉不大一样。倪老师照着书给我们讲的时候，我脑海里已经有了一个潘冬子，也有了一个胡汉三，与影片上的形象大相径庭，唯那首插曲《映山红》旋律优美，听了便难以忘记。翻拍的彩色故事片《渡江侦察记》上映，学校也组织了学生专场。坐在电影院看一部战争题材影片，银幕上炮声隆隆杀声震天，应该比听人念这部片子的剧本直观和生动，但是，我觉得倪老师念的剧本更能打动我，印象也更深刻。

我还喜欢"文体"课，打球、唱歌和绘画无非是换一种方式玩。尤其喜欢绘画课，因为这门课的老师比较特别。这位老师姓罗，二十多岁，个子偏矮，身材干瘦，一双布鞋从来不是穿着的，而是趿着的，走路慢拖拖。罗老师没有受过专业的美术教育，他为什么成了学校唯一的专职美术教师，谁也说不清楚。我注意到，他为学校宣传栏画的刊头笔法粗糙、色彩怪异，端着冲锋枪的民兵像小丑，冲锋枪像烧火棍。至于上课，得看他的心情，如果认真一些，他会用粉笔在黑板上画一栋房子，近旁画一两棵树，远处画几条起伏的线条，算是山，再画一个太阳，射出几道光芒；有时候也画火车、轮船、飞机或者坦克。学生用铅笔照着黑板上的图样画，画成什么样子就什么样子。倘若老师心情不那么好，黑板上的图样也懒得画了，让学生自己画。有一次，学生问这节课画什么，罗老师不耐烦，说："画油煎豆腐干！"学生问："油煎豆腐干怎么画？"罗老师说："油煎豆腐干，随你心喜欢——你喜欢画哪样就画哪样！"

罗老师比我大十多岁，我们之间隔着师生的界限，按说是不大可能有多少交道的，因为同样馋，我和他成了很好的朋友。我有几个玩伴，经常约着到处找吃的，苞谷出来了去地里偷苞谷，稻子转青了下田捅黄鳝，还偷过邻居的鸡和兔子，不敢拿回家，半夜三更去敲罗老师的门。罗老师这时候完全不像老师，只要有吃的，绝不问来处，立即生火烹煮，美美地吃上一顿。土桥河边有一个收蛇的贩子，收到的蛇连夜处理，只留蛇胆和蛇皮，我们去拿蛇肉在罗老师家里炖，清水加盐和少许姜片，炖熟了蘸煳辣椒，味道鲜美无比。罗老师不止一次说，人这一辈子，也没太大的事情，有吃的就好，吃得好就更好；如果随时可以买到"蓝雁"香烟，那就好上加好了，你还要哪样吗？我问过他，除了吃，就没有其他想法了？比如娶个漂亮点的媳妇，生个娃娃，不想吗？罗老师说，娶个媳妇？那不过是两个人一起吃嘛，漂亮媳妇一样要吃饭，也一样要拉屎，拉的屎一样臭；生了娃娃就是再多个人一起吃饭，未必比自己一个人自由自在吃得舒心呢。仔细寻思，罗老师的话不无道理……

罗老师三十多岁才结婚，当时我大学毕业在外地工作，未能参加他的婚礼。有一年回故乡小城过春节，一起偷苞谷捅黄鳝的几个朋友聚会，约罗老师，他没来。第二天下午，我们上门找他，琢磨能不能在他家喝顿酒。敲开门，罗老师和妻子围着铁炉子烤火，寒暄之间，我发现罗老师说话声音变小了，总抬眼去看坐在身边的媳妇，昔日的风趣已经了然无痕。他媳妇是一个乡的副乡长，性格泼辣，据说抓计划生育是一把好手。罗老师从一个人吃饭变成两个人一起吃饭，不好说他是不是吃得更舒心；可以肯定的是，像过去那样半夜三更带着偷来的美食去敲他的门，在他家里无所顾忌地喝酒吃肉，是绝无可能了。那么，赶紧告辞吧。

四

一九七六年夏天，我们那一届学生升初中，县里唯一的中学师资和教室都不够，无法接纳学生正常入学，我们悉数留小学读"戴帽初中"，意思是给小学戴一顶初中的"帽子"。

当年的教育大纲规定，初中阶段应当开设物理、化学和外语课。第二小学的老师虽然没教过初中物理和化学，毕竟学过，还可以勉勉强强对付。外语课就没那么容易了，学校全面摸底，无论英语、俄语、日语、法语，还是别的什么语种，所有老师没有一个能教的。城北的第一小学外语师资同样为零；即便是县中学，也只有三个人做过苏联专家的翻译，中苏关系破裂后遣散回来教俄语，但教学任务已经很满。没有老师，外语课肯定是开不了的，学校也无能为力。

稀里糊涂上了一年"戴帽初中"，初二开学没多久，谁也不曾料到，英语课居然开起来了。

我们班语文老师姓张，长相一般，胡子拉碴不修边幅，所以年近四十还单身一人。经人牵线搭桥，张老师终于喜结良缘，迎娶了一位长相和他较为般配的女子。新娘子在县纸厂工作，而纸厂的机器开动了便不能停，需要三班倒，如果赶上夜班，张老师必须在凌晨时分送妻子穿过整个县城去上班，第二天清早再去接她下班。既是夫妻，这原本是应该的，对于新婚的夫妻也是美好的。张老师却总是抱怨，也不知道是真的有怨言，还是以"抱怨"的方式显示自己也是有老婆的人了。每天上课，一定要先说昨天晚上如何送"那口子"去上班，回来都半夜了，天不见亮又要起床去接，自己是如何累。同学们听了笑成一片，让张老师说得更细一些，他抬眼四下环顾，说："更细的事情嘛，那不能说，你们才多大点，晓得个啥？"

有一天，张老师懒洋洋地走进教室，照例一番抱怨，说和他的"那口子"打交道太累。大家问怎么个累法，他举例说明：今天清早去接她下班，问候一句"good morning"，她说："你放的啥子洋屁哦！"看看，没文化多可怕啊！一阵哄笑之后，一位成绩一向优秀的女生站起来，问张老师说的是不是英语，张老师笑而不语。同学们说，既然张老师懂英语，能不能教我们？张老师说，学校没有安排啊。大家七嘴八舌地吵开了，学校说不开外语课的原因是没有老师，张老师不就是现成的老师吗？吵到最后，张老师答应"试试看"，今天先教大家二十六个字母。那一堂语文课，我们学了二十六个英语字母，特别兴奋。

张老师能教英语，而且私下为初二的一个班上了英语课，消息传开，在第二小学的"戴帽初中"引起轰动。校长先是"批评"张老师，说他不应该"过于谦虚"，进而恳请他"把担子担起来"，英语课应该名正言顺地上，而不是在上语文课的时候偷偷上。校长还耐心做张老师的思想工作，说现在改革开放了，懂英语不等于崇洋媚外，更不是里通外国的特务，千万不要有顾虑。不到一周，课程表重新发了下来，初一和初二加起来六个班，每班每周四节英语课错开安排，张老师是唯一的英语教师，课程排得满满的。

第二小学"戴帽初中"的英语课开了一个学期，不得不终止。人们渐渐发现，张老师的英语课"进度"不大对，二十六个字母教了差不多两个月，最笨的学生都记得滚瓜烂熟了，还不上新课，终于教了"how do you do"，一个多月天天学这一句。整整一个学期，我们学会了二十六个英语字母，知道大写和小写的区别，学了"你好""早上好""晚上好"和"再见"等七八个简单的句子，发音是否准确另当别论，此外再没学别的了。因为，张老师只会这些，只能教我们这些……

知情人说，张老师主动找到学校领导，说自己的英语水平只够教一个学期。校长早已看出问题，正愁不知道该怎么和张老师说，既然他自己提出来，那就再好不过了，说："好好好。教一个学期也很好嘛，辛苦辛苦!"

五

一九七八年夏天，我们即将升入初中三年级的时候，县中学决定招一部分初三学生，因为师资和教室仍然有限，需要通过考试择优录取，考上的进县中，考不上的留在原来的学校继续读"戴帽初中"。兴许是文曲星保佑，我顺利考进了县中学，成绩名列全县第三，暗暗嘚瑟了一阵。县中学在城东北凤凰山麓，与第二小学方向正好相反，初三忙着考高中，高中只上两年，应付高考的压力更大，所以，那三年时间我几乎没有再去过第二小学。一九八一年考上大学，告别故乡小城之前，我去拜望小学的几位老师，在校园里转了转，此后就很少回去了。

都说人的一生总会有这样那样的梦想，而小学正是最早放飞梦想的地方。回想起在第二小学读书那五年，以及"戴帽初中"的两年，我好像不曾有过什么梦想，哪怕很小的梦想也没有。教我唱《长征组歌》的刘老师应该算是有梦想的，他的梦想似乎也实现了；不知道蔡姓教导主任有没有梦想，语文课上给我们念《闪闪的红星》和《渡江侦察记》故事的倪老师、教绘画的罗老师和上了一个学期英语课的张老师，他们有没有梦想。

如果有，他们的梦想是否实现了?

2023 年

叶嫩花初的心事

不知道我算不算早熟。自有清晰的记忆开始，大约四五岁吧，我就觉得女孩子好看，而男孩子一个个都邋遢和猥琐，包括我自己，浑身上下总是脏兮兮的。那时年龄太小，只是觉得姑娘们像花儿一样美丽，看到她们，我的心情就出奇地好。她们是与我完全不同的另外一类人，代表着完整的人的另外一半，那是生命最美好最温润的一面。至于她们与我可能有什么样的关联，与其他男孩子可能有什么样的关联，我内心是毫无概念的。

记得那年早春，一个雨天，我撑着黑乎乎的旧雨伞走在街上，看到一把小小的红伞从对面飘过来，款款地来到我面前，擦肩而过，接着就远去了。伞下是一个穿红衣服的女孩，雨伞的颜色与女孩衣服的颜色如此耀眼，吸引我停住脚步，呆呆地站在街边，目光追随着红色的影子，从远远出现到最后消失，一刻也没有移开。在我恍恍惚惚的眼眸之中，小红伞下衣裙翩翩的女孩如一抹鲜亮的水彩，撕开沉沉的雨网，撕开小县城行行复行行的潮湿与泥泞，灰暗的街巷随之生动起来，滴滴答答的雨点声也变得格外悦耳了……小红伞下的女孩是我小学同学，同一年级，不同班，我们之间直到毕业都没有说过一句话。但是，无论什么时候看到她，在什么地方看到她，我会立刻想起那个雨天，想起那一抹靓丽的色彩。后来学习绘画，我多次尝试把当时的情景画下来，构图似乎是准确的，色彩也渲染得无可挑剔，但不管怎么看，都不是印在心里的那个画面。我的画笔表现不了的东西，文字同样也表现不了，即便今天写下的这些，与那一刻心灵深处的震撼相比，显然是言不及义的。

"女儿家是水做的骨肉"，难怪她们如此柔情似水，如此靓丽迷人。男孩子当然应该喜欢女孩子，不然还能喜欢谁呢？

有一天你突然发现，在你眼里，女孩子不再是一个整体，不知不觉间变成了某一个具体的人。或者说，是某一个具体的人从整体里走了出来，她的光芒过于炫目，以至于你只看得见她，别的女孩通通成为模模糊糊的背景。从此，她的身影总在你心头来来去去，你终于懂得去幻想自己与她的某种关联，这幻想令你的心一阵阵发紧，觉得胸腔里有枝叶开始发芽，因生长而隐隐作痛，然后结出蓓蕾。一切是说来就来的，由不得你愿意不愿意，正如花蕾在春天里一天天膨胀，从娇小羞嫩到丰满热切，等待如释重负的绽放……

潇潇春雨里小红伞的记忆宛若梦境，伞下的女孩并没有从整体里走出来，她的美好只是一种象征。另外一个女孩走来了，而且，她不是走过来的，是以极为特殊的方式闯过来的。

她的的确确是闯过来的。大概小学五年级的时候，夏日里，一个寻常的午后，上课铃急促地响起，大家立即往教室里跑，我坐到课桌前，发现书包忘在操场上了，赶紧起身去找。那一刻，在教室门口，我从里面冲出去，一个身穿碎花薄衫的女孩子从外面冲进来，我们都来不及躲闪，迎面撞了个满怀，仿佛"拥抱"一般。匆匆避开之际，我抬眼一瞥，看见她的脸涨得通红，眼神似嗔非嗔。同学们夸张的哄笑声令我们更觉尴尬。我抓起书包回到教室，尽量不去看她，而她的座位正好在我前面，我的目光怎么躲也躲不开，干脆低下头，整整一节课什么也没听进去。

不小心相撞是一个意外，按说双方都有责任；上课铃声响了还往外跑，我算是"逆行"，责任好像要大一些。那么，当时的窘况应该算我造成的。因为怀着一份愧意，此后遇到她，本想着避开，又忍不住去看她，实际上是更多地关注到她了。我发现她的眼神清澈透亮，长长的睫毛闪出生动的节奏，碎花的薄衫那么得体；她的声音柔柔的，呼吸好像也带着韵律，如轻轻吟唱着的一首无词的歌。这种所谓的"发现"引发一系列微妙的心理反应，只要与她有关的事情，我都特别在意。比如，每次考试之后，班主任老师用一张红纸写上前三名的名字，张榜公布在黑板旁边，三个名字之中，总有我的和她的。我喜欢看到我们的名字紧挨在一起，如果她第一而我第三，中间隔了一个人，我会闷闷不乐；如果我第一而她第三，看着也别扭，倒不如自己是第二名，我们的名字就不会被隔开。我还希望和她同一张课桌，虽然每个学期都重新分配座位，但学校定了一个规则，成绩好的学生要帮助别的同学，必须错开，这样一来，我们无论如何也不可能同桌了。

一个小小的"意外"，给我带来了一份意想不到的心事。既然是心事，藏得再深也担心露出端倪，我为自己一些不着边际的心思而深感羞愧，似乎犯了天大的罪过，遇到她就紧张。我还注意到，面对我的时候，她也显出拘谨，远远看到我就绕开；即便碰巧迎面走过，也一定把目光移向别处，假装没有看到我。对那次猝不及防的相撞，她心里想了些什么呢？谁能肯定她没有被惹起同样的心事？倘若如此，而我们反倒刻意避开对方，比普通同学离得更远一些，是不是错过了关于未来的无限可能？

小学毕业后，我们去了不同的学校上中学，从此再无联系。多年以后翻看毕业照，她蹲在第一排，一头短发，笑容青涩，身上穿的正是那件碎花薄衫。黑白照片已经发黄，看不出衣服的颜色，但是，我相信自己的记忆，那碎花是浅蓝色。因为仅有的那一次"拥抱"，旧照片里便藏了淡淡的惦念，让人觉得温暖，又有些伤感……

把这样一份心事算作初恋，是不是过于勉强了？但是，一个男孩子对一个女孩子最初萌生出的爱恋之情，如果不算初恋，又应该算作什么呢？把第一次确立所谓"恋爱关系"算为初恋，而忽略情窦初开的心跳，很可能是对"初恋"这个概念的一种狭隘的理解。事实上，两个人摆开架势谈恋爱，而恋爱竟至于需要"谈"，他们的心里就难免装着目的和目标之类的因素，乃至带着某些"盘算"；当然同样可以一日三秋"如之何勿思"，也可以"但试将一纸寄来书从头读"，却早已经不是羞怯的心事秘不可宣的感觉了。真正意义上的初恋大多无关婚嫁，无关未来的日子，因为少男少女们顾不上也不够资格去思量纷繁的事情，除了"初恋"本身，他们什么也做不了。

男孩子和女孩子一天天长大，暖风轻拂之中，青春的心必将无可挽回地苏醒。我在上初中三年级的时候，注意到隔壁班的一个女孩子，暗暗喜欢。二十世纪七十年代的社会环境，男生和女生"擅自"来往是绝对不被允许的，但是，谁管得住一颗热血奔涌的青春的心呢？有一次，我们排队买电影票碰在一起，她主动和我说了几句无关紧要的话，惹得我的心咚咚乱跳。在此之前，我从来不敢想象与她面对面是何种情形。可惜的是，我们一前一后买的票，座位却不在一起，为此我遗憾了好长一段时间。三十年后，我们在同学会上相遇，酒过三巡，我斗胆提到在电影院排队买票的事情，她完全不记得了。那么只能说，这个记忆是属于我一个人的，我的心事并不是她的心事……

到了高中，少男少女们已经不再是小男孩和小女孩，青春萌动是美好的，也无疑是危险的。表面上，大家专心致志准备高考，教室内外风平浪静，整个校园似乎也波澜不惊。殊不知，总有一些人，他们愿意想象"妖童媛女，荡舟心许"的事情，并相信这样的事情每一刻都在发生，即便不能说风起云涌，至少"暗流涌动"，校园内外到处藏着色彩斑斓的秘密。如果你藏着所谓的秘密，或者看上去你可能藏着所谓的秘密，便有人千方百计窥探你的秘密。

记得大约是毕业前夕的某个周末，我和几个同学约着去城南水库郊游，引发了一件有趣的事情。

那天一大早，我们三男三女一共六个人骑自行车出了县城，一路欢歌笑语，心情一如夏日的清风，说不出的爽朗。就在此时，一队人马风驰电掣般逼近，随后紧追不舍，大半天时间里，我们竟毫无察觉。据说某女同学得到我们相约出游的线索，立即召集同班的一些女同学跟踪，说要看看我们"究竟去干什么"，响应者竟达十余人。有一个乖乖女本来要去打猪草，也冒着被母亲责骂的危险，断然丢下镰刀和背篓加入了队伍。令人折服的是，一大群女孩子一改往常喜鹊般叽叽喳喳的习性，与我们保持着不远不近的距离。不难想象当时的剧情，至少在悄悄跟来的女同学们眼里，剧情是这样的：六个鬼子兵鬼鬼祟祟溜出城，虽然"狡猾狡猾的"，终于没逃过八路军武工队雪亮的眼睛，而且全是"女八路"。她们似乎训练有素，既能紧紧咬住敌人，近距离观察敌情，又不暴露自己，真的很了不起。

多年后，在一次同学聚会上，有人提起这件趣事，揭秘"跟踪侦察"的细节，说她们小心谨慎地跟着，最终什么也没有"发现"，还遇到一场瓢泼大雨，浑身上下淋了个透。我印象中，那场雨突然下起来的时候，我们六个人正走在田间小路上，看到路边一间孤零零的磨坊，赶紧躲进去。那是一间简易磨坊，几根柱子支撑着青瓦的屋顶，四面没有一块板壁，可以肯定，我们的一举一动仍在"女八路"们的视线之内。磨坊里有一台电动打米机和一口搭斗，堆着一些干草，我们坐在草堆上，分享各自带来的午餐，有香肠、泡粑、饼干和橘子。我带了父亲的双镜头海鸥相机，拍了好几张照片。翻开旧影集，那些黑白照片忠实记录了我们青涩的模样。可惜我不知道"女八路"们埋伏在附近，未能拍下她们的飒爽英姿。

因为这件事多多少少带有"偷窥"的意味，参与其中的女同学觉得不好意思，纷纷表明自己不是"主谋"。不能说她们的好奇心过于重了，事实上，我们六个人的那次郊游，的确和电影上鬼子兵"打枪的不要，偷偷的进村"差不多，男生女生分开出城，到城外才汇合。那么，"女八路"们不辞辛苦跟了一路，究竟想发现什么呢？她们的"目标"其实在她们自己心里；准确地说，她们追寻着的，是被青春刚刚唤起的心动。这样的心动在合适的季节如期到来，更像一种自然现象，无论那一刻的心念如何，本质上是源自生命的觉醒，无所谓对和错。在我看来，这并不是一场"闹剧"，而是一场"喜剧"，留下一份共同的记忆，非常珍贵也非常美好。

至于我们六个人之间，谁喜欢谁，谁又喜欢谁，谁暗藏着与谁有关的心事，也许谁心里都知道，也许谁都不知道。唯一的结局是，到最后谁也没跟谁走到一起去。我和三位女生至今仍是很好的朋友，并为此而深感荣幸……

自幼年时代起，我就觉得女孩子好看，作为男人，我一向敢于坦诚地赞美女性，一向爱慕、尊重乃至崇拜女性。她们中间，从女性整体里走出来的那个具体的女人，坚定地走向你的那个女人，与你甘苦与共相濡以沫的那个女人，更值得你无以复加地赞美、爱慕、尊重和崇拜。广义上看，天地万物间最根本最重要的一条法则，一定是异性相吸，都说世上不存在绝对真理，我以为，这一条法则是绝对真理。绝对真理绝对地指引人们的心灵。所以，男人注定爱慕女人，也注定深深地迷恋并依赖女人，即便与爱情无关。

而与你的爱情有关的那些女人，以及你自以为与你的爱情有关的女人，你青春年少时的暗恋、迷恋、苦恋，或者别的什么恋，她们会不会在你内心的某一个角落留下痕迹呢？你无须回避，甚至连善意的谎言都不需要，因为叶嫩花初的心事绝不肮脏，绝对纯粹。

2005 年

第二辑

蓦然回首

庭院里的季节

在很多事情上，两代人的想法总有很大差距，站在不同的角度去看，似乎都有道理。我和我的父母就常常想不到一起去，有时还发生争执；不过，最后让步的一定是我。

我大学毕业从北京回到省城工作，父母生活在故乡小县城里。两个老人相继退休后，我劝他们搬来和我一起住，这样一件原本顺理成章的事情，思想工作竟做了十余年。好不容易答应了，又坚持要另外买一套房子，说自己住更自在；我三番五次劝说，犟不过，只好照他们的意思办。新买的房子产权落在我女儿名下，他们的意思很清楚，要给孙女留下一点财产。县城里的那套房子还留着，想念那里的老同事老朋友了，就回去住一段时间。

两年前，老家的房子拆迁，可以选择现金补偿，也可以就近置换一套商品房。那时我已经调省外工作好几年，父母打电话跟我商量，我建议要房子。黔北山区那座小小的县城也许是乏善可陈的，但毕竟是我们的故乡，在故乡有一个属于自己的居所，人的心态就不大一样，走得再远，感觉根还在那里，有一份心灵的牵连。父母也认为应该在县城保留一套房子，这一次，我们的想法不谋而合。

但是，随着房子的选装，分歧还是不可避免地出现了。

一开始，父母显得通情达理，说他们年纪越来越大，不大可能经常回去住，选什么样的房子，怎么装修，一概由我决定。遵照父母的意思，我请公休假回去选房子，看中了县城西郊的一个楼盘，离西山水库很近，周围的山岭林木葱葱，尽管不能直接看到水面，但能感受到一泓碧水清新的气息。房子也很不错，六层的洋房，一楼户型面积一百二十平方米，不大不小，户外带一个四十多平方米的花园。我特别喜欢那个花园，虽说小了一点，毕竟能接地气，对于注定买不起别墅的工薪阶层，这差不多是最好的选择。

选好房子，办完手续，紧接着安排装修，拜托当地的朋友帮忙监工。我不大过问装修工程的情况，一切由当地朋友做主，照设计方案施工。唯独对花园，我总是不大放心，通过微信视频"遥控"，反复琢磨围墙和栏杆的式样、色调等等，该调整的及时调整。受限于季节，花园地面未及认真打理，简单铺了一点草皮。照我的想法，小小庭院也是可以经营得很精致的，植物不需要太名贵，端头种一丛斑竹，旁边种两三株花椒，靠围墙处种杜鹃和火棘，其他地方随意种一些美人蕉、鸡冠花和菊花。这样，冬秋春夏之间便有了不同的颜色。我找朋友预定了苗木，计划来年开春的时候再休一次假，专门回去栽花种树。

大约三个月时间，装修完工，又晾晒三个月，家具配置齐当，可以入住了。当时正是秋高气爽的季节，我父母从省城回去，打算在新居住上一段时间。

　　总体上，无论是楼盘周边的环境还是房子本身，父母是满意的，也喜欢我设计的简约装修风格；但是，对落地门外那一片铺了草皮的花园，他们怎么看怎么不顺眼。先是父亲打来电话，问花园是不是没有完工，怎么光秃秃的。我说完工了，眼下不是种植花木的时节，等到春天把该种的都种上，就漂亮了。过了几天，母亲又打来电话，说庭院里是不是应该铺上地砖，再搭上架子，方便晾衣服，晾在外面比晾在阳台上更容易干。我解释说，这套房子好就好在有一个花园，改成晾衣服的坝子，就失去意义了。此后，父母不断打来电话，说发现花园的草皮下面有蚂蚁，还有其他虫子，蚊子也比较多，还是铺上地砖比较好。父母的想法令我郁闷不已，耐着性子对他们说，现在的房子高楼大厦居多，花园是稀缺资源，铺上地砖就不是花园了，实在可惜。大约两个月后，母亲通过微信发来几张图片，花园里的草皮已经变成浅灰色的地砖。母亲说：“我们喜欢地砖，踩上去干净。反正现在是我们住，你难得回来一趟；以后你退休了回来住，自己把地砖挖掉，想种什么就种什么。”我无言以对，只好回信息表示“坚决拥护”；木已成舟，不拥护又能怎么样呢？

　　来年春夏之交，我还是请公休假回去了一趟，花木自然是无法种了。站在地砖满铺的花园里，我和父亲闲聊，说起多年前的事情，我记得父亲是很喜欢种点花花草草的，为此还和我奶奶较过劲，如今怎么毫无兴趣了呢？父亲想了想，说年纪大了，体力不济，不愿动，此一时彼一时嘛。

　　自我出生到十六岁离开故乡外出上大学，我们家一直住在县城的上城门边，城门和城墙早已拆除，只有地名仍被老一些的人沿用。我家有两栋祖上留下的房子，一前一后，都是黔北民居风格的木房，深灰的瓦檐，褐色的板壁，暗示着岁月的久远；木窗棂雕了喜鹊、蝙蝠和桃子，寓意吉祥如意、福寿双全。临街那栋房子的屋后是一个三丈见方的庭院，后面一栋地势高出大约两米，庭院在房子的正前方，更大一些，中间是十多级石台阶。这样高低错落的两栋房子和两个庭院，既自成一体，又被青石的阶梯连着，相辅相成，显出一种特别的圆满，不知道是祖上匠心独运，还是因地而建巧然天成，总之很漂亮。

我记事的时候，一上一下两个庭院，石阶上面由我父亲打理，石阶下面归我奶奶经营。两个庭院显露出完全不同的姿态，其间蕴藏的玄机，我到了现在这个年龄，才勉强悟得几分。

这种格局的起始，很可能是因为我父亲种了一株玫瑰。父亲有一位忘年之交的朋友，通晓音律，精于翰墨，更是园艺的行家里手，种了不少奇花异草，玫瑰尤其多，也尤其好。有一年暮春时节，父亲从朋友那里回来，带回一株玫瑰花苗，兴致勃勃地种在上面庭院靠石阶的位置。花苗大约两尺长短，枝叶稀稀疏疏，一副弱不禁风的样子。不想几年之后长成茂密的一丛，数十枝褐色的秆茎足足有两三米高，布满浅灰色尖刺，开出的花呈粉红色，硕大而丰荣，从晚春一直绽放到初秋。人们从十多米之外的街面走过，也能闻到沁人心脾的花香，不禁侧目眺望，熟悉的人总要上门来细细观赏一番。父亲颇为得意，尝试把花瓣与白糖放在一起窖制，做成玫瑰糖分送亲友，我记得那种糖带着浓浓的玫瑰花香；还做过玫瑰花茶，但没有成功，茶叶和花瓣长出厚厚的霉衣，不再做了。

自那以后，父亲迷上园艺，除了打理那一丛玫瑰，还在庭院里种了夜来香、指甲花、牵牛花、菊花和美人蕉，以及有点像牡丹的芍药，还有一些花木比较古怪，我叫不出名字。美人蕉是一种娇艳的花，叶子的色泽厚重大气，花朵红得令人心醉，花蒂处藏着的汁水特别甜，我经常偷偷去摘来放进嘴里吮吸。菊花有多个品种，每年立秋前后，叶子变成墨绿色，星星点点的花蕾挂满枝头。我看到父亲拿起剪刀一阵猛剪，去掉大部分花蕾，每株留两三个，甚至只留一个，说这样开出的花更大，也更漂亮。父亲说，这就是"舍得"的道理之所在，有"舍"才有"得"。深秋时节百花凋谢，唯傲霜的菊花兀自开放，不同的品种，形状和颜色千差万别。在我们小小的县城里，不夸张地说，当年我家庭院里的花木称得上是一道风景，季节的更替尽在岁岁枯荣之中。我的童年也因此有了多彩的记忆。

但是，父亲精心打理的那些花木，奶奶认为是毫无价值的。老人家不时在庭院里转一圈，看一看，撇着嘴摇头。

奶奶是地地道道的乡下人，在县城十里外一个叫桶井的小山村出生和长大，十七岁那年奉父母之命媒妁之言嫁到城里来。不料命运弄人，爷爷因病过世的时候，我父亲才十岁出头。奶奶目不识丁，那个年代的农村，即使男丁也不大可能有机会念书，何况"女边家"（当地对女子的一种称谓）。但是，奶奶明白读书的重要，再辛苦也要供儿子上学，一直供到大学毕业。自己的儿子在医院里当医生，奶奶很是自豪，觉得儿子有出息，了不起。不过，自从儿子开始种花花草草，奶奶的看法就变了，经常念叨，说那些东西中看不中用，种出来既不能吃又不能穿，使多大的力气也是白费。

奶奶在县城里生活了几十年，骨子里依旧是庄稼人；农家女子大多勤劳，早早学会了地里的活，春种秋收驾轻就熟。对于庄稼人，土地是生存的根本，只要有土地，哪怕很小的一片地，也能刨出与生计有关的东西来。所以，奶奶没让院子里的土地闲着，在石台阶上面靠右的一边种了几棵花椒，每年春天，花椒树冒出嫩芽，摘下来裹面粉用菜油煎炸，做出一道叫"香酥椒叶"的菜，香脆可口，一家人都爱吃，花椒叶还可以用来煮土豆汤，味道非常特别。等到秋后，红红的花椒挂满枝头，小心摘下来晒干，一年都吃不完，大部分送给亲戚朋友隔壁邻居，皆大欢喜。石台阶下面那片园子也是不能荒废的，每年春分过后，奶奶扛起锄头一遍一遍翻地，种苞谷，也种茄子、辣椒和西红柿等蔬菜，还种生姜、大蒜和香葱，年年收获不菲。新苞谷出来后，奶奶要做一次苞谷粑，先用屋前的石磨把苞谷磨成很稠的浆，再用洗干净的苞谷叶子包起来，放进蒸笼蒸熟，特有的清香诱人食欲。奶奶在庭院里种过的唯一的花是向日葵，开花时金灿灿一片，打下的葵花子炒出来香喷喷的。

和我父亲打理的庭院一样，奶奶经营的菜园子，不同季节也有不同的色彩。在奶奶眼里，季节就是农时，是播种、锄草、追肥和收获的指针，关注农作物的那些花是否如期绽放，不是为了观赏，而是预判秋后的收成好不好。

当然，我父亲对奶奶种的东西也是不以为然的。我见过他们母子两人争论，父亲说苞谷和蔬菜值不了几个钱，菜场里随便买，没必要费气费力地种。奶奶说土地荒着也是荒着，种一点得一点，总比种那些花花草草中用。父亲说院子里一年四季都有花，不好看吗？奶奶说苞谷的天花黄茸茸的，苞谷须须红丝丝的，苞谷叶子绿油油的，也好看啊，葵花也是花，不比你种的那些花好看？不仅好看，还能收点实实在在的东西……这样的争执自然不会有结果，谁也说服不了谁，只好互不干预，院子里各种各的，倒也相安无事。

寻思起来，我隐隐约约觉得，奶奶和父亲的争论看似简单，其实暗藏着某种深刻的道理。哲人说过，对于眼睛来说，不是缺乏美，而是缺乏发现，就是说美的要害在于发现。所谓发现，本质上是一个认知的过程，不同的眼睛看到同样的事物，产生的认知很可能相去甚远，什么是美好的，往往不决定于事物本身，而决定于人参与了对美的创造，决定于认知。这个课题实在太大了，这里只说土地上生长出来的东西：姹紫嫣红的花朵固然是美好的，庄稼人可能视而不见，在他们眼里，于衣食有用的，才是最美的，无论草本的稻麦和瓜菜，还是木本的柿子、枣子和栗子，有什么美得过沉甸甸的收获呢？车尔尼雪夫斯基说"美即生活"，对这个道理悟得最透彻的，也许是面朝黄土背朝天的农夫村妇，而未必是学富五车的美学大家。

我们深信，这个世界终归是要变的。我的故乡小城，楼房越来越高，街道越来越宽，市声也越来越喧嚣，如今的确是现代和繁荣了；包括我家的一上一下两栋木房和庭院在内，黔北民居风格的建筑在小城里早已荡然无存。人们无疑应该辩证地对待"舍"与"得"，如那些菊花的花蕾，把该舍的舍去，才能得到更美的花朵。但是，我们究竟舍去的是什么，最终又得到了什么？当脑海里浮现出当年的那些画面，我深感迷蒙而迷离，总是忍不住去想，人们走向所谓现代生活的代价，是不是太大了，是不是真的值得？

所以，我决定在故乡小城里保留一个牵系生命根脉的居所，选这套房子，我看中的正是那个小小的花园。我想象，今后在园子里种些花花草草，乃至种一畦苞谷，或者向日葵，便有机会看到季节更替，从而追寻岁月的律动。可惜的是，我最终没能说服我的父母，地砖到底还是铺上了。后来我又当面争取过，希望从父亲那里找到突破口，问他要不要在花园里辟出一小片地来，种几株美人蕉。父亲笑了笑，不置可否。我知道父亲特别喜欢美人蕉，对我的建议可能是动心的，只是做不了主，所以不说话。母亲说现在就不要折腾了，以后你退休了回来住，想种什么都随便你。

我终于明白了，就像当年在房前屋后的庭院里种点什么才好，奶奶和父亲想不到一起去，是不是保留一个真正的花园，我和父母也绝对想不到一起去。照孔夫子"事父母几谏，见志不从，又敬不违，劳而不怨"（《论语·里仁篇》）的教诲，我听他们的，不折腾了。

父亲一生酷爱古典诗词，诗集《画菊闲情》里佳作不在少数。退休以后，他突然写起现代诗来了，出版过一本诗集，书名《荒原的美人蕉》。我不便评说这本诗集好不好，但书名的确是诗意盎然的，荒原与美人蕉形成反差，让人对自然和生命的关系产生无尽的联想；只是，从书名看，这样的诗集更像青年女诗人的作品。泱泱中华幅员辽阔，真正称得上"荒原"的，无非青藏高原无人区和大西北的沙漠戈壁，父亲从未去过那些地方；而我们的黔北山区到处是高高的山岭、茂密的丛林和碧流潺潺的江河与溪涧，一年四季山清水秀、气候温润，不同的花开在不同的季节。父亲把美人蕉放在荒原之中，并将这个意象用作诗集的书名，我觉得有点奇怪，想问一问他，又怕犯了什么忌讳，终于没有问。

让人欣慰的是，故土的居所毕竟带了一个庭院，虽然很小，也足可以装下一年四季不同的光景。我想，我退休回去一定要说服父母，把瓷砖统统挖掉，种上竹木和花草；也种一些庄稼，特别是当年奶奶喜欢种的苞谷和向日葵，哪怕只种几株。这样，在小小的庭院里，我们就可以看到万物在春天萌动的姿态，看到盛夏的无限生机，以及厚重的秋色和宁静的冬；然后，雪融冰开，又一个早春如约而至，陌上燕燕于飞……

2022 年

三原色

短缺经济时代，粮食和食用油照购粮本上的定量供应，买猪肉凭肉票，每人每月一斤，有时候只能买到臭烘烘的咸肉；买布或者买衣服凭布票，每人每年多少尺；此外，买肥皂需要肥皂票，买白糖需要白糖票，买豆腐需要豆腐票，等等，多数生活用品都需要票证。那时候，钱还真不是万能的。

但是，没有钱呢？那一定是万万不能的。

在我们小县城里，有没有"正式职业"往往决定着一个家庭的境遇。夫妻二人都上班的"双职工"家庭，虽然说不上富裕，也不至于太拮据。比如我家，我父亲是医生，母亲是教师，两个人工资加起来每月八十多元，日子算比较好过的。只要有一个人拿工资，钱每月按时发下来，不多一分也不少一分，油盐柴米基本不愁。全家没有人上班拿工资的"干居民"，为了养家糊口，通常摆个摊子做点小生意，就不是那么容易了。

我有一个儿时玩伴，父亲在印刷厂当工人，母亲没有工作。家里有人上班拿工资，按说应付简单的日子是不成问题的。但是，他们家恰恰问题不小，原因是孩子多。我的这位朋友是长子，有一个弟弟和两个妹妹，六口之家靠他父亲每月三十六元工资支撑，不管怎样节俭，也难免捉襟见肘。

我和这位朋友熟悉起来，是因为都喜欢绘画。当年小学的功课不大正常，照现在的眼光看，"读书无用论"流行的那个年代，孩子们一定是被耽误了。站在孩子的角度，处于"放羊"状态未必不是好事。我每天早早就放学了，然后随心所欲地玩；小小的县城空间有限，便溜到城外去，上山打鸟下河摸鱼乃至偷苞谷挖地瓜，想干什么干什么，没人管。既然读书毫无用处，而且还有"知识越多越反动"的风险，何苦认真读书呢？但是，人一天天长大了，我觉得东一趟西一趟瞎逛没什么意思，便想找点自己喜欢的事情来玩。我发现县文化馆的阅览室里放着好几种杂志，上面的文章看不懂，封面和封底乃至封二封三印着画，却是不难看懂的，比如《毛主席去安源》《开国大典》和《万山红遍》，还有一些风景画，如黄山的苍松和漓江的山水之类，觉得非常好，渐渐萌生出学画的念头。正是在文化馆的阅览室里，我遇到了这位朋友，他也经常来看杂志上的画，情趣似乎相投，便聊了起来。当时我大约十岁，他比我大两岁。

学画得有条件，至少需要纸张、颜料和笔。朋友说纸张好办，他家住在印刷厂职工宿舍，印刷厂经常处理废纸，直接丢到堆废品的角落里，有一些捡回来裁剪一下，完全可以用。第二天他就给我拿来一沓白纸，大的与杂志开本差不多，小的比作业本还小一点。就这样，我们开始一起学画，所谓"学"，不过是照着杂志乃至课本上的图画一笔一画地描。

父母看到我学画，立即表示支持，他们认为这是好事，总比我整天在外面和一大堆孩子疯玩强得多。我父亲说，要学就好好学，带我去买了各种型号的专用铅笔，从 HB 到 6B 都有，也买了水彩颜料和一些大尺寸的纸张，还说用完了再给我买，花这点钱是值得的。

我和这位朋友经常在一起画画，要么他来我家，要么我去他家。自从父母为我购置了专业"材料"，他就不大来我家了，都是我去他家找他。一开始我不知道是什么原因，后来明白了，问题出在"材料"上。他只画素描，用的是小学生那种最普通的铅笔，只剩一点笔头也舍不得丢。既然是好朋友，何必分得那么清楚呢？我喜欢 4B 铅笔，觉得软硬度正好，拿了两支给他送过去，他坚决不要；让他用我的颜料，他不肯，说还是应该先打好素描基础。这话固然是没错的，但是，我画水彩画的时候，他在旁边看得很认真。其实，但凡学画的人，对色彩都有超乎常人的敏感。古人尝试用矿物、植物乃至动物制作颜料，朱砂、胭脂虫红、藤黄、钛白和蓝靛等等都用上了，正是为了追求色彩的表现力。我心里清楚，我的朋友不触碰色彩，唯一的原因还是条件限制。之后，和他一起画画，我也只画素描，如他所言认认真真打基础，我知道，这样我们的共同语言才会多一些。

我的朋友还是没能抵抗住色彩的诱惑。有一天，他兴冲冲来到我家，手上拿着三瓶颜料，红色、黄色和蓝色各一瓶。那是画广告画的专用颜料，学校墙上的"大批判"专栏就用那种颜料，画金灿灿的太阳照耀祖国大好河山，画丰收后贫下中农灿烂的笑容，也画工农兵的铁拳头砸向美帝、苏修和世界各国反动派，以及革命师生手执铁扫帚横扫一切"牛鬼蛇神"。即便是广告画专用颜料，也让我朋友兴奋不已，因为只要有了红黄蓝三原色，其他什么颜色都可以调出来。他来找我，拉我去他家画画。当天晚上，他画了自己的第一幅彩色画，一轮满月照着枝干虬劲松针浓密的苍松，松树下，一只大老虎对着月亮咆哮。他最后在画面右上方题了"啸月"两个字。

三原色的确是可以调出各种颜色的。我看到朋友细心地调色：红色加黄色变成橙色，再加一点绿色又变成了赭石色，用于表现松树的枝干；赭石里加一点黄色，略淡一些，虎皮差不多是这种颜色；蓝色加黄色变成绿色，再加一点淡墨就变成了墨绿色了，用来画松针；黄色加一点更淡的墨，成为浅灰色，轻轻涂抹上去，月亮便悬在松树的枝头了……我记得后来他还画过牡丹、荷花和梅花，三瓶颜料画了多幅画，大多是花草；且不说画得好不好，那一段时间，他的屋子里鲜花盛开，充满勃勃生机。

颜料瓶子很快见底，朋友又开始画素描，只是不再说先要打好基础之类的话。

过了一段时间，一天晚上，他突然来我家，闷闷地坐了片刻，给我说了一件事情。他告诉我，那段时间他到处捡废玻璃，半个月积了一箩筐，清洗干净卖到废品收购站，卖得两块一角钱。他捡废玻璃是为了买颜料，拿到钱转身往商店里跑，水彩和水粉比较贵，于是买了广告颜料。他说，差不多在拿到东西的同时，自己就后悔了。那时两块一角钱不是一笔太小的数目，可以买将近十五斤大米、五斤菜油，或者三十斤苞谷面，他拿去买了颜料，觉得太自私，不够体谅父母的难处。等到颜料用完，再看自己的那些画，怎么看怎么不顺眼，越想越愧疚。听他这样说，我心里也跟着沉沉的，似乎这愧疚也有我的一份。我劝他，说既然颜料已经买了，而且已经用掉了，后悔也无济于事；再说，家里人并未责怪你呀。他说，正因为父母一句话也没有说，他更加愧疚……

不用说，他为了花去两块一角钱而愧疚不已，说到底还是家里实在有困难，而他懂得这种困难意味着什么。我的这位朋友特别朴实，说话做事完全不像一个十二三岁的孩子，大人都说他懂事。因为"懂事"，他处处显得拘谨。我们一起画画，到了吃饭的时间，如果是他在我家，一定转身就走，怎么也留不住；如果我在他家，他会提前停下来，说："下次再画吧……就不留你在家里吃饭了。"就算他父母叫我吃了饭再走，他也权当没有听到，把我送到门口。我知道，不肯留我在他家吃饭，是因为他觉得家里的饭菜无法待客；所以，从礼尚往来的角度考虑，他也绝不留在我家吃饭。

他家的饭菜的确很简单。我不经意间撞见过多次，无论午饭还是晚饭，餐桌上永远是同一道菜——很大的一盆凉拌酸菜，再没有别的。说起来，凉拌酸菜在当地算一道名菜，新鲜青菜汆水后浸在米汤里，装进坛子发酵两三天，米汤变成带丝的酸汤，菜就可以吃了。酸菜最简单的吃法是切碎了加小葱、香菜和盐凉拌，撒上柴火炮制的煳辣椒面，吃起来酸爽可口。当然也有别的吃法，比如酸菜煮肉丸子、酸菜烧鱼、酸菜炖蹄髈，都是美味。不过，我一次也没有看到这些菜出现在他家餐桌上。

在我们小县城里，大家吃酸菜都去菜场买，五分钱能买一大盆。而我这位朋友家的酸菜是自己做的。他母亲每天背着背篓去菜场买青菜，回来装在一个很大的盆子里清洗，然后装进大坛子里腌制。有一次，我看到他母亲大冬天在水龙头前面清洗青菜，手冻得通红，随口问她为什么天天都要做酸菜。她略一停顿，说酸菜是他们一家人最爱吃的菜，所以每天都要做；今天吃的是前天做的，今天做的后天吃，天天做才不会断顿。也许酸菜真是他们一家人"最爱吃的菜"，而顿顿吃凉拌酸菜，再怎么爱吃，也是不可想象的。

那天回到家，我铺开一张大尺寸白纸，凭想象画了一畦菜园，竹子围成的栅栏里面，一片深绿色的青菜郁郁葱葱。我用红黄蓝三原色勉强调出近似青菜的颜色，而青菜在我心里那种略带苦涩的味道，却无论如何也表现不出来。后来我琢磨过八大山人笔下的白菜，笔意超凡脱俗；吴昌硕、齐白石和徐悲鸿等大师画白菜常配胡萝卜，青翠的质感与殷红相映成趣；李苦禅的白菜写意画配菊花蘑菇辣椒和昆虫螃蟹小鸟等等，仪态万方引人入胜。青菜和白菜不完全一样，若论画的技法，应有相通之处；只是，技法实为心灵的外溢，那是可悟而不可学的。

孩子的兴趣大多东一阵西一阵，缺乏恒定，我学画前前后后一两年时间，其间还得到一位精于金石水墨的老先生指点，始终找不到感觉，还是丢下了。那位朋友接着画，仍然认认真真画素描"打基础"，说如果可能的话，打算报考省艺校美术专业。但是，初中毕业后，他赶上县交通局公路养护段招工的机会，去了一个乡间道班做养路工。我对他的这个去向丝毫不感到诧异，他一直认为，作为长子，自己有责任为家庭担起一副担子，早些参加工作或许是最好的选择。

那个道班离县城三十多公里，而那一条公路未通客运班车，无论去来，必须搭顺路的货车，得看运气，所以他几个星期也未必有一次回家的机会。从那以后，我们就很少见面了。他回到县城里的时候，会来我家里坐一坐，偶尔还拿一个本子给我看，里面是他画的一些画，多为风景写生，依然是铅笔素描。我在他的画上看到了山岭间简易公路延伸向远方，荒野里孤零零立着的一棵树，或者竹林荫翳的一栋茅屋和近旁的牛圈……我大概知道一点道班的工作状况，维护山区的乡村公路，劳动强度是很大的，据说工资还可以，每月能拿到四十多块钱。他还坚持画画，这让人非常佩服。我能够想象到朋友画画的场景：他坐在山野间，抬头看眼前的风景，然后在速写本上勾勒出自己心灵触碰到的画面；他的笔法已经颇为熟稔，线条粗犷，构图简练又充满张力，与儿时的习作早已不在一个层面。见我喜欢他的画，他腼腆地一笑，说道班的生活很枯燥，上班下班，吃饭睡觉，空闲时间没什么事情做，就画一画。我很想去他的道班看看，可惜的是，道班明明在公路边，交通却非常不便，一直找不到合适的机会；后来忙于应付高考，终于没能成行。

　　一九八一年夏天，我考上大学去北方读书，朋友请假专程赶回县城来送我。很长时间不见，突然坐在一起，竟找不到合适的话题，那么，还是说一说画画的事情吧。事实上，多年以来，我和他之间也只有这一个共同的话题。我问他最近画了些什么，速写本是否带回来了，他摇摇头，说早就不画了。问他为什么不画了，他说："画画不能当饭吃。以前家里人这样说，我不当回事，现在懂了。"我说："画画就是画画，自己的爱好嘛，也没说一定要把画画当饭吃呀。"他摇了摇头，说："不画了，真的不想画了。"那一刻，我看着他，那张熟悉的脸已经被山里的风霜雪雨浸成古铜色，满是老茧的双手呈深褐色，骨节突出；仅仅从肤色的质地看，他不像二十来岁的年轻人，当然也不像老人。

　　天色不知不觉暗淡下来，家里备好了晚饭，菜肴不算丰盛，但也能勉强待客。我试着留他在我家吃饭，内心并不抱太大希望，没想到，这一次他竟爽快地答应了，坐上餐桌还主动问有没有酒，说："如果有酒的话，就喝一点吧，这么多年了，我们还没一起喝过酒呢。"家里没有酒，我赶紧出门，就近找一家商店，买回一瓶当地酒厂出产的"凤窖"酒。他的酒量似乎不如我，几杯之后便满脸通红、醉眼蒙眬，说话的语速比平时明显要快一些，声音也大一些。

人半醉不醉的时候敢说话，借着酒劲，他给我说了一件事情。原来，初中毕业前夕，他争取到父母的支持，一个人悄悄去省城报考艺校。报名那天，考生按要求提交素描习作，老师看了他的画，建议他不要报考了。老师说，自己画着玩可以随便画，但上艺校学美术不是这么回事，未经专业训练是肯定考不上的。那时候，从我们的县城到省城需要两天时间，汽车转火车，回来时，二十块钱的盘缠花得精光。那可不是他自己卖废玻璃挣得的两块多钱，而是全家人省吃俭用挤出来的二十块钱。

"我做得最笨的一件事情，就是去报考艺校。不过，不去一趟不死心啊！去了，就死心了……"朋友说，从那以后，他一门心思要早些参加工作，遇到养护段招工的机会，尽管是到乡下的道班，也毫不犹豫地去了，每月工资除留下基本伙食费全部交给家里。他说他每一天都在为去省城报考艺校的事情后悔，觉得自己的行为固执而自私，不可原谅。

我一直不知道朋友去报考过省艺校，这一趟是不是应该去呢？如果他问我，我多半会支持他去。每一个人来到这个人世，就不得不面对生活和生命的意义，特别是青春年少的时候，总会有这样和那样的追寻，谁能预知哪一件事情是对的，或者是不那么对的呢？再说，就这件事情而言，他并没有什么过错，更不需要久久地忏悔。他的父母能拿出二十块钱来，让他去一趟省城，倒是有些出乎我的意料；而他们终究拿出了这样一笔钱，对于他们无疑是很大的一笔钱，便不可能没有仔细思量过。我对他说："这一趟应该去，不然你会一辈子后悔的。"他苦苦一笑，说："恰恰相反，我后悔的正是跑了这一趟，糊里糊涂的，连考试的机会都没有得到。不过，我总算是去过省城了，我家里还没有谁去过呢。"

说完这句话，他不再开口，也不再碰面前的酒杯，其实我们的杯子里都还剩大半杯酒。他的脸色由最初的通红转为猩红，又显出古铜的厚重和青铜的深沉。我想起他当年卖废玻璃买颜料的事情，想起了那三瓶广告颜料，如果用画笔表现他肤色特有的质感，红黄蓝三原色应该以什么样的比例，才能调出那种只可意会的颜色，是不大容易把握的。我喝掉自己面前的半杯酒，又端起他剩下的半杯酒一饮而尽；他笑了笑，说真的醉了，起身告辞。他的步履已经蹒跚，但无论如何不让我送他回家。我把他送到街边，看着他晃晃悠悠地走远，影子被昏暗的街灯拉得长长的，像一幅素描……

2021 年

生命的背面

六世达赖说过，世间万事，除了生死，其余的都是闲事。既然唯有生与死才是世间不算闲事的事情，自然马虎不得。生固然重要，但是，呱呱坠地的那个人陡然到来，即便亲生父母也不过刚刚谋面，旁人更是谁也不认识，要说情感，恐怕是需要滋生一些时日的。而逝去的人走完漫长的或者不那么漫长的一生，与远远近近的人总有千丝万缕的牵系，此一去，红尘里的恩怨是非一概了却，永远不再回来，最后一程更被人们重视。所以，葬礼通常庄严肃穆，即便倡导薄葬，仪式相对简单，在人心里的分量也是重如泰山的。

我故乡小县城的芸芸众生似乎深谙这个道理。幼年和少年时代，我记得城里最热闹的时候，就是有人去世时。

因为远在黔北大山深处，我们的小城一年四季充满安详而宁静的氛围，如一个幽深的梦境。人们上班和孩子上学的时刻一过，街巷间便空空荡荡的，看不到几个人。不知谁家养的母鸡带一群小鸡满街觅食，咯咯地叫个不停，一条黄狗懒洋洋地躺在大街正中，一副悠闲自如的样子；有时连麻雀也飞到街面上来，蹦蹦跳跳地散步，很久不肯飞走。夜幕降临，电线杆上为数不多的路灯半明不暗，一些人家的门偶尔"吱呀"一声打开，紧跟着关上，整个县城便陷入沉睡。等到天光渐渐亮开，又一天开始了，或者太阳懒懒地升起，或者铅块一般的云罩住天空，甚至雨雪潇潇，日子照着固定的节奏展开。直到二十世纪六七十年代，改革开放大潮风起云涌前夕，我们的小城始终是这个样子。

这之中，如果突然传来撕裂人心的哭泣，一阵阵鞭炮声随即响起来，人们知道，又一件重要的事情来了。即便半夜三更，街巷间的灯一盏接着一盏亮开，人一个接着一个披上衣服出门，看一看，一定要弄清楚声音是从何处传出来的。小城太小，完全是一个熟人社会，家家户户难免有这样那样的牵连，当地习俗，不管哪一家有人辞世，亲朋好友不用说，就算平时往来不多的邻里，也主动来帮忙。所以，有人永远睡去了，小城反倒惊醒一般，泛起一阵喧嚣。

当年，县城里没有殡仪馆，丧家在自己家门口搭一个棚子，两条木凳架一块门板，把逝者安放在上面，盖着花花绿绿的被子，脚前点一盏桐油灯或者菜油灯。如果是高寿的老人驾鹤西去，丧事就要当成喜事来办，所谓"白喜"，规格通常比"之子于归"洞房花烛的红喜事更高。办"白喜"规矩多，主人家请来锣鼓唢呐，叮叮咚咚的声音通宵达旦不停息。一些人家还要请法师做法事，穿着古怪的衣服又唱又跳，嘴里念念有词，一般人听不懂。在过去，超度亡灵不是一件容易的事情，请来端公"跳大神"，少则跳三天三夜或者七天七夜，最多的要跳七七四十九天，据说跳到后来逝者已经成仙，哪怕三伏天也不会有异味，不知是真是假。后来破"四旧"，封建迷信的事情不能明目张胆地做了，但人死为大，超度仪式变着方式进行：法师不再穿法衣，或者在法衣外面套上凡夫俗子的衣服；念叨的内容加上一些时髦词语，重要的言辞藏在里面，谁也不会认真听，认真听也未必听得分明。这样，说说唱唱之间，亡灵纵然"上坎下坎路难行"，也还是过得了奈何桥，进而升往西方极乐世界。这个时候，后人的三魂七魄也该回家了，法师喊谁谁谁的"三魂七魄回家来咯"，被喊到的人跟着应一句"回家来咯"，便顺顺利利回家来了……

逝者升仙，而活着的人要吃饭，"人死饭甑开"是当地约定俗成的规矩，意思是，人要走了，而且不再回来，应该请亲朋好友吃一顿饭，算最后的告别。灵堂的棚子显出冥界一样的肃穆，旁边支好灶头搭起案板，摆开架势做饭，又满是人间烟火的气息。丧事办多少天，饭甑就开多少天，一顿不能少，酒席的规模代表主人家的颜面，能大则大。且不说大户人家，便是普通居民，席面也不会太简陋，仅仅煮饭就需要两三个人，蒸米饭的甑子黄桶一般大小，半夜里淘米下锅，滤出米汤上甑子蒸，天亮时饭已经蒸熟。做菜的人更多，白案七八个人，红案七八个人，洗菜洗碗的也得七八个人。这些人大多是主动过来帮忙的，看到什么做什么，虽说没人指挥，却做得井井有条。人死如灯灭，今生的恩恩怨怨随之带走了，大家似乎都深谙这个道理，因而，哪怕一些平日里有过磕磕绊绊的远亲近邻，这时也不再计较，做帮忙活路更卖力，让人的心里觉得温暖。到了饭点，流水席准时开始，每一餐都要摆好几轮。

短缺经济时代，粮油和肉类等等定量供应，平时尚且局促，遭遇丧事，负担就更重。但是，不管多么为难，孝家也要慷慨一回。流水席至少得有一碗扣肉，出殡那天的正席不能少于八道菜，不敢保证鸡鸭鱼肉样样齐备，也总得摆上一两样。大人讲礼节，小孩子就不管那么多了，早早守在席间等着吃肉。记得王家院子里一个亲戚去世，逝者的女儿才两岁多，完全不明白失去父亲意味着什么，因为有肉吃，每次开席都很开心。正席那天，小女孩看到桌子上好几道肉菜，兴奋地笑起来，说："爸爸死了才有这么多肉吃呢。"旁边的人端着饭碗哽咽，我正好在那一桌席上，虽然自己也就十来岁，也爱吃肉，听到小女孩说的话，眼睛一阵泛涩，胸口发堵，以后就不大愿意去吃这样的席了。

　　把逝者从家里送到山上安葬，叫作"发丧"，那一天，县城里尤为热闹。棺木非常厚重，十六个青壮年汉子分成四组，前后各两组，要喊着号子才能抬起来。送葬的队伍并不直接去墓地，在城里绕一周才上山。这个安排是有深意的，人来到这个世界走了一遭，如今去向另外一个未可知的地方，从此阴阳两隔，启程的时候最后看一看阳间世界，怎么说也是应该的。这时候，街道两边的房门一一打开，人们站在门前，以严肃的目光送亡灵一路西去，轻声议论这人往昔的事情，说的大多是好话。灵柩经过，除了唢呐和鞭炮声不间断，买路的纸钱一张接一张丢，还要燃放一种叫"黄烟"的东西，送葬的人流被黄色烟雾笼罩着，县城里云山雾罩。待到仪仗消失在街巷的那一端，远处的唢呐和鞭炮声似有若无，黄烟散尽，那个人便真的走了，永远不再回到我们的县城里来……

　　县城里还有一个很怪的传闻，说城里只要死一个人，七天之内跟着还会死两个人，因为黄泉路上需要熟悉的人做伴。有心人留意过，好像还真是这样的。于是，某家传出丧讯，大家便暗暗等着看下一位是谁。此时，平常病病歪歪的一些老人难免心神不宁，担心自己被约了去，直到第三家响起报丧的唢呐和鞭炮声，仿佛尘埃落定，这一轮算过去了。对这个玄之又玄的说法，谁也不敢妄言，人世间的奥秘已经不可探寻，何况另一个世界的事情呢？都说"敬鬼神而远之"，能远一点就尽量远一点吧。

人生本是不可知的逆旅，醒来无常，睡去也无常，通往黄泉的那条路上尘土飞扬，其间从来不乏年轻的身影。与看遍了尘世喧嚣而去往蓬莱仙境的长者相比，其他情况，葬礼就不能隆重了。年轻的生命戛然而止，一般是因为疾病和意外，未得善终，终归是不吉利的，所以丧事能简单则简单，通常不办酒席，不请唢呐锣鼓。超度亡灵的仪式也做，但潦草得多，时间绝不会超过三天。最直观的区别是棺木，寿终正寝的老人大多享用黑漆大棺材，有些还用红漆的；年岁不够而一谢永销，据说带的"家当"不能过于厚重，否则阎王爷会怪罪，丧家临时找来木匠，用几块薄木板拼成一个长方形的盒子，当地俗称"匣匣"，把逝者装进去，几个人抬着送到山上埋了，便算了事。例外也是有的，有人以为，年纪轻轻命归黄泉者，本来享有阳寿的时间就不多，如果阴宅还过于简陋，怎么说也于心不忍，丧事该怎么办还怎么办，阎王爷要怪罪就怪罪吧。

还有一种死亡，是婴儿不幸夭折，后事必须悄无声息地进行，不可打扰远亲近邻。这样的事情一般不为人知，就算知道了也不议论，其间的讲究神秘莫测。我二姑的第三个儿子，也就是我的表弟，不到一岁时因病夭亡，二姑父立即找来一个叫"华三爷"的老人，把孩子装进一只竹篾背篓里，斜背在背上，扛一把锄头走了。我还记得华三爷的样子，满脸皱纹，胡子拉碴，头上缠一条很脏的白布帕子，听说城里死了婴儿的人家都找他，适当给点辛苦钱。华三爷已经走远，我二姑还伏在门槛上嘶声哭喊："三爷啊，负累您老人家了！三爷啊，拜托您老人家了，把娃娃埋深点哈……"当时我大约三岁，按说是基本不记事的，但这件事情过于特殊，时至今日，我仍然能回想起每一个画面。关于表弟的死，我的脑海里也仅仅储存着这一个记忆片段，前前后后的其他事情毫无印象。我的这个表弟来到人世间，几乎没留下什么痕迹就走了，那么，他算不算真的来过呢？

对于表弟的不幸夭折，除了记忆中的那些画面色彩凄清，仿佛罩在一层薄雾中间，我其实是没有更多感觉的；三岁的孩子不可能懂得生命的内涵，更不可能对死亡产生任何意义上的思考和探究。过了几年，我上小学三年级的时候，另一个幼小的生命戛然而止，我又看到了，他是我的同班同学，下河游泳时溺水而亡。这一次，我心里突然冒出一些疑问：人的生命究竟暗藏着多少奥秘？我们这个行走着无数男人和女人的人世间，是不是还有另一面？男人和女人们的生命是不是也有一个背面，今生来自往生，今生的彼岸是来生？我听老人们说过，一个人死了，灵魂还在，机缘到了还可以投胎转世，真是这样吗？我当时还不满十岁，懵懵懂懂之间，竟开始关注生与死这类深奥无穷的问题了。我希望这人世还有另一面，人的生命还有另一种存在形式，原因是朴素的；我想，如果这人世真有一个背面，我的那位同学就不算死去了，他不过是一不小心转了个身，去到了人世的背面，哪一天还会穿越轮回，回到我们这个人世。

即便有不敬的嫌疑，我还是要说出这位同学的名字，在我心里，这是一份穿越阴阳的惦念，至少我几十年来不曾忘记他。他姓刘，大名国友，我们很少称呼他的学名，都叫他"友友"。他圆圆的脸上总带着笑容，模样和性情如他的名字一般友好。

　　友友是乡下孩子，我们班上五十多个同学中间，大约三分之一来自附近乡村。我和友友关系比较好，有一天放学后应邀去过他家。那地方很远，离学校大约五里地，向西的田坎路蜿蜒如一条带子，到了田畴的尽头，上一道缓坡，再下一道缓坡，过一条河，接着爬上一面陡坡，穿过杉树林和青杠林，竹林荫翳下的一栋瓦房，就是他家。当年黔北乡村的民居大多如此，房子是木质的，褐色的板壁留着很宽的缝，堂屋比较宽敞，但空空荡荡的，我看见墙角放了几件种庄稼必需的农具，有锄头、钉耙和犁铧，墙上挂着几张蓑衣，此外再没有其他物件。左右两边的屋子是住人的，我不好进去看；右边端头搭出一间厨房，灶台很大，并排着两口锅，也很大；左边是牛圈和猪圈，牛圈空着，猪圈里有两只半大的猪，不停地哼哼。友友放学以后要去打一筐猪草回家，先不写作业，晚上在煤油灯下写，能写多少算多少，所以成绩一向不大好，家里人也不在乎。我不喜欢写作业，而又非写不可，对他的状况甚至有几分羡慕。我更羡慕乡下丰富的物产，因为相处得好，友友经常从家里给我带一些山货，梨子熟了带一个，柿子熟了带一个，毛栗熟了带一堆，在上课的间隙悄悄塞给我。有一回，他带给我一小包"蛾子肉"，我从未见过，味道鲜美无比，后来知道是菜籽油炸过的蜂蛹。而我没有任何东西可以回馈于他，回想起来实在汗颜。

　　友友死在回家路上必须经过的那条小河里。那年夏天，不记得是哪一天了，放学没多久，听街上人说二小有学生被水淹了，在县医院抢救，二小正是我上学的学校。我家离医院只有二三十米，几步走了过去，我看到一个男孩躺在住院部楼前的石阶上，远远就认出是友友，赤裸的身子青紫，眼睛半睁着。事实上，抢救没有进行，医生说这个孩子送到时生命体征全无，太晚了。友友的母亲哭着求医生，说："不管花多少钱花多少米，我们都要医啊！"二小的校长和我们班主任老师也在场，恳求医生想想办法，医生又蹲下仔细看了看，说："至少一小时了，人死不能复生啊。抬回去吧。"我知道，夏日炎炎的季节，友友放学后到了那条河边，常常先下水玩一会儿再回家。我和他一起去那条河里游过泳，他的水性是很好的，怎么就淹死了呢？

友友不是被抬回去的，是他父亲背回去的。当那个悲伤的庄稼汉子把不幸的儿子背上自己厚实的背脊，那一刻，我的心深深地沉了下去，从未感受过的一种绝望的情绪，压得我喘不过气来。一行人从县医院出来，穿过巷子，转上田坎路，朝友友家那个方向急急地走，我默默跟在后面。班主任老师看到我，朝我摆了摆手，示意我不要跟着了，我还继续跟着走；校长回过头来瞪了我一眼，板着脸说："赶紧回家去！"我即刻站住，看着友友和一行人消失在缓坡上面。

我当时没有坚持往前走，没能送这位一向要好的同学最后一程，是我一生的憾事。县医院住院部前面长着一株百年皂角树，乌黑的树干显出岁月沧桑，乌黑的皂角像利刀一般，挂在乌黑的枝条间，那天友友就躺在树下的石阶上，像睡着了，又分明不仅仅是睡着了。我上学要从医院边上经过，多次转进去看那株皂角树，还捡回一些被秋风吹落的皂角，放在自己的屋子里，不时拿在手上端详一番。据说皂角树是一种有灵性的树，长时间用皂角洗发，白发可以变回青丝，这让我联想到白发与黑发超出颜色本身的寓意，《增广贤文》曰："人见白头嗔，我见白头喜。多少少

年亡，不到白头死。"古往今来，不到白头而撒手人寰的，绝不
止友友一个人，人的生死一定有着某种因缘与因果，我们识不
破，是因为我们身处红尘……

　　因缘与因果的确是不可妄言的。比如，一个人从远方来，遭
遇突如其来的变故，在某一个地方告别尘世，是不是偶然的呢？
你怎么知道不是他的因果在这里，怎么也避不开？七十年代中
期，解放军某部汽车连执行任务路过我们县，一辆军车在距离县
城六公里外的"老木桥"翻下河去，驾驶室里的两个兵，一人不
幸遇难，一人几乎毫发无损。城里人议论起这件事情，说前些日
子"老木桥"附近总能听到怪怪的声音，车翻了，人死了，那声
音就不见了，传得神乎其神。当时我正上小学，县里组织为烈士
送葬，我们学校的全体师生参加，把因公殉职的解放军叔叔送到
县城西面的水池坡烈士陵园。如今，那位外乡汽车兵安息在我们
县的烈士陵园几十年了，我生命的故乡已经成为他灵魂的故乡，
我并未刻意去记他的名字，但依然记得，我相信不少人都记得。
客死他乡当然是万分不幸的，而被人们久久地记住，也算是一份
告慰吧。

　　我在故乡小城参加过一次最隆重的葬礼，差不多全城的人为
一个年轻人送葬，街道被花圈塞得满满当当。他也是一位军人，
从我们县城参军去了南疆，在部队表现出色，很快提干当了排
长。一九七九年中越边境自卫反击战打响，年轻的军官上了前
线，在战场上踩到反步兵雷，两条腿被炸飞了。烈士临终留了一
句话，说想回家，部队尊重他的遗愿，派人把骨灰护送回来。我
从小认识这位大哥哥，我们两家住在同一条街上，他参军时登车
出发的样子我还记得清清楚楚，胸前戴着大红花，笑容灿烂。战

争打响时，我听到他的家人说起对他的担忧，万万没有想到，亲人最担心的事情竟发生了。我父母带我去探望过那位大哥哥的家人，他的父亲雕塑一般坐着，他的母亲卧床不起，整天撕心地哭，他的姐姐消瘦得面无血色。此前，我对战争的认识停留在"风烟滚滚唱英雄"和"一条大河波浪宽"的歌声里，梦想长大了要当"地陷进去独身挡，天塌下来只手擎"的英雄。当我熟悉的人倒在硝烟弥漫的战场上，我的震惊变得直接，伤感也变得直接。为捍卫国家民族的安全和尊严，总有人要牺牲自己的生命，这是大节和大义，碧血千秋，浩气长存；对于凋谢在战火中的年轻生命，人们除了无比敬仰，也难免扼腕叹息。

多年以后，我奉调到南疆工作。每年清明，南国芳草萋萋燕燕于飞，浸着烈士鲜血的土地上，木棉花如约盛开，殷红似火。这时候，就像接到了一道命令一样，我一定会放下所有事情，赶往中越边境祭奠英灵，五年来从未间断。那个省份的中越自卫反击战烈士陵园，每一处我都去过不止一次。面对苍松翠柏下一排排整齐的墓碑，我隐约能听到嘹亮的军号声。墓碑上的名字于我是陌生的，似乎又是熟悉的，名字下面刻着他们为国捐躯时的年龄：十八岁、十九岁、二十岁、二十一岁……他们如此年轻，也将永远如此年轻！

关山月明，故土苍茫。我查阅资料发现，上溯到更久远的年代，我们这个小小的县城，牺牲在抗日战场的勇士数以千计，捐躯抗美援朝滚滚烽烟的英烈也有好几百人，他们的名字写在县志上，每一个字都透出军人的血性和民族的刚性。埋骨何须桑梓地，这是舍生忘死保家卫国的男儿的境界；而不能马革裹尸埋骨桑梓，故乡欠他们一个庄严的葬礼，这无论如何都是令人遗憾的。我总在想，不管我们这个所谓的人世间是否存在一个不可探寻的背面，不管我们的生命有没有一个背面，一些人虽然逝去了，他们的灵魂并没有逝去，至少在心灵的层面，是不朽的……

2022 年

诗魂情天

正月十七，年过八旬的老父亲在微信朋友圈晒出一段文字和几幅图片，说刚收到中华诗词杂志社寄来的《爱情诗词三百首》，里面收录了该刊创刊三十年来的爱情诗词精品，他的《虞美人·寄怀》忝列其中。父亲很少发微信朋友圈，居然发了，说明他看重这件事情，当然也谦虚地"恳请方家和诗友们雅正"。父亲这辈子最大的爱好是诗词歌赋，从青年到暮年，几十年仄仄平平，乐此不疲。

看到父亲发的微信，突然想读一读他的诗词。父亲出版过多部诗集，书架上找出几本，封面和内页都是崭新的，我真没怎么翻阅过。细读下去，古典诗词集《画菊闲情》满目珠玑，《芳草集》《联珠集》也有不少佳句，我能想象"红豆两珠偏带泪，合欢一树枉含情"的缠绵与无奈，也惊叹"碧云碧水伤心碧，红叶红花透血红"的感悟和感伤。现代诗集《荒原的美人蕉》则不好评价，起码我这个做儿子的不便评论；他自己似乎也有一些犹疑，在《后记》里坦言这部分诗是写给自己看的，"仿佛被一种不可知的神力驱使，不自觉地涂画，把生命中的所见所闻所思所感用诗化的语言记录下来，从而让平凡的人生得以诗化"。其实，他认为自己的诗还算好，就比任何人说他的诗好都重要。作为一种生活方式，寄情于梨花带雨桃红柳绿的方块字，无疑是很有意义的。

父亲醉心于古典诗词，有两个方面的原因，一是幼时家庭熏陶，二是"史无前例"的年代无书可读，只好在故纸堆里找精神寄托。他在《画菊闲情》一书的《自序》里说："童年时代，家父即令我背诵唐诗宋词，当时只是当顺口溜一般背下来，不解其中含义。真正喜欢并潜心研习古典诗词，是二十世纪六七十年代。开始只当消遣，之后从朋友处借来一本《王力诗词格律十讲》，如获至宝，于是学着写诗填词。"由于众所周知的原因，父亲能"躲进小楼"求得一份宁静，还可以依着自己的雅兴吟哦索句，确是一件幸事。那个阶段写下的诗词自然不敢"言志"，无非远山绕岚、近水含碧，或者月明星稀、竹瘦菊黄。其中有一首《七绝·梦中垂钓》，写的是梦境，其实更是一种心境，抄录于后：

> 银汉茫茫星雨横，瑶池垂罢下蓬瀛。
>
> 五湖四海三江水，只钓龙鲸不钓名。

《礼记》云："独学而无友，则孤陋而寡闻。"即便在极为特殊的时代，人也是需要朋友的。父亲在《芳草集》一书的《自序》里提及旧友，说县中学有位诗词造诣颇深的老先生"下爱后生，与余成为忘年之交。稍后又与风趣健谈之石君、才学渊博之张君结为诗友，相互交流，共同切磋，不时酬唱赠答、和诗襟韵"。这里说到的几个人常在我家进出。

　　父亲和这几个朋友的交往方式很简单，而且很寒酸：晚饭后约好在哪一家见面，守一杯清茶聊到半夜；谁写了一首新诗，填了一阕新词，大家一字一句推敲品评，不是读，也不是一般的朗诵，而是用古音吟唱，声音和调子怪怪的。兴致上来了，便开始联韵，谁的脑子里灵光一闪，喊一声"有了"，首起一句；余下的三人各自斟酌，搜肠刮肚也要跟出来，每人一句联成一首绝句，或者每人两句联成一首律诗。赶上端午、中秋之类的节日，轮到在哪家相聚，主人准备几道小菜，如炸花生米、卤豆腐干，有条件的蒸一小碟香肠腊肉，还上一壶酒，多是散装苞谷酒。我父亲不胜酒力，他的朋友们酒量也一般，借得"桃李春风一杯酒"，试问"能饮一杯无"，其实是找一种"共君一醉一陶然"的感觉。当时多少像样一点的酒需要凭票证购买，何况每月就那几文工资，家里也绝无"五花马、千金裘"可以"呼儿将出换美酒"，哪有闲钱常会欢伯？所以，不嗜壶觞也是好事。

　　古往今来，诗人们感叹岁月在季节交替之间流逝，对春天和秋天似乎更为敏感，伤春悲秋的诗词尤其多。循着隔世的韵律，我父亲和他的朋友也不例外，春日里看到海棠依旧，便想起流光抛人；秋深了逢着落木萧萧，又伤感逝者如斯，诗情容易在心头涌动。春光明媚和秋色连波的季节，一到周末，父亲与几个诗友喜欢出城郊游，我几乎每次都跟着。他们在山野田畴间和丛林溪流边转来转去，只做一件事情，就是联韵吟诗。限于当时的条件，不能走得太远。春季多到城南的白岩塘，那里有一泓堰塘，石堰下面的一条小溪蜿蜒伸向深远的山谷，两岸满是桃花和李花，令人"欲关诗窦窦尤开"；秋后往北去虎头岩，攀上一座怪石嶙峋的山梁，那地方视野开阔，远处满山枫红惹人"聊将残句续新韵"。我跟在一个老人和三个中年人身后，见他们因为索得佳句而手舞足蹈的样子，觉得很有趣。联韵的诗词多由我父亲随手记录，之后整理誊清，一人抄送一份。

翻阅父亲的《联珠集》，发现里面收录了部分联韵诗作，细数下来，一九七四年和一九七五年两年时间，共有九次联韵，成诗六十一首。附录标明了时间地点，其中五次是在"李花如雪柳如丝"的早春"采得桃花香满衣"，或者深秋"仙会瑶台咏月华"而诗情难收，玄想"还请薛涛送笺来"；四次是轮流在各家煮酒放歌，"情在樽前意在天，平生举盏为佳篇"的兴致炽热如焰，每每"赋得新诗赖酒香"。联韵中有"莫道今朝无李杜，龙潭自有醉仙章"的自信，我们的小县城别称"龙潭"，父亲和几位诗友敢以李杜在世自居，至少豪气是有几分的。考虑文稿的篇幅，抄录两首于后：

> 其一：
>
> 溪水粼粼绿似醪，（王）
>
> 画工何故不挥毫。（石）
>
> 风光岂是人能绘，（张）
>
> 试把丹青点血桃。（杜）
>
> 其二：
>
> 小麦青青大麦黄，（石）
>
> 桐花落尽枣花香。（杜）
>
> 风光四月正春色，（张）
>
> 一览千村入画囊。（王）

标注在后面的，是得句者姓氏。王，即我父亲；杜，即县中学的杜老师；石和张，即父亲《芳草集》自序里提到的"石君"和"张君"。为尊敬长者，名讳在此不具。

四人当中，杜老师年长，比我父亲大二十六岁。抗战前夕，杜老师在上海美专师从刘海粟大师学画，其水墨笔韵独特、意境幽远，画艺之精深，与今天的任何一位大师比肩，也绝不逊色半分。可惜那个年代笔墨纸张甚为珍贵，县城里几乎买不到宣纸，杜老师留下的画作不多。我十岁跟杜老师学国画，有幸与老先生混得非常熟识。他当时大约六十出头，头发已经花白，一尺多长的胡须也是花白的，说话不紧不慢，笑容和善。我生性顽劣，静不下心来学画，拿起笔来总感沮丧。老先生不仅不责怪，还安慰我，说不要急，慢慢来，画画不过是玩嘛。听他这样一说，我更不用心学了，现在想起来甚是遗憾。杜老师说，画画是玩，赋诗填词也是玩，不必太认真。

也许因为我表现出"朽木不可雕"的态势，杜老师教我画画也不是很上心，倒喜欢叫我陪他去城外的小河边钓鱼。我们一老一小坐在河坎上，鱼不上钩，他就给我讲他的一些旧事。

淞沪会战失利，日本鬼子占领上海，杜老师一路向西逃难，拎着"梵婀玲"来到我们县城。六十年代"运动"的时候，杜老师是县中学语文教员，因为当年逃难的经历"说不清楚"，被下放到"五七"干校劳动。不过，他好像对一切都不当回事，扣过来的"帽子"一概接下，绝不申辩。比如：说他从抗日战场上临阵脱逃，是"逃兵"，他恭恭敬敬"低头认罪"；怀疑他是"汉奸"，他也恭恭敬敬"低头认罪"；又说他是"坏分子"，他仍然恭恭敬敬"低头认罪"。提起"五七"干校的事，杜老师说，不就是体力劳动嘛，相当于锻炼身体，还体验了一回桑麻农耕的乐趣，其实是很好玩的。他还说，人生可能比较苦，但人的心不能太苦；心不苦，人就不那么苦了。

最令我钦佩的是，老先生笑看世间风云，即便对生死大事，也抱着一颗玩心。当时医疗条件差，任何癌症都是不治之症，杜老师晚年患脾脏癌，医生说剩下的时间不会超过半年，他自己却不以为意，抚一抚花白胡子，说医生的话不可不信，也不可全信，既然他们把话说得如此决然，不如干脆不信。此后，他没事一般继续泼墨作画，继续拉他从上海带回来的"梵婀玲"，继续去河边钓鱼，与我父亲以及几个朋友品诗论词更是照例进行，好像人人谈虎色变的绝症与他毫无关系。也许因为老先生的境界早已超越了对生死的挂碍，"无挂碍故，无有恐怖"，他打破了医生"剩下的时间不会超过半年"的预判，又活了将近二十年，而且是我行我素随心所欲地活了将近二十年，不是熬在病床上等待毫无质量的生命暗淡下去。

杜老师一生著述颇丰，除了画作和金石作品，早年还著有《传枪记》《鸳鸯梦》等京剧剧本，以及部分画理方面的论著。他的数千首诗词大多收录于《云间集》和《园林集》，我读过其中一部分，记得有感叹流年的"愁流三夏暑，独向九清秋"和"苍山碧水绿如染，不敌无边雨后秧"，也有梦回青春的"昨又梦江南，少年学画时"和"我曾少游黄浦边，半习丹青半管弦"。抄录《凤鸣春·康复》于后，填这首词的时候，老先生正患癌病，不知道他是感觉自己已经康复，还是相信自己一定可以康复。

> 停歌罢舞，红楼暂锁烟霞。
> 绿窗人瘦，白雪黄鸟听琵琶。

> 婉转温情，窈窕正韶华。
>
> 慢锄园庭野草，带病事桑麻。
>
> 且幸沉疴立起，朱艳未改，
>
> 娥眉笑展，依旧桃花。

老先生于一九九一年离世，我父亲写了一首《七律·寄杜老》，表达追思之情：

> 凤凰久去问归期，一日三秋怀我师。
>
> 诗画未随江水远，琴声犹在耳边驰。
>
> 漫天皓月情难寄，连夜东风梦不知。
>
> 春色满园芳草碧，繁华应念故人迟。

父亲的几个诗友，"张君"是最年轻的一个，我叫他"张叔叔"。张叔叔和杜老师在同一所中学里当语文教员。相对于杜老师的老夫子气，张叔叔则是那个年代典型的中学教师形象，方方正正的脸庞，身材高挑，气质儒雅，一身中山装始终干干净净；他说话语气谦和而坚定，总让我不由得想到"循循善诱"和"诲人不倦"这类词语。我对张叔叔印象尤其好，还因为他是我的游泳"教练"。夏日炎炎，小学放学以后，同学们三三两两约着去河里戏水，我跟着去过一次，回家挨了一顿狠揍。父亲和诗友们聚会时提起这件事情，说这孩子胆子太大，不会游泳也敢偷偷下河。张叔叔听了呵呵一笑，说最好的办法是让孩子学会游泳，而不是阻止他。我父亲觉得有道理，终于松了口，张叔叔带我去石罐塘几次，我就学会了游泳。

张叔叔很随和，也很较真。有一次，父亲和诗友们郊外踏青，我一路跟着，离开公路来到城北的河边。清风在河面拂起粼潾波纹，河岸的樱花正繁，桃花和李花欲开还闭。我父亲吟一句"樱花艳艳李花开"，联韵开始，杜老师几乎没有停顿，便跟出一句"二月烟风燕未来"，四个人你一句我一句，一首七律很快成韵。推敲吟哦之间，他们议论起今年的燕子为什么还没有来，按说该来了，便四处张望。不记得在河边盘桓了多久，打算回去了，也未见燕子的踪影。突然，张叔叔一声惊呼："快看，燕子！"大家循声看去，看到不远处的柳梢头，几只燕子正叽叽喳喳地飞过。张叔叔很兴奋，说这个季节燕子的确该来了，好像燕子不来是天大的事情。随后，他对杜老师说，既然看到燕子了，那句"二月烟风燕未来"是否改成"二月烟风燕已来"。杜老师略一沉吟，摇了摇头。张叔叔说，燕子不是已经来了吗？"未"和"已"都是仄声，也不影响音律啊。杜老师说"未"字读起来的感觉更好一些，再说，刚才没看到燕子，此时燕子来了，不等于彼时燕子来了。听杜老师这样说，张叔叔不再坚持，轻声说："但是，燕子的确来了嘛……"

父亲整理的联韵记录显示，那一次他们四个人郊游联诗，是丙辰年二月十四，也就是一九七四年三月七日，已经过去四十九年了。那年我九岁，当时的情景乃至细节，至今还能在我的脑海里清楚地浮现出来，我自己也觉得不可思议。

张叔叔的诗风一如他的性情，"莺声漫啭垂杨里"和"斜倚北斗咏华章"是浪漫鲜亮的；还有一部分平实而谦逊，如"工部才情孰可追"和"张郎才尽愧无诗"等；也有傲气狂放的，如"雅韵佳诗敌谪仙"和"不得佳诗谁不羞"，透出比肩太白的志趣。

关于张叔叔，我的另一个记忆如黑云压城一般。大约在丙辰联韵两年后，张叔叔患了重病，要转到遵义医学院附属医院治疗。一天上午，父亲携我站在我家门前的街边，看到一些人抬着一把藤椅从街道的那一端走过来，张叔叔躺在上面，身上盖了一条毯子，他的妻子跟在旁边。父亲迎过去，和张叔叔说了几句话，劝慰他安心养病，朋友们等着他康复回来。张叔叔微微一笑，轻轻挥了挥手，没说话，好像是没力气说话。父亲目送那张藤椅朝着客车站的方向远去，神情凝重。

不记得过了多长时间，大概三五个月，或许更长一些，也可能更短一些，张叔叔的妻子回来了，带回一只檀木骨灰盒……

张叔叔家住在县中学里，凤凰山麓一栋二层的教学楼改成的教师公寓，一条小路弯曲着通到楼下，周围绿树成荫；他家在二楼，父亲不止一次带我去过，记得房门前是长长的木廊，走上去咚咚作响。父亲与张叔叔时有酬唱赠答，重读《画菊闲情》，里面有一首《七律·夏暮凤凰山访诗友张君》，抄录于后：

> 雨过天清上凤凰，林阴夹道玉阶凉。
> 廊楼紫雾流萤闪，竹树含烟宿鸟藏。
> 已识深情酬美酒，频添浩气咏华章。
> 人间欢乐今尤最，更喜月圆花露香。

诗人或者自以为是诗人者，思维和行事的风格不同于常人。张叔叔魂归故里的当天晚上，另一位诗友来我家，从衣兜里掏出一页诗稿，一字一句吟起来。虽为祭奠亡友感怀命运之作，这时候还想着写诗，也够让人叹服的。他写了一首七律，我记得开头两句："传来噩耗只长嗟，冰雹盈怀透齿牙……"后面还有"安得亲邀钟进士"云云，意思是怎样才能邀来钟馗，赶走牛头马面，让朋友起死回生。

　　这位诗友就是父亲前文里提到的"石君"，我叫他"石叔叔"。石叔叔在县政府工作，按说是很难与老师和医生之流的"臭老九"混在一起的，因为酷爱古典诗词，便"臭味相投"了。他们四人当中，石叔叔个子最矮，干瘦身材，看上去精力充沛，做事风风火火。他家与我家隔一条街，若得佳句，几步就走过来了，声情并茂吟唱一番，再拉我父亲去找杜老师和张叔叔，人齐了又声情并茂吟唱一番，自己被自己感动得心潮澎湃。

　　石叔叔还精于金石书画，三天两头拿着墨迹未干的画来让我父亲看，或者干脆贴在我家墙壁上，我床头就挂了一幅他的墨竹图。石叔叔曾说，世事纷繁人心不古，唯寄情雅韵清音与翰墨金石，慰藉苦难的心灵，人才活得踏实；所以，除了赋诗填词，还应该体会一把墨分五色、笔走龙蛇的妙处，尝试一下刻刀问石的乐趣。他画竹子不勾竹节，竹叶稀疏，用笔枯涩，画面布局不落窠臼，留白大胆而独到，意境幽怨苍凉。当时我不大喜欢石叔叔的画，现在回过头去看，这实际上是一种心境的流露，对那些画作有了感悟，可惜未留得半尺墨迹。为追求"有笔无刀"（朱简《印经》）的境界，石叔叔制印不用木格印床固定印石，以左手握石，右手运刀，说这样能让人的血脉与石头相通，刻出来的字更有灵性；而印石不过方寸大小，刻刀滑下，他左手拇指、食指和虎口处布满伤口。受石叔叔影响，我学篆刻也依照这个方法，刻刀一不小心戳到手上，殷红的血珠冒出来，随便擦一擦，接着"运刃如运笔"（金光先《印章论》），没觉得多么痛。

　　石叔叔是父亲的诗友中最健谈的一个，说话的时候表情丰富而生动，一双手比比画画，总能营造出某种氛围。有一次在我家聚会，他来晚了一些，但刚一进屋就抢过话头，眉毛挑得高高的，说有一件大事要宣布。原来，他要去参加一次外调，就是去外地调查相关人员的历史情况。重要的不是这项公务本身，而是要去的地方，石叔叔两眼放光，毫不掩饰内心的得意，以一种极为夸张的语气侃侃而谈："你们晓得我这一趟要去哪些地方不？我先从遵义转道去重庆，长江嘉陵江交汇之处的巍巍山城，那可是西南重镇，抗战陪都哦。接着我要穿过长江三峡，去看一看彩云间的白帝城，问一问神女是否无恙，是坐船哦。然后呢，我要去尝一尝老人家笔墨加持的武昌鱼，'才饮长沙水，又食武昌鱼'的那个武昌鱼哦。我不只是尝一尝武昌鱼，还要登黄鹤楼呢，虽说昔人已去，黄鹤不返，那黄鹤楼总归还在扬子江畔的哦。我还要一路北上跨越黄河，去我们伟大祖国的首都哦，天安门前留个影，昆明湖里划划船，八达岭上走一走，紫禁城里看一看。此生走此一遭，夫复何求，夫复何求啊……"那个年代出门的机会不多，我父亲和张叔叔不曾离开过本省，就算早年闯过大上海的杜老师，也没去过那么多地方，几个人不停地点头，满眼艳羡……

　　石叔叔对待事情机智而豁达，总能带给人一种轻松的感觉。记得有一年春天，四个诗友春游桃花溪，照例携我同行。当日艳阳高照，我们在山岭间和溪流边逛了两三个小时，我渐觉口渴难耐，周围看不到一户人家，也找不到一口水井。而桃花溪一湾碧流跳动着细碎的浪花，几只鹭鸶飞起来又落下去，停在浅滩上自在地觅食。看到眼前的景象，我更渴了，想去河边喝水，父亲不准，说春天的生水是不能喝的。这时候，石叔叔停住脚步，低下头来问我："你爸爸说喝生水肚子会痛，他是医生，懂的哦。你怕不怕肚子痛呢？"我看了看父亲，没敢吱声。石叔叔又问我：

"我们来假设一下，不喝水可能会渴死，喝了生水呢，肚子痛也可能会死，你觉得应该选择渴死，还是肚子痛痛死呢?"我想了想，说:"反正，我现在就是渴，想喝水。"石叔叔说:"巧了，我也是这样想的。渴死也是死，肚子痛死也是死，不如先喝水解了渴再说。老人家说过，人总是要死的，哪个晓得最后会怎么死呢?"说完这句话，石叔叔意味深长地一笑，几步跨到河边，蹲下身子，伸手掬起河水往嘴里送。我赶紧跟过去，学着石叔叔的样子掬水喝，觉得还不够解渴，干脆趴下，整个身子伏在河坎上，张开嘴直接从河里汲水，喝了个畅快。我从来没喝到过那么甘甜、那么清冽的河水。

"人总是要死的，哪个晓得最后会怎么死呢?"石叔叔的这句话显然带有打趣的意思。我查阅父亲留存的诗稿，那天是一九七五年三月二十三日，当时石叔叔不过三十岁出头，就好比眼前的季节，才过春分，还有很长一段春光明媚的时日，接下去是更加漫长的夏天、秋天和冬天。石叔叔处在人生的春夏之交，也许并没有认真思考过死亡的问题;但是，他随口说出的这一句话，仿佛暗藏某种魔咒。他一步一步走向生命尽头的情形竟那般凄切，他自己是断然意料不到的，别人也一定不可能意料得到。

一九八一年，我告别故土去北方上大学，半年之后回家过春节，好几天没见石叔叔来我家，而以前几乎是每天都来的。有一天他终于来了，坐在堂屋里和我父亲聊了几句，人竟变得木讷，说话断断续续，表达的意思含混不清。待石叔叔离开，我问父亲有没有觉得哪里不对，父亲深深地叹了一口气，说石叔叔患了一种怪病，去省里的医院看过多次，一直没有诊断清楚。

我最后一次见到石叔叔，是有一年夏天，在我们县城电影院前面的小街上。那天闲得无聊，我和几个朋友去看电影，到了电影院，发现放映的是越调戏曲片《白奶奶醉酒》，都不感兴趣，决定不看了。正打算离开的时候，我看到一个人颤颤悠悠走过来，虽然旁边有人搀扶，身体也不能保持平衡，每迈一步都十分吃力，眼看要倒下，又没有倒下。到了近前，我认出是石叔叔，恭恭敬敬地叫了一声；他停住脚步，抬眼看了看我，脸上堆出一种怪怪的笑。谁能相信，曾经行吟青山绿水间笑看"碧流深处荡云头"（石叔叔句），满心要"留住春光常作客"（石叔叔句）的那个意气风发的男人，竟形容枯槁，像一个摇摇欲坠的稻草人，甚至像葬礼上那种纸糊的人偶。想一想，我和石叔叔在桃花溪喝生水的事情仅仅过去十来年，如今他也不过四十多岁，正是男人最好的年纪，怎么变成这样了呢？我向他靠一步，又叫了一声"石叔叔"，他盯着我看，露出怪怪的笑容，说："白娘娘醉酒，戏倒是好哦……"接下来的话吐字不清，我完全听不明白。他的儿子在身边搀着他，朝我苦苦一笑，说："他的意思是《白奶奶醉酒》是一部好戏。他想看电影，天天在家里念叨。"我轻声问："石叔叔好像不认识我了？"他儿子说："他连我也不认识，家里人都不认识了，唉……"

大学毕业后，我在外地工作，一年到头难得回到故乡一次。偶然得知石叔叔的情况，知道他病情一天天加重，长年卧床不起。大家都以为石叔叔将不久于人世，难以置信的是，他的躯体久久延续着求生的本能，有时候看着不行了，却总能奇迹般"起死回生"，就这样起起落落反反复复，在病床上熬了十余年。面对病魔，人的生命可能是极为脆弱的，也可能极为顽强；石叔叔的生命是极为脆弱呢，还是极为顽强？谁能肯定，躺在病床上的那些年，他是陷入了无边的混沌，还是内心对一切都明明白白，只是说不出来？也许他一直在挣扎，坚信自己不过是做了一场噩梦，总有一天能醒过来。

石叔叔没能从那场噩梦中醒过来。一个雨雪交加的深夜，他不再挣扎，获得了彻彻底底的解脱。

很可惜，我手上没有石叔叔个人的诗词作品。有一年，我父亲去绥阳镇援助农村医疗工作，其间无法与诗友们聚会，只能通过书信唱和。中秋节那天，父亲写给石叔叔一首《五律·客绥阳中秋寄故人石君》，抄录于后：

> 执饼对银轮，窗前独影存。
> 松风凉夜露，霜月冷山村。
> 乡梦成还断，客愁晨至昏。
> 故人情万里，感我泪千痕。

天地悠悠，人生无常。张叔叔三十余岁英年早逝，妻子把他的骨灰放在卧室里，始终不肯下葬；一个女子就这样年年岁岁陪伴着自己的夫君，夜深人静的时候，她会是何等凄苦。石叔叔勉强活过了"知天命"的年纪，但遭受"天命"无端而无情的折磨，心灵早于躯体被葬入病痛的深渊，余下的时日不过是煎熬，而生命的意义绝不是为了忍受煎熬，所以，他也许比张叔叔更为不幸。年纪最长且患有绝症的杜老师幸得高寿，也带着旷世才情驾鹤西归，"梵婀玲"幽幽的琴声随之远去，听不到一丝余音；在另外一个世界，不知道作画和赋诗填词是不是也很好玩，老先生会不会玩得开心……

三个诗友相继离世之后，我的父亲陷入深深的长长的孤独。他不大愿意提起他们，我只是在他的诗作中发现了一些痕迹，比如"重读尘封苑月诗，占花卜命忆当时"（《七绝·读友人旧稿》）和"池塘芳草年年绿，写入诗词已断魂"（《七律·客中情思》），意境深邃旷达，缠绵悱恻撩人思绪。父亲也结识了不少新诗友，但不再与谁"酬唱赠答、和诗襟韵"，一个人浅吟低唱，写不尽的婉转低回。

《画菊闲情》收录《七律·感事抒怀》十三首。抄录其中三首于后，老人家的心境或许可见一斑。

> 其一：
> 春去秋来夏又逢，缘何聚散苦匆匆。
> 眼中忍看温柔泪，梦里偏闻萧瑟风。
> 触景乍惊花绰约，生情总觉月朦胧。
> 衰残芳草余寒重，天地悠悠一转蓬。
> 其二：
> 万事不求心自闲，自怜自爱自缠绵。
> 诗词几纸常托梦，医艺一身非为钱。
> 爱月皆因知月韵，种花更要惜花缘。
> 年来悟得唯禅意，生死枯荣已淡然。
> 其三：
> 雨蚀风侵痼未休，韶华似水向东流。
> 重吟总把真情诉，已逝还将旧梦留。
> 夜色朦胧迷月苑，芳草缱绻锁芳洲。
> 逢人问处常缄口，却道天凉好个秋。

2023 年

苞谷烧

我家乡有一种玉米酿的土酒，俗称"苞谷烧"。这种酒工艺简单，普通的庄户人家自己也能酿造，酒质较为粗糙，入口辛辣。苞谷烧也有特别之处，那就是纯正，只有酒的味道和苞谷的味道，绝无任何夸张的香气，像乡野间天生丽质不施粉黛的农家女子，也像本分憨厚的兄弟，不苟言笑，只陪你一醉方休。

一九七五年夏天，我刚满十岁，因一个特殊的机缘初尝芳醑，喝的便是苞谷烧。

那一年，我的大姑父在监狱里服了十年有期徒刑，刑满释放回到故乡小县城。姑父和姑姑没有子女，把我当成他们的孩子看待。姑父回家的第一顿饭，只叫了我一个人去，姑姑做了几道家常菜，有辣椒炒豆腐干、青椒炒番茄和油炸土豆片，桌上放了一只搪瓷缸，里面装着酒。姑父说今天要喝个痛快，端起缸子猛喝一口，突然想到了什么似的，找来一个酒盅，倒上酒递给我，说："纯正的苞谷烧，你喝过没有？粮食烤的酒就是好啊，比青杠籽酒醇和多了。"姑姑说："娃娃家，喝啥子酒哦？"姑父说："男娃娃嘛，喝点酒怕啥？将来总是要喝的。"那是我第一次喝酒，感觉难以下咽，泪水在眼眶里打滚。姑父呵呵地笑，说：
"看来真没喝过酒。男子汉醉里挑灯看剑，天子呼来不上船，多
喝几回就好了。"那天我喝得不多，牛眼盅喝了两盅，没一会儿
便觉天旋地转，哇哇地吐。姑父笑，说："没事没事，睡一觉就
好了。"第二天还吐，吐的是黄水，姑父来我家看了看，说："黄
胆水都吐出来了？没事没事，醉几次就好了。"

自那以后，如姑父所言，我又醉了几次，真的"就好了"，
三杯两杯不在话下，站起来走几步，身子晃晃悠悠，还找到了一
种飘飘欲仙的感觉。童年和少年时代，如果要说我和同龄的孩子
有什么不同，那就是我跟姑父学会了喝酒。我们喝的都是苞谷
烧，六角钱一斤，姑父每天晚饭前向姑姑要一角八分钱，去酒铺
里打三两酒。我去姑父家吃饭，他就向姑姑多要六分钱，打回来
四两酒，姑姑也给钱，但嘴上嘟嘟囔囔，满脸不高兴。

姑父嗜酒如命，酒量并不大，几杯下肚便不大管得住自己的
嘴，任由你听不听，他一直说，当年发生在我们县城里的奇闻异
事，能说得头头是道。有些故事听起来非常玄乎，比如悍匪匡老
二上千人马围攻县城，上城门灯杆上挂了多少人头，以及他的亲
哥"刘三爷"在茶馆里杀了人，还挖出心肝炒来下酒，不知是真
是假。姑父唯独不说自己的案情，我试着问过几次，他一句也不
说，低头喝酒。看得出，他心里苦闷，所以一天也离不开酒，醉
是暂时的解脱。家里人对姑父的事情也讳莫如深，提醒我"不要
瞎打听"。

我与姑父把盏对饮的缘分不足四年。一九七九年春天，未满
五十岁的姑父死于酒精中毒引发的肝硬化综合征。我在《姑父与
酒》（见散文集《那年花开》）里详细讲述了他的故事。姑父去

世大约一年后，姑姑收到一份公文，她识字不多，急匆匆拿来给我父亲看，是姑父的《平反通知书》。到这时，我才知道姑父的"罪行"是何等荒唐，可惜姑父没能等到昭雪的这一天，全家人都非常遗憾。那天我特别想喝酒，在家里到处翻，一滴酒也没找到，又去姑姑家找，还是没找到。十四岁的孩子自然是没钱买酒的，我也不敢向父母讨酒钱，只好作罢。记忆中，那是我第一次因为没喝上酒而心神不宁，不知算不算有了一点酒瘾……

姑父去世后，按说我再无喝酒的环境，何况姑父死于酗酒，我心里多少有点顾忌。偏偏这个时候，我认识了一个朋友，比我大两岁，也爱喝酒。两个小酒鬼一见如故，好像就是为了让我的柜乩之缘不至于断掉。

我和姑父喝酒，我父母是不高兴的，只是碍于情面，不好多说。而这位朋友喝酒从不躲躲闪闪，公然在家里开怀畅饮，因为他父亲和我姑父一样，不仅不反对，还鼓励他像男人一样喝出豪气来。朋友的父亲是一个山东汉子，早年参加八路军，在抗日战场上出生入死，我们私下称他"老八路"，这是一种很敬畏的称呼。打完小日本，"老八路"接着打老蒋，随二野五兵团南下到了贵州。部队一路进军，一路留下干部接收地方政权，"老八路"受命留在我们县，按营职干部同级别安排，当了科局长，到离休时职务半级未升，还是科局长，而他当年带的兵不少人当了县长和处长，还有当行署专员和厅长副厅长的。他并不避讳自己的"短处"，说小时候家里穷，没读过书，十多岁参军打鬼子，在部队上过几天识字班，斗大的字认不了一箩筐。当营长带兵打仗还得心应手，不觉得没文化多么尴尬，转到地方当个科局长，且不说别的，仅仅看文件批文件便力不从心。"老八路"说："人没文化嘛，吃亏。"

对于酒，"老八路"有自己特别的心得。我听老人家讲过很多故事，归纳起来，他与酒的缘分大致分为三个阶段。第一阶段是儿时在山东老家，村子离水泊梁山几十里地，绿林好汉里能饮善饮的绝不只是打虎的武松，一部《水浒》差不多都浸在酒缸里；而现实生活中，美酒是富人家才可以享用的，所以他在老家时没喝过一滴酒，不知何种滋味。第二阶段是当兵的那些年，打了胜仗，开完庆功会打牙祭，缴获的物资里往往有酒，官兵一起开开心心地喝；打仗是要死人的，有的攻坚任务九死一生，可能一去不回，首长便安排壮行酒。"老八路"记得，战场上缴获的酒很杂，有小日本的清酒，有蒋军的红葡萄酒，都不好喝，还是山东本地的高粱酒带劲。第三阶段是到地方工作以后，和平年代，条件也好了，每天下班回家，从容地喝上几杯，心情便出奇地畅快。老人家常说，酒不需要太高级，茅台酒五粮液之类就是个名气，酒固然好，但太贵了，花那个钱未必值当；只要是粮食酿的酒，其实都差不多，比如山东老家的高粱酒，当地的苞谷烧，醇厚得很。

爱酒的人大多会做菜，我朋友的父亲也不例外。老人家看上去毛手毛脚，一进厨房便细致起来，似乎得了故乡孔夫子"食不厌精"的真传。有一天，朋友来家里找我，说他父亲做了最拿手的卤水牛肉，让我去喝几杯。老人家端起酒杯，津津有味地说起这道菜的工序：公鸡母鸡各一只，小火慢炖一整天，取出鸡肉做椒麻鸡丝，但那只是附带的菜，重要的是一罐子鸡汤，用来打卤水；牛里脊肉汆去血泡，放入鸡汤卤水，同样小火慢炖一整天，这样做出来的卤水牛肉味道之鲜美，神仙也会流口水。我记得一斤苞谷烧很快见了底，一大盘牛肉也吃了个精光。老人家让儿子去店里再打了一斤回来，自己去切牛肉，说："我做的这个卤水牛肉，安逸得很啊，十块钱一斤也不卖，自己下酒。"第三次去切牛肉的时候，调门更高了，说："这个牛肉安逸得很啊，二十块钱一斤也不卖，三十块钱一斤也不卖，自己下酒。"我不搭腔，心里想，三十块钱一斤？你愿意卖，也得有人愿意买啊。当年人们的月薪不过三五十元，"老八路"工资高一些，也不到六十块钱，照他的"天价"买卤水牛肉，还买不到两斤。那天我和朋友父子喝了三斤苞谷烧，酒钱一元八角，当然是"老八路"掏钱；吃了三大盘牛肉，不知道值多少钱。

朋友的父亲离休后，可能不大习惯闲下来的状态，一日三餐酒不断，喝的都是苞谷烧。老人家七十多岁患了肺癌，医生说不能再喝酒了，他照样喝，骂骂咧咧地说："奶奶个熊，老子连小日本的歪把子机关枪都不怕，老蒋的飞机大炮也不怕，还怕啥子包（癌细胞）？"有一次去拜望老人家，见他躺在竹椅子上，旁边放了一壶酒和一个酒杯，被病痛折磨得不断呻吟，还时不时端起杯子喝一口。我朋友无可奈何地说，父亲脾气大得很，谁也劝不住，而且谁劝骂谁，说老子枪林弹雨打江山，给你们打出了新社会，喝几杯酒怎么了？不好说是否得益于玉醴的滋养，他就这样病病歪歪的，又活了好几年，辞世时已八十多岁。

几十年走南闯北，我喝过不同地方各种各样的酒，但是，只要回到故乡，与同学朋友们相聚举杯，喝得最多的还是苞谷烧。一些特别的场合，我甚至只喝苞谷烧，感觉酒不是酒，是一种符号，能唤起沉睡于记忆深处的无尽往事。

记得还是上世纪八十年代，我有一次回到家乡，突然想起一位住在乡镇的老朋友，约几个好友搭乘农村客运班车，四十公里的山路上颠簸半天，满心要去喝一次酒。有兄弟远道而来，主人高兴得很，让妻子下厨做了一大桌下酒菜，拿出一只草绿色军用水壶，说："对不住各位，我家没得好酒，只有苞谷烧，而且没有好多，就这一壶，喝不尽兴也没办法。"大家说，以前在一起喝酒不都喝苞谷烧吗？有酒便好。我们知道军用水壶的容量为一升，大约两斤酒，心里想喝开了还真不一定够。久未相聚的朋友在一起，总有说不完的话，无须任何由头，端起酒杯一杯接着一杯干。当时大家都年轻，同去的好友酒量也都不错，喝个半斤八两是不在话下的，但不知怎么回事，一个个晕乎起来了，而水壶里的酒怎么也倒不完。有人问："你家这个水壶有点像宝葫芦呢！"这才发现，主人的妻子趁我们不注意时往壶里添酒，说添得也不多，就三回。照当地风俗，客人不喝倒，一定是主人家抠索，舍不得拿更多的酒出来，而酒在那些年是奢侈的东西。那天喝到最后，包括主人在内一共五个人，离开酒桌时晃晃悠悠，谁也走不了直线。在质朴的主人和他嫁鸡随鸡夫唱妇随的妻子看来，客人喝到位了，他们脸上便有光彩。

我和这几个朋友交往几十年，喝了几十年酒，常常回想起被一只"宝葫芦"灌得酩酊大醉的样子。如果某一次聚会正好是原班人马，再好的酒也不喝，只喝苞谷烧。这种最普通的烧酒经得起细品，辛辣之中泛出一丝丝甜，让人想起夏日田畴里密不透风的苞谷林，收获时金灿灿的苞谷棒子；心里浮现出这样的景象，就算喝多了，陷入混沌的同时，也感觉神清气爽。其实，我们都明白，比苞谷烧的味道更醇厚的，是我们在青春时代结下的那一份友情，或者说，是关于我们青春本身的记忆，不能重来，不可复制，不会忘却……

"一片春愁待酒浇，江上舟摇，楼上帘招……"幼年时读过蒋捷的《一剪梅·舟过吴江》，觉得画面感特别强。也许因为"少年不识愁滋味"，我不大清楚"春愁"为什么要用酒去浇，也想象不出用什么样的酒才能把"春愁"浇得湿漉漉的，不至于燃起来，而我最熟悉的苞谷烧，划一根火柴是可以点燃的。任何时候读到这阕词，我总能想到家乡的苞谷烧。这些年独在异乡，好比漂泊在河上的孤舟，风又飘飘雨又潇潇，人倦心累，最见不得青青杨柳岸，特别是岸边楼阁上写着"酒"字的旗子，一旦看见了，总想把船靠过去，借三杯两盏淡酒御一御旅途的凄风苦雨。我不仅懂得了"春愁"的确是需要用酒去浇的，其他种种愁绪泛滥于心，"浇"上几杯酒也会好很多，"酒入愁肠"正是对寂寞人生的一份慰藉。

我的客居生活始于八年前。说来不怕贻笑大方，受命离开贵州去广西工作，我对壮乡知之甚少，脑海里最先出现的两个元素，一个是电影《刘三姐》山歌的旋律，我喜欢；另一个是桂林三花酒，多年前喝过，隐约记得有一股糯米的香味。到南宁的第二天，我去附近的商场找三花酒，老牌子还在，打开一尝，远不如故乡的苞谷烧好。两年前履新齐鲁，我第一时间想到朋友的"老八路"父亲，他提到过山东老家的高粱酒，认为是与苞谷烧不相上下的好酒。山东高粱酒种类很多，口感总体偏烈，四十度上下的柔和一些，六十六度和七十二度原浆就猛了，酒桌上一不小心，热菜还没上来，已经两眼昏花记忆丢失，第二天怎么也想不起自己是怎么回家的。不管是出于对那位"老八路"的敬重，还是因为眼下身在齐鲁，我不好说这里的高粱酒不如我家乡的苞谷烧好，只能说苞谷烧更合我的口味。

半个月前，"老八路"的儿子听说我惦念苞谷烧了，快递寄来一桶，足足有十斤。我专门买了一个玻璃罐子存酒，晚上睡不着的时候，打开罐子舀出一杯，躲在书房的孤灯下独饮。酒很快喝去了一多半，要不要请"老八路"的儿子再寄一些来呢？我非常犹豫，虽说爱酒甚至嗜酒的积习今生恐怕是改不掉了，毕竟岁月不饶人，不敢贪杯。但是，杯子里的苞谷烧散发出故乡的气息，那气息弥漫开来，紧紧缠着我厌倦漂泊的心灵，唤起我对故土苦苦的思念，以及对往昔岁月逝者如斯的感怀，我就往往不能把控好适当的量了。

事实上，因为这样那样的缘由，我经常一个人把酒独酌，喝着喝着便恍惚了，不管什么酒，都能喝出故乡苞谷烧的味道。而那种烧酒的味道，总惹人泪流满面，那泪水啊，怎么擦也擦不干。

2023 年

醉里乾坤

我爱酒，甚至算得上有几分嗜酒，但不是特别贪杯。

天下美酒种类繁多，壶觞之徒当是各有所好的。如果可以选择，我首选白酒，喜欢三杯两盏之后"任酒花白，眼花乱，烛花红"的感觉；其次是啤酒，度数不高，假装"会须一饮三百杯"，也不至于多么不堪。我偶尔也喝点黄酒，吴姬劝客"压"的酒应该是黄酒；不敢想象"吴娃双舞醉芙蓉"何等场景，想一想江南的杏花春雨，以及雨巷里孤寂的油纸伞，倒也未尝不可。盛在夜光杯里的"葡萄美酒"，指的多半不是当下的葡萄酒，能让血性男儿醉卧沙场的酒，想必要烈一些。至于白兰地、威士忌、龙舌兰和朗姆等洋酒，我总觉得香气过于夸张，毫无兴趣，但也不反感。在我看来，唯一不能算作"美酒"的是清酒，其口感寡淡无味，气息蹊跷可疑，令人厌恶。

白日放歌，或者晚来天雪，对于杯中之物，我独爱赤水河畔的酱香型白酒。这种酒的魅力，在于格外"霸气"，你只要遇上了，便一见钟情，很难移情别恋。北京二锅头、衡水老白干和金门高粱酒也不错，口味粗犷一些，但纯正而诚挚。与"贵州土酒"一直较着劲的那款名酒，也许真的很好，可惜我适应不了浓香型酒，一般不去碰；倘若万不得已喝了几杯，无须过量，一定脑子发蒙，肠胃翻江倒海，好几天缓不过来。美酒千家，各美其美。我心里清楚，我对酱香的偏爱可能是非常狭隘的，好在这是私事，固执一些也未尝不可。

有人说，一个人能不能喝酒，酒量多大，是先天决定的。更有人悉心研究，认定人对酒精的耐受力与身体里的某种酶有关，说这是科学。我不敢质疑科学，但是，我的酒量绝不是先天决定的，而是因为无知加胆大，自己稀里糊涂折腾出来的。我喝酒的历史最早可追溯到一九七五年夏天，十岁初尝芳醪，从此金波沉浮，或鹅黄助欢，或白醪消愁，一发不可收拾。我在《苞谷烧》一文里详细描述过，因为两位长者和一个朋友，我小小年纪便染上酒习，这似乎不大好，也不能说多么不好。

一九八一年夏天，我考入北京海淀路三十九号的那所学校，办完入学手续，安顿下来，学校周围四处看看，东门斜对面的一个小酒馆引起了我的兴趣。那时海淀路一带很荒凉，东侧是一个叫"小泥湾"的农庄，几排北方特有的平房，最前面一排的端头开了一个酒馆。我不知道北方的酒是什么味道，想尝一尝，提议同一宿舍的八个同学去小泥湾酒馆聚聚，大家都说这个主意好，每人拿出五角钱凑份子，有一天下课后开开心心去了。印象中，小泥湾酒馆的菜比学校食堂贵，但也不是很贵，素菜五角钱一盘，带肉的炒菜八角钱，最贵的卤猪头肉也才一块钱，我们凑的四块钱可以点好几道菜，够吃了。第一次聚餐，总得有点酒吧？问店主，瓶装红星二锅头一块七角钱，散装的只要一块三，就买散装的吧，于是每人又拿出两角钱，买了一斤多酒。我们八个人中间，有五个人说自己是第一次喝酒，看来乖孩子居多。坦率地说，那天一人分得一杯酒，不到二两，我喝得不尽兴，问大家是不是再凑钱买一斤，来自湖北和湖南的同学赞成，别的人都摇头。我心里冒出过自己掏钱买一斤请大家喝的念头，想到一块三角钱对我绝不是个小数目，忍住了。

在北京上学的四年，我常常去小泥湾酒馆。多数时候，是和同学或者老乡一起去，自己能挣点稿费了，像自称姓赵的那位仁兄做生意发了财回到未庄一样，手上"满把银的铜的"，我请客，酒可以管够。有时也自己一个人去，点一份盐水煮花生，切一盘猪头肉，要半斤散装二锅头，坐着慢慢喝。曾经，一位不相识的外系小师妹在图书馆走廊上主动和我搭话，问我是不是遇到什么难事了，说她无意间看到我在小泥湾酒馆独饮，想来一定是借酒浇愁。我当时还真没什么愁需要借酒去浇，哈哈一笑，对小师妹说："谢谢关心！但不用担心，我喝酒仅仅因为想喝酒，没有别的原因。"小师妹脸上泛起淡淡的红晕，说："谁担心你了？只是碰巧看到你一个人在酒馆里喝酒，很怪。"我问："你觉得我是酒鬼吗？"小师妹说："我不知道酒鬼是什么样子。不过，一个人在小酒馆昏暗的灯光下喝酒，其实还蛮帅气的……我不是说你啊，我是泛指独自喝酒的所有男人。"我看出来了，这位小师妹对男人身上的某种沧桑感有兴趣，单纯的女孩子似乎都这样；而我身上并没有任何沧桑感，只是有一点酒瘾而已。

我不得不承认，因为清圣浊贤喜送流霞的缘故，在我们那所学校里，我是有一些名气的。不过，我的酒量究竟如何，别人不知道，我自己也不是很清楚。有一次，同宿舍的一位兄弟跟我打赌，说只要我能一口气喝完一瓶二锅头，他愿意每周给我买一瓶，而且买瓶装的，我丝毫没犹豫便决定应战。酒马上买回来，启开盖子，一大堆好事者围着，看我怎样"一口气"喝完，我张嘴对着瓶口"吹"，还真喝不下去；能不能倒出来喝呢？买酒的同学说可以，只要一口气喝完就行。我把酒倒进平时打饭用的瓷碗里，满满一大碗，脖子一仰喝了个底朝天，赢得一片掌声和喝彩声，然后自信地摆一摆手，端起一杯茶出门，说去透透气。事实上，此前我的确是喝一瓶白酒不在话下，没想到，能喝一瓶白酒和"一口气"喝完一瓶白酒绝对是两回事，在宿舍楼前的长椅上坐了不到十分钟，解酒的茶还没顾上喝，便觉天旋地转。一个漂亮的女孩子从我身边走过，朝我笑了笑，我的目光紧紧追随着她，看到她轻轻地飘了起来，浮在半空，乳白色的连衣裙像一片云，也像一朵花……

第二天醒来，我和衣躺在床上，连皮鞋也还穿在脚上。我的记忆停留在宿舍楼前，停留在那片云和那朵花飘过的瞬间，此后的一切完全不记得了。同宿舍的兄弟们告诉我，那天晚上，他们在长椅上找到我，好不容易扶回来扔上床，我整夜不停地呕吐，他们只好整夜不停地打扫，还非常担心，谁也没睡成觉。我深感愧疚，一个劲地道歉，说："失态了失态了，实在不好意思！要不，我请客赔罪，晚上请你们去小泥湾喝酒吧？"兄弟们一个个使劲摇头，说听到"酒"字就想吐，好像前一天大醉酩酊的不是我，是他们。

我喝过的最浪漫的一次酒，是大学毕业前夕，与一个姑娘告别时无奈地对饮。两个有情缘的年轻人注定不能走到一起，到了必须分开的一天，心里想着"留君且住"，又眼看"兰舟催发"，于是"红友传杯"聊以慰藉脆弱的心。那个特别的酒局是她约的，说要为我饯行。我们骑自行车到校园西门外的运河边上，倚着一株柳树，一瓶泸州老窖递过来又递过去，你一口我一口，喝得酣畅淋漓。一场暴雨突如其来，雷霆和闪电在头顶上撕裂夜空，我们相视一笑，坐在雨中继续喝酒。我在《雨霖铃》（见散文集《那年花开》）里写下了当时的情景：

> 四下漆黑一片，我只能在闪电划过的一刹那才看得见她。烈酒使她的脸庞泛起红潮，长长的睫毛上挂着雨珠，目光里透出羞怯而又顽皮的神情，湿漉漉的身躯温润圆腻，每一个轮廓都昭示着女性的魅力和青春的张力，令人心潮起伏……我转过头来，紧紧握住酒瓶，又喝了一大口酒。渐渐地，她的呼吸变得急促，似乎在刻意抑制，又分明无所顾忌。是的，是她的呼吸声，与淅淅沥沥的雨声交织在一起，伴着雷霆的鼓点翻动扶摇，旋律高昂，和声完美。我觉得自己的心如醉汉一般晃荡，随时可能从胸腔里跳出来，撞向她的呼吸声和雨声构成的华丽乐章，撞向雷霆、闪电和风暴，在夜空中爆裂成血色的礼花，万劫不复地绽放开去，与天地融为一体……

姑娘说她是第一次喝白酒，好像醉了；也因为醉了，才敢说出一直不敢说的话。她声音喃喃地耳语一般："今天很重要，对我特别特别重要，你知道吗？你懂不懂我的意思？如果你真的爱我，就应该明白我的意思。"我不能妄自揣摩她的心思，说："其实每一天都很重要，今生的每一天都是唯一的，不可能重复。"听到我这样说，她叹一口气，说："你真不懂我的意思吗？我是说，如果你爱我……我是完整的，干干净净的，不管今后是什么结果……"她的这几句话把人的心撕裂成最碎的碎片，我感受到心痛也可以是生理上的，胸口一阵阵悸动，好像被无数根软软的针反反复复地刺。我能想到，此刻抽身走开，对她无疑是一个不小的伤害，但我同时又坚信，眼下的伤害才是对她的珍爱。这样，今天过去了，她依然是完整的，干干净净的，直到遇到那个幸运的男人。

三十六年之后，她读到我写于一九九六年的《雨霖铃》，想方设法和我取得了联系。她告诉我，她在哈德逊河畔遇到了一个加拿大男人，一双混血的儿子和女儿是上苍对她最大的赐予；而那个"幸运的男人"不大喝酒，尤其不接受中国的烈酒。他们最终分开了，据说原因非常多；我猜想，两个人连酒都喝不到一起去，或许是其中的一个原因吧。

而我呢，正好也不能接受洋酒。一九八四年夏天，我在甘肃日报实习，去嘉峪关采访时与当地朋友喝了一次威士忌，比在学校跟同学打赌那次醉得还惨。不记得当晚是怎么回到住处的，醒来时看到窗外灿烂的晚霞，但无心在意美好风光，只觉口干舌燥头痛欲裂，跌跌撞撞满屋子找水喝。这个经历使我对洋酒永远心有余悸，几十年来一滴也不去碰，真的怕。

酒是艺术，更是成就艺术的"药引子"。米芾泼墨枯木竹石"收拾凄凉"，据说总要在"尊中醞酿"之中寻找灵感，那幅被小日本夺去的《研山铭》分明是带着浓浓酒意的；颜真卿《祭侄文稿》之所以拥有后世书家难以企及的"气格之美"，妙就妙在"不计工拙"的醉态；通常以为范文正公"酒入愁肠，化作相思泪"写的是乡思旅愁，我以为，倘若"乡思"里面没有某一些人或者某一个人的影子，"旅愁"便不那么可靠。但是，如果你不幸遭遇了离愁别恨，酒其实是非常可靠的，哪怕韩子苍与王仲和不以为然的"茅柴"，味道酸了一点，只要玉瓯不辞，毕竟能陪你醉一回。

我对唐人陆龟蒙的"酒痕衣上杂莓苔，犹忆红螺一两杯"有特别的感念，酒痕湿衣的时候，我总是想，这个世界的人记得的事情，隔着墓碑上的点点莓苔，另一个世界的人是否还记得呢？鲁望先生似乎是相信"日斜还有白衣来"的，我也愿意相信，但从来没看到过，所以将信将疑。

我的这种感念，源自对妹妹深深的怀念。二十六年前的夏天，妹妹在即将成为母亲之际遭遇医疗事故，与未曾谋面的儿子一同去了另一个世界。那段时间，我经常半夜跑到妹妹的坟前喝酒，一个人从子夜时分喝到东方欲晓。公墓深夜的寂静之中，想来应该藏着比寂静更神秘的东西，可是我看不到，纵是醉眼蒙眬，也不曾见过一袭"白衣"或者其他什么颜色的衣服。如果我的妹妹突然出现在眼前，我当然会无比惊喜，可惜她从未出现；而在那么一个地方，我的妹妹一定会护着我，绝不让别的什么冒出来惊扰他的哥哥。所以，我只管安安心心喝酒，一般要喝干一瓶白酒，或者喝光一大箱啤酒，看着天慢慢亮开了，才跌跌撞撞离开，并不醉。

有一次，几个成都朋友来贵阳看我，在和群路地摊上喝到半夜，听我说起在妹妹墓地喝酒的情形，他们立即打包酒菜，说要去体验一回"公墓夜宵"。我几番推辞，直到有一位朋友质疑我在墓地喝酒的真实性，虽然知道他在用"激将法"，我还是答应了。那天晚上一起去公墓的朋友当中，有两个女孩子，这让我心生愧意，女孩子胆小，难说她们不为难，但她们都坚持要去。借着淡淡天光的照映，我们从一排排墓碑前走过，在我妹妹的坟前坐下，一人手上一瓶瀑布啤酒，在墓碑上洒一些，然后开始喝。有个女孩此前没喝过酒，也拿起一瓶"咕咚咕咚"喝开了。我说："对了，还是喝一点，酒可以壮胆。"她笑了笑，说："你以为我害怕？小看我了。我只是觉得，半夜在公墓里吃夜宵，这感觉太特别了，今天不喝，以后肯定会遗憾。"不到一个小时，十二瓶啤酒喝完了，有朋友说去车上拿白酒，喝到天亮，我赶紧起身收拾空酒瓶和垃圾，说："谢谢大家！那么多亡灵呢，我们吵吵嚷嚷打搅太长时间了，走吧。"

多数时候，喝酒是轻松的，甚至是很好玩的。我在贵阳工作时有一帮朋友，年长的比我大二十来岁，年轻的还在上大学，老老小小有事无事喜欢往我家跑，我单身一人，单位分了一套两居室的房子，方便聚在一起喝酒。我屋子里没有餐桌，上门的朋友往往十个八个，连凳子也不够，好在铺了地毯，席地而坐围成一圈，照样喝得尽兴。坐在地上喝酒其实是局促的，起码斟酒不是很方便，酒杯放在地毯上也容易洒，弄得满屋子酒气久久散不了。一位老大哥想出个办法，买来二十个小碗，一碗能装三四两，省得不停地斟酒，放在地毯上也更稳当。我们喝的多是花溪牌高粱酒，两块钱一瓶，因为消耗量太大，贵的酒真喝不起。赶上哪个朋友生日，自己带酒来，档次会高一些，记得有习酒、安酒、金沙回沙酒和泸州老窖等等，最好的是扁瓶董酒和青花郎，还有一种加药材酿造的"回春酒"，寓意耐人寻味，功效如何说法不一；"贵州土酒"太高端，可望而不可即。

我第一次喝"贵州土酒"是什么时候，已经不记得了。因为工作关系，后来我经常去赤水河畔那家酒厂调研，渐渐熟悉了端午制曲、重阳下沙乃至蒸馏、勾兑、窖藏等所有工序，偶尔可以冒充内行，一般人未必识得破。我还不止一次在那家酒厂戒备森严的酒库里品过"老酒"，可惜那真的只是"品酒"，不算喝酒，不可能"痛饮檐花雨"以至于"醉卧不须醒"。那种场合，你甚至都不好意思多"品"几杯，工作人员走过来斟酒，你嘴上说"够了够了"，眼睛却盯着酒瓶，内心纠结得不行。

如今"贵州土酒"行情日涨，我等工薪人士，买不到也买不起，早就不惦记了。好在茅台镇上酿酒作坊比比皆是，自然环境、用料和工艺几乎完全一样，那些酒的口感自然要差一些，但聊胜于无。酱香酒储存的时间越长，品质和味道越好。大约十年前，我在茅台镇一家作坊买了一百箱酒，打算存到退休后慢慢享用，前不久数了数，不足二十箱了。嗜酒的人存不住酒，自己喝，也请朋友喝，酒桌上大方得很。女儿出生那年，我咬牙掏出私房钱买下两箱"贵州土酒"，用很粗的笔在箱子上标了"女儿红"字样，提醒自己不能擅动。幸亏有标注，我好几次动了念头，看到这几个字，只得悻悻然罢手……

男人贪杯不足为奇，痴迷曲生的女人也不鲜见，只要端起杯子，比大多数男人更见豪气。我曾经有一位韩姓女同事，江苏人，长得眉清目秀，原本一口吴侬软语，三杯两盏之后声调就高了，因为酒量大，人称"韩八两"。她经常和一堆酒友喝到半夜三更，又得了个"韩半夜"的名号，不折不扣的女酒鬼。单身时想怎么喝就怎么喝，而女孩子总要嫁人，都以为"韩八两"或"韩半夜"婚后会收敛一些，谁知"八两"一点不打折扣，"半夜"依旧开怀畅饮。她的丈夫毫无办法，以为是酒友太多的缘故，惹不起躲得起，下决心到浙江一所高校求了个新职位。女酒鬼一个人带孩子，最大的难题是没时间跟酒友推杯换盏，于是跟了过去。开始的一两个月，女酒鬼想喝酒了，通过微信视频与贵阳的酒友"云饮"，照样可以喝得天昏地暗。线上喝酒毕竟不方便，还是得发展当地新酒友，一两个月时间，她很快拉起一个圈子，全是女酒鬼，而且个个喝到半夜不肯散场，有"黄半夜""钟半夜"等等，丈夫无可奈何，只好由她去了。

杜月笙说不喝酒的男人都很自私，不可靠，韩女酒鬼认为不喝酒的女人更自私，更不可靠。她常说："看看，我一点不自私，非常可靠，这不就是活生生的证据？"平心而论，这位女酒鬼的确是很可靠的，性情淳朴率真，待人坦诚和善。比如，她执意要灌醉的人终于醉倒了，又觉得过意不去，干脆自己灌自己，大家一起醉，第二天谁也别怪谁……

也许因为"贵州土酒"名满天下，贵州人被认为是善饮者流，其实不然，出美酒的地方未必出酒神、酒仙和酒圣；青莲居士说"古来圣贤皆寂寞，惟有饮者留其名"，正史野史上因酒而留名的，好像没有一个贵州人。差不多八年前，我受命去广西工作，八桂虽无好酒，但比贵州更像"酒乡"，反正我客居广信以西五年三个月时间，遇到的酒场不算少，不管什么场合，如果一定要喝，我几乎都是最早倒下的。两年前"转场"来到山东，又发现自己特别没文化，以前的酒喝得毫无内涵。你以为喝酒就是喝酒？那就浅薄了，在礼仪之邦，喝酒是有规矩的，主宾副主宾该坐哪个位置，主陪副陪乃至三陪四陪如何敬酒，得讲礼数，凡事井井有条。据说孔夫子酒量很大，但清圣之仪绝不乱，也就是说不随便喝酒，喝起酒来更不随便，须按礼制行事。子曰"唯酒无量，不及乱"，又说"不为酒困，何有于我哉"，还说过其他"酒话"，概括起来，主要的意思是"酒以成礼"。圣人的教诲是一回事，酒怎么喝是另一回事，若会山东曲生，你得格外谨慎，否则你很可能等不到热菜上桌，便枕曲藉糟梦晤欢伯了。山东同样没什么好酒，高端正式的酒桌均被贵州酒占据，这多多少少让我产生了些许自豪感。

把酒问天，今夕何夕？几十年春去秋来流光抛人，曹孟德"人生几何"的感慨，我不能说自己悟透了，起码"何以解忧"的法子是略知一二的。如今"银字笙调，心字香烧"的日子尚远，那么，既然今朝有酒，何不喝几杯呢？闲下来的时候，比如周末和其他节假日，无须烹羊宰牛，我常常会炒几个小菜，斟上酒，不紧不慢地喝。"劝君更尽一杯酒"是千年前渭城的往事，追寻不得；劝自己更尽一杯酒则在当下，好好劝一劝自己，敬自己一杯，未必不是个好主意；万一忍不住喝多了，酒酣胸胆，就当老夫聊发了一回少年的狂气，不必责怪自己。只是，醉里乾坤虽大，人却不能以为自己大，爱酒的人还是把自己看得小一点才好。在异乡的这些年，我不愿意打搅别人，也不愿意被别人打搅，每每衔殇往往独饮清欢；红袖添香是更不敢想的，便是内心悄悄想了，也不能想。我懂得，酒是"芳樽"和"玉友"，也有"狂药"和"祸泉"的别称，实在大意不得。

老实说，独酌到深夜，当种种心思在半醉半醒之间泛滥，我真不知道自己是畅快了，还是更不畅快了……

2023 年

第三辑

———————————

行者无疆

远方有多远

一

人一生的轨迹，想必是注定的吧。有的人一辈子安居一隅，享受故土长长久久的滋养，直到老去；有的人背井离乡四处奔波，能看到不同的风景，却免不了经受更多的雨雪风霜。两种生活状态截然不同，哪一种更有福分，还真不大好说。

公元一九八一年八月二十二日，清晨六时许，一辆解放牌卡车停在我家门前的街边。我人生的第一次远行以此为起点，时至今日，我还漂泊在外。

那一刻，天刚刚亮开，太阳还没有升起，淡淡天光照着黔北山区小县城灰暗的街巷，两边默默相对的木房和瓦檐影影绰绰。眼前的一切是我熟悉得不能再熟悉的，此刻竟生出一些隔离的感觉来，难以想象我在这里的十六年漫漫时光是怎么度过的。晨光熹微之中，几个朋友赶来送我，除了他们，街上再没有别的人；几只公鸡和母鸡在附近游荡，一条黄狗趴在街对面，耳朵竖得直直的，好奇地盯着引擎已经发动的卡车……

当年的高考被称为"千军万马过独木桥",为什么这样说呢?只有经历过那个特殊历史阶段的人,才能够理解。八月上旬的一天黄昏,我收到一个信封,里面装着大学录取通知书;小纸片薄如蝉翼,上面有几行歪歪扭扭的钢笔字,告诉我被本校哪一个专业录取了,必须在哪一天之前报到。挤过"独木桥",意味着我有机会从小县城里抽身出来,去外面的世界看一看。我要去的地方很远,远得我不敢想象,也不曾想象过——我将途经黔北重镇遵义南下,在省城贵阳登上直快列车,一路向东离开云贵高原,到三湘腹地一个叫株洲的地方转身北上,然后过洞庭,跨长江,穿越荆楚大地,再跨过淮河与黄河,经华北平原,最后抵达燕山脚下的那座千年古都。学校位于城市西郊,门牌号是海淀路三十九号,我将在那里安顿四载的学子生活。对未知的远方,我充满幻想;那幻想是无比奇妙的,在我看来也无疑是美好的,我毫不掩饰内心的兴奋。面对人生轨迹的重大变化,不能指望一个刚满十六岁的男孩多么沉得住气。

我们一家,没有任何一个人去过北方,走得最远的地方是省城贵阳,父亲在那里上过大学,母亲从省城嫁到县城。父母为我筹备远行所需的一切,也不知道北方的夏天有没有酷暑,但那不要紧,天气再热也容易对付;依据常识,北方的冬季一定是很冷的,在"千里冰封、万里雪飘"的地方生活,不能不考虑如何御寒。记得母亲为我赶织了毛衣和毛裤,父亲把他唯一的呢子中山装给了我,虽然很旧,但想来应该管用,我试着穿上身,人显得老气横秋,感觉有点怪。

父母决定和我一起到贵阳,在那里送我上火车,正好也可以探望母亲的娘家人。从县城到遵义的这一段,据说有一辆放空

去拉货的卡车，司机是我父亲的朋友，顺便捎我们到遵义火车
站。一切收拾妥当，朋友们帮着我从家里把行李搬出来，抬上卡
车的货厢。我的行李不多，一个一米见方的简易木箱，大得有些
夸张，特别能装，被褥和衣服全部塞了进去；另一件行李小很
多，是我父亲上大学时用过的一只帆布提箱，里面装了些杂物，
以及父亲让我带到学校去的几本书，记得有《诗词格律》《人间
词话》和《鲁迅杂文选》。卡车驾驶室除驾驶员之外只能坐两个
人，没有我的座位，我爬上敞篷货厢，里面只有我和我的两件行
李，空荡荡的。喇叭一响，汽车开动了，朋友们呆呆地立在扬尘
之中，身影越拉越远，越来越小，最后完全消失……

　　时隔几十年，我还记得那天送我远行的朋友，四个儿时玩
伴，三个中学同学。后来听说有个女孩子也来了，站在街巷的拐
角处远远地看着我，我没有看到她，其他人也没有看到她。

二

　　远方有多远？对于出生和成长在山区小县城的男孩，这个问
题是不敢深思也无法回答的。

　　关于我的故土，"大山深处小小的县城"这个概念，加上
"二十世纪六七十年代"的时间限定，就很容易想象是何等景象。
我家住在城南，地名叫"上城门"，却看不到城门，据说原来是
有城门的，拆除了。家里的木房子建于哪一年，我自然不知道，
我父亲也不知道，甚至我奶奶都不知道。大约两三百栋同样老旧
的木房子，两条窄窄的街道和三五条更窄的巷子，构成一片深灰
色的天地，就是我的整个世界。县城里也有少许不一样的建筑，

比如十字街口的百货商店，虽然屋顶也盖着灰色瓦片，但的确是一栋砖房，气势就非同一般；而县政府两层的青砖楼房巍巍乎令人肃然，普通人不敢随便靠近。

童年和少年时代，我有一间自己的屋子。坐在靠窗的书桌前，目光穿过窗棂，越过庭院，可以清楚地看到对面那座山。山不高，也不陡，缓坡上种着苞谷、豌豆和其他作物；山腰有稀稀拉拉的树林，林间的坟茔隐隐可见；更高处是山顶与天际的交界线，远远看去，最高的地方好像有一道石墙，听说是营盘，早年县保安团驻守在里面，已经废弃数十年了。年年岁岁，一座大山始终挡在我面前，春天和夏天满目葱茏，秋后金黄一片，冬日里披霜覆雪，虽说景色随着晨昏交替四季更迭而不断变换，也还是让人感到局促。我常常幻想山那边是什么样子，想爬到山顶上去看一看，有一次，终于约到几个胆子大的玩伴，一起爬了上去。当视线不再被林木遮挡，营盘遗址出现在眼前，围墙和垛口的青石布满苔藓，周边是一人多高的杂草和灌木。站在废墟上，目光越过一直挡在面前的大山，我看到，山外还是青山，是莽莽苍苍无边无际的群山……

此后，太阳升起来又落下去，月亮圆了又缺。我知道，炽热的光芒和冷峻的光芒所照耀的，都不过是山的这一边和那一边。我想到了山外的世界，想到了远方，说不清楚为什么，一颗心陷入不安，隐约有些绝望。

远方究竟有多远，我心里完全没有概念。歌曲里唱"北京的金山上光芒照四方"，北京有多远呢？小学课本上说"我们都是来自五湖四海"，五湖四海有多远呢？偶然还听到老一辈悄悄哼几句《莫斯科郊外的晚上》，莫斯科有多远呢？"深夜花园里"不是就应该"四处静悄悄"吗？那里的夜色能有多么"令人心神往"呢？……这些疑问纠缠着我，带着好奇心去请教一位老师，他的回答似是而非，说北京不是谁都可以去的，"五湖四海"也不是谁都可以去的，莫斯科更不是谁都可以去的；那些地方究竟多远，你知道了又如何？

的的确确，那些地方究竟多远，我知道了也不能如何。可是，我想知道。中学开了地理课，地理老师办公室里挂了一张世界地图，我发现那是一个非常有趣的东西，能够在一定程度上满足我对远方的好奇心，经常跑去看，对着花花绿绿的线条和图案发呆。北京真的在北方，但还不是祖国的最北方；我计算过从我们县城去北京的里程，这是课本上没有的内容，任何考试都不会出这样一道题目，但我算出来了，全程二千八百二十六公里。我也明白了"五湖四海"并不完全是地理概念，具体说是某一个湖和某一片海，反倒牵强。至于莫斯科，那实在是太远了；偶尔在一本旧杂志上读到普希金的诗，我的注意力并不限于"我记得那美妙的一瞬"和"假如生活欺骗了你"之类的文字，而是在地图上寻觅诗人的足迹，皇村外小黑河畔决斗的枪声和芬兰湾的涛声在我耳边久久回响……

青春是人生多梦的季节。我的梦境里自然少不了姑娘们妙曼的影子，但是，更多的还是远方，不同的形形色色的远方，坐火车风驰电掣很长时间才能到达的远方。那时我没坐过轮船和飞机，连见也不曾见过；所以，我只梦到过匆匆忙忙赶火车。一段时间，我反反复复做同一个梦：好不容易赶到车站，火车却没有停下来，直接开走了，我站在月台上发呆；至于我要坐火车去什么地方，梦里并不清楚。梦醒时分，抬眼看到窗外或明或暗的天光，当美好的幻象在如洗的月光下遁于无形，或者藏进月黑风高的暗影深处，一种失落感涌上心头，无法言传。对这种失落感的畏惧渐渐成为一个心结，夜深人静之际，我盯着天花板，为自己是否愿意进入关于远方的梦境而心生彷徨。

梦境之外，我看不到所谓的远方。我常常一个人走到城外，站在公路边，朝最远的地方看过去；而我目光所及的地方，还是绵延的群山，苍穹之下迷迷茫茫的一片，此外再看不到更多。都说"天外有天"，但那是别人的天，与我毫无关系。

三

通过高考，我终于有了走向远方的机会，似乎是美梦成真了。直到解放牌卡车缓缓开动，穿过街道驶出县城，上了公路，我还不敢相信是不是真的；我担心一不小心睁开眼睛，眼前是黎明时分的天色，寂寞无边。

卡车在公路上跑了起来，我坐在木箱上，任凭山野的清风迎面吹拂，看不同的风景远远迎过来，又退到身后。车轮下那条伸向远方的公路，如果只说山区"三级公路"，你也许未必清楚是什么样子。请想象一条带子，依着山势草率地飘动，时而飘上山垭，飘出几道弯弯的弧线，又朝深深的河谷飘下去——公路就像这样一条带子，在大山里飘动，穿过或密或疏的树林和竹林，跨过大大小小的石桥和木桥，绕过稀稀落落的农舍，一路前行。路面是砂石铺成的，车子驶过，扬起浓浓的灰尘。

所谓人世的偏远，栖身其间，人的感受其实是不那么明确的；开始远行了，才能明白偏远就是实实在在的偏，以及实实在在的远。黔北的大山一望无际，山梁连着山梁，从我们县城走出去，或者从外面走进来，都不是一件简单的事情。当年通向外面的公路只有一条，一端出城往西偏南方向，经遵义向南到省城，另外一端往东北方向连通黔东地区，山势险峻，坡更陡，路更窄，弯也更急，夏天尚可以正常通行，遇到雨雪凝冻天气，中断十天半月是常事。那天，我们从县城到遵义火车站的一百一十公里路程，中途未作任何停留，也足足用了四个小时。

当年的遵义火车站，站房是一栋两层的楼房，售票厅在一楼，窗口带着铁栅栏。我出示大学录取通知书，花二十二元买了一张到北京的学生票，而成人票价是三十八元八角。凭车票办理行李托运，我父亲在一大一小两个行李箱上写了学校的地址，字迹工整又不失潇洒；作为医生，他在处方上写的那些字是不易辨认的。那一年，我父亲刚满四十岁，母亲才三十六岁，十六岁的儿子考上名牌大学，他们内心欣慰，表现却很淡然。检票进站，在月台上等了一会儿，火车开过来的时候，我突然想起反复做过的那个梦，莫名地担心火车直接开过去，把我留在月台上；而这一次，火车缓缓停下，给我们留足了从容登车的时间。

那是一趟每站都停靠的普客列车，遵义到省城一百六十多公里，运行大约六个小时；车厢里拥挤不堪，我和父母过了好一阵才找到座位，但我并不觉得这段旅程多么辛苦。三天后，晚上八点多钟在省城登上北去的火车，情形就不同了；当时正值暑运高峰，每一趟列车都人满为患，我的车票是联程中转，拿不到座位号签，而目的地远在四十八小时车程之外。站在硬座车厢的过道里熬过两天两夜，是很难想象的。绝望之际，多亏了两位姐姐和一位大哥相助，让我在找到座位之前和他们挤着坐。他们比我早一年考入北京高校，正好返校上学，三人一排的座席，我们四个人挤了整整一个晚上。我的散文集《那年花开》里有一篇题目为《记忆的铁轨》的文字，比较详细地记述了那段经历。

第二天早上，我在怀化之前的芷江站就找到了座位，一颗忐忑的心终于放松下来。这时，我才想起出发前反复看过的地图，想起对车窗外无限风光的幻想和期待。火车又开动了，我坐在属于自己的座位上朝窗外望去，铁路沿线的夹竹桃正开着深红色的花。随后，车速越来越快，一树一树的花丛被拉长，成为绿红相间的彩带，生动地起伏飘舞，车窗像一幅印象派大师的油画，且不断变换笔触和构图，色彩涂抹得恰到好处。这些画面从此成为我审美心理的一种底色，烙印之深，影响着一生。多年以来，只要看到盛开的夹竹桃，我的眼眶就会在不知不觉间潮湿，一种柔软而又尖锐的情感在心里久久地起伏萦绕，不知道是感伤还是感慨……

四十八小时后，列车到达崇文门东侧的车站，漂亮姐姐和帅气的大哥陪我到站前广场，找到学校的新生接待站，挥挥手走了。我站在广场上等待校车，感觉脚下的大地还随着火车的节奏晃动，车站那两座带飞檐的钟楼也在不停地晃动，耳边还是列车行进时韵律铿锵的声音。如梦如幻，关于远方和火车的第一个"浪漫之旅"，以一种与过去千万次设想都完全不同的方式完成。

这个经历让我感悟到，与梦想伴生而来的，往往是意料之外的尴尬和局促。每一个行走在旅途中的人，都很可能遇到这样的尴尬和局促。之后，在列车上，我会关注身边那些站着的人，询问他们在哪个地方下车，站起来换他们坐下，说自己坐得太久了，想活动一下。或者，我与坐在身边的人商量，两个人的座席坐三个人，三个人的则坐四个人，我的提议很少遭到拒绝。列车特别拥挤的时候，甚至需要从窗户爬上车来。我看到有人在列车进站前刻意关闭车窗，希望为自己留下更多空间，而我会提前把车窗开到最大，让需要赶路的人有机会从这里上车，不误行程。

漂泊的人，可能要无数次承受挥手作别的感伤，但是，第一次远行在心头刻下的印记，一定最为尖刻。时至今日，当年如何迈出走向远方的第一步，我差不多记得每一个细节。

四

大学毕业后，我回到云贵高原，在一家单位派驻贵州的机构工作了三十余年。故乡小县城就在二百六十公里外，随时可以回去看看，所以，我不算在远方。因为工作性质，我又经常去很远的地方。我们的泱泱中华，西藏和台湾之外的其他省区我都去过，哪怕所到之处大多是匆匆一瞥，也算到过了。

年轻的时候，除了北京上学的四年，我在一个地方停留时间最长的，是甘肃。十九岁那年，我在甘肃日报实习半年，其中将近两个月驻站酒泉。无论从地理上看，还是对于我的心理，大西北的确太远。在祁连山的雪峰下，在沙漠和戈壁滩深处紧张地采访和写稿，倒没觉得多么辛苦，眼前的景象也充满魅力；渐渐地，大漠孤烟长河落日不再是风景，而像一张无形的大网，西出阳关，南望祁连，我和一起驻站的同学莫名地感到不安，疑心能不能找到回去的路。直到有一天我们看到了火车，才觉得自己与这个世界还联系在一起。同样在《记忆的铁轨》里，我写了这样一段文字：

> 从沙漠里出来，到了玉门市辖区一个也叫玉门的小镇，在招待所里刚刚住下，就隐隐约约听到汽笛声。火车？我和同学对视一下，一句话没说，打开门往外走，循着汽笛的方向追过去。那天风沙特别大，四下里天昏地暗，小镇街道两边的房子都看不大清楚，我们还是顶着沙尘往前跑，好像生怕汽笛突然消失了，无从追寻。终于，一个小小的车站出现在镇子尽头，隔着栏杆，我们看到喘着粗气的蒸汽机车，以及一节一节的车厢，那是一列货车，正停靠在车站等待会车。不一会，一列客车进了站……那一刻，我们如释重负，沿着铁轨可以回去，我们就有理由相信自己没有被抛弃。

此后数不胜数的旅程中，如果去比较远的地方，通常是需要飞行的。也许因为少年时代那个梦境的影响，在我内心，远方与铁路总有不可分割的关联；因而，能够选择火车出行的时候，哪怕耗费的时间更久，我也会毫不犹豫放弃飞行。我坐火车去过北边的黑河，也坐火车从琼州海峡轮渡去过南边的三亚，无论去到什么地方，无论多么遥远和偏僻，只要那里有铁轨相连，一颗心就是踏实的。

后来，我还去过更远的地方——曾经不止一次出现在我少年时代梦境里的圣彼得堡。可惜的是，我无法像当年看地图时脑子里浮现出的画面那样，沿着西伯利亚铁路乘火车去，我是飞过去的。

我梦到的圣彼得堡，是黑白电影《列宁在十月》和《列宁在一九一八》里的样子；不远万里飞过去，看到的圣彼得堡是有颜色的，但置身其中，又觉得自己分明穿行在黑白影片的场景里。圣彼得堡比我想象的更加古朴，老城区还保留着沙俄时代的格局，涅瓦大街两边的教堂和歌剧院美轮美奂，涅瓦河上的阿芙乐尔号巡洋舰诉说着光辉的历史。我们下榻的酒店灯光昏暗，松木的硬板床上铺着粗布床单，让人想起普希金在皇村中学的岁月。而南郊二十多公里外的普希金城，就是沙皇的皇村，叶卡捷琳娜宫和亚历山大宫金碧辉煌，透出古典主义的自然和浪漫主义的感伤，如诗人《皇村回忆》里的描述："难道这不是北国的安乐之乡／那拥有美丽景色的乡村花园？"碧波荡漾的芬兰湾不同于我见过的任何海湾，至于究竟有什么不同，我说不出来。

尽管在外漂泊了大半辈子，事实上，我走得并不远，去过的真正意义上的"远方"也不多。如果不算乘船登上过一些近海岛屿，比如海南岛、舟山群岛、涠洲岛和黑山岛之类，我甚至不曾离开过亚欧大陆。这之中，除了各种有形的和无形的限制，也许还因为我对铁路怀着一种深深的依赖，潜意识里对铁轨不能到达的地方比较抗拒。当年在小县城里，我总想看一看山的那一边是什么风景，而今天，我从未设想过要飞越烟波浩渺的海洋，去看一看大海那一边的风景，这心境犹如普希金《致娜塔莉亚》里的诗句："我愿……但是我的脚／跨不过茫茫的大海／虽然我爱得发狂……"

五

以省城为支点，我在云贵高原上盘桓了三十余年，原以为还将盘桓下去，不想一纸调令把我调到壮乡。告别父母和妻女，背起行囊出发，恍惚间，竟如当年第一次远行一样，心里酸酸的，涩涩的；不同的是，人到中年了，不像年少时走向远方那样兴奋，反而多了无尽的牵挂，因为父母年迈，女儿才上小学二年级。

独在异乡，人难免感到孤寂。多年前读过东坡居士的"此心安处是吾乡"，我宽慰自己，柔奴是一个弱女子，尚能毅然跟随被贬谪的王巩到宾州，且有"此心安处，便是吾乡"的襟怀，我凭什么不能安心呢？在壮乡工作五年多时间，我逐渐适应了北回归线以南闷热潮湿的气候，也学会了接受并享受孤独；而寂寞却不大容易对付，像一味中药，必须慢慢熬，也只能慢慢熬，熬到解甲归田的那一天，我固然不可能像柔奴那般"万里归来年愈少"，更不敢指望"笑时犹带岭梅香"，但"微笑"一定是发自内心深处的。

刚刚听惯了北部湾的涛声，没想到，又一纸调令发下来，我再度背起行囊出发，到了齐鲁故地，在济南一个老旧小区里租一套房子住下。我与故土的距离从五百公里变成了两千公里，越来越远，时日也越来越久了，故土反倒成为另一种意义上的"远方"，成了"不思量，自难忘"的牵念。

经过岁月不绝的搓揉，人的心变得脆弱，夜深人静之际，我总想起往昔的事情。在贵州工作的那些年，虽说故乡小城也不是想回去就能马上回去，但真的起了念头，终归方便很多。有一天晚上，我在书房里坐到子夜时分，起身出门到院子里转一转，看到皓月当空，遂想起曾经挂在我儿时窗棂上的月亮，一颗心禁不住飘浮起来；几乎没有犹豫，我转身进屋取了车钥匙，即刻开车上路，朝故土的方向疾驰而去。那时高速公路只通到遵义，之后是二级路，也改造得很好了。我记得大约跑了四个多小时，余下几公里路程，月亮在我前面的天宇间，特别亮；路上只有我的这一辆车，我突发奇想关掉了车灯，在月光的照耀下一路前行，一直开进城里。那天晚上的月色美到令人窒息，我只在英国唯美主义画家格里姆肖的画笔下看到过，在贝多芬和德彪西深沉忧郁的音符里听到过……

和我第一次远行走过的砂石路截然不同，现在去我的故乡小城，好几条高速公路从各个方向延伸进去，隧道洞穿大山，桥梁锁河平溪，沿路的喀斯特地貌风光绮丽。故土与远方的沟通渠道，还包括规划中的通用机场和城际高铁。相对而言，我更希望铁路早一些建成，我在《记忆的铁轨》里写过："如果哪一天小城通了铁路，我一定要坐火车回去，而且一定要选择绿皮车，好好看一看车窗外慢镜头般展开的山岭和田园，溪流和森林，以及都市和村庄。搭乘这一趟火车，也许可以回到童年。"

回到童年和少年，应该有一条心路吧？我的思绪每每回到告别故土的那天清晨，经过那个节点，我才可能回到童年和少年。如果那天清晨是一幅画，小城只是一个背景；而画面上的人，送我远行的七个朋友，包括躲在街巷拐角处不肯露面的那个姑娘，他们的形象未曾褪去一丝一毫的颜色。

他们中间，两位儿时玩伴一直生活在故乡小城里，我每次回去，总要聚在一起小酌几杯。从小一起学画的好友性格内向，早早结婚生子，变得更内向了，怎么约也不肯出来；我在《三原色》里写了他的故事，在我内心，他是永远的朋友。有一个心气很高的，自幼立志当科学家，又说要拿诺贝尔文学奖，后来按着自己的"路数"在外闯荡，走着走着就远了；两年前得知他蹊跷离世，传闻沸沸扬扬，难辨真伪。因为一起学文科而非常要好的一位同学，大学毕业回县城中学当了老师，不久弃教从政，看上去前程不可估量，不料出了变故。还有一位兄弟娶了北方媳妇，迁居到妻子的故乡，只能尽量找机会回去看看。躲在街巷拐角处的那个姑娘过得顺风顺水，在该嫁人的年纪嫁了人，在该生孩子的时候生了孩子。

尤其令人伤感的，是挥手告别时对我文绉绉说了一句"苟富贵、勿相忘"的那位朋友，他和我同一年考上大学，毕业后干出了一番不大不小的事业，可惜不幸身患绝症，撒手人寰时才四十多岁。我当时远在北京，未能参加他的葬礼，次年清明去他墓前赔罪，公墓里转来转去，怎么也找不到他的安息之地。正打算离开的时候，转眼看到他的墓碑；奇怪的是，我在那个墓穴旁边走过好几次，就是看不见，我猜想一定是他在跟我开玩笑。他去了另一个"远方"，谁也不知道那个"远方"有多远；我们只知道，这世上的每一个人，最终都将去到那里，无--例外……

2023 年

今夜月明

唐人咏月的诗，我尤其喜欢"月是故乡明"这一句。月亮和故乡牵连在一起，画面沉静而凄清，令游子的心酸酸涩涩，满是故土的召唤。

不记得第一次读这句诗是什么时候。那时我还生活在黔北山区的小县城里，家乡尚未成为"故乡"，头顶上一轮月亮是不是比异乡的更明亮，没有比较，便不以为然。只有久久漂泊在外的人，才能感受到故乡的月亮的确不一样，如季羡林老先生在《月是故乡明》里写下的那样，外面"广阔世界的大月亮，万万比不上我那心爱的小月亮"。季先生说，在故乡生活时从来没见过山，想象不出"月出于东山之上，徘徊于斗牛之间"是什么样的景象，"以后到了济南，才见到山，恍然大悟，原来山是这个样子"。如今我也到了济南，在我眼里，济南的山不过如此，包括大名鼎鼎的鹊山和华山；我的故乡在大山深处，"月出于东山之上"是最平常的景象。

我在故乡生活了十六年。高中毕业外出读书，从小小的山区县城到了巍巍皇城，大学毕业后在外工作，长期客居异乡。坦率地说，时日漫漫之间，对于偏远的故乡小城，我已经不再殷殷地牵念，那里的瓦檐和街巷如遥远的梦境，我看不见，也想不真切。不过，一到中秋，月亮升起来，月光挑动人纷繁的思绪，便不由自主地想起故乡。

我读的第一句唐诗不是"月是故乡明"，而是"床前明月光"。童年时代，我的床前还真有月光。我们一家人住在一栋带庭院的老房子里，堂屋连着两边的卧房；我的屋子在右边，窗户朝着东方，晚上常常能看到月亮不声不响爬上东山，仿佛挂在带木窗棂的窗上，伸手就可以触摸到。守一方小窗，我看过不同季节里不同的月亮，浅浅的一牙或满满的一轮，有灿如银镜的，也有猩红昏暗的。半夜醒来，月光透过窗棂照在床前，的确像霜，也更像一种思绪，分明带着喜怒哀愁。描述月光的质感是非常困难的，理解这种质感就更不容易，你只能用心去感受；月色之下，你的心又总是禁不住起伏摇曳，那种感受是任何言辞都无法准确表达的……

一年一度，中秋佳节如期到来。孩子们悟不到"清秋素期""中庭地白"的意境，固然也不可能有什么"秋思"；对于他们，月饼远比月亮诱人。记忆中，一件与月饼有关的事情，于我来说是没齿难忘的。

那年我六岁多一些，上小学二年级，记得是中秋节前夕。一天下午，我放学回到家里，看见柜子上放着一包月饼，想也没想就拿了一个，兴冲冲往外走。那天约了几个同学一起出去玩，他们算是有口福了，我寻思着，这个月饼一定要分给每一个小伙伴，有几个人就分几份，尽量分得均匀。不曾料到，我刚刚出门，一只大手牢牢捉住我的胳膊，回头一看，是父亲。父亲是医生，医术也许高明，"断案"的水平却值得商榷，他认定我拿走一个月饼属"盗窃"行为。孩子拿了家里的东西，而且是吃的东西，就算存在"未经许可"的情节，但之前没人说吃家里的东西需要经过"许可"，怎么能判为"盗窃"呢？后来才知道，父亲和母亲的几个朋友相约来我家过中秋节，而且是冲着月饼来的。朋友们听说，每年中秋节前，母亲的娘家都会从贵阳寄来一些月饼，吵着要尝尝省城的月饼究竟何等味道；而寄来的月饼就那么一小包，盘算下来，即便一人一个也不够分。中秋节那天，父母提前把月饼切开，一个切成四份，放在盘子里招待客人。在物资匮乏的年代，凡事都得精打细算，人们无能为力又无可奈何。这么说，我拿走一个月饼极有可能带来严重后果。从那以后，我几十年间再没吃过一个月饼，或许与儿时的"盗窃"事件多多少少有点关系……

　　黔地苍山如海、峰际连天，我们的小县城沉寂如千年梦魇，而人的心灵绝不因为尘世偏远而拒绝苏醒。我不知道自己是什么时候"苏醒"的，月色很好的时候，一颗心不再无动于衷，眼前的夜色也变得暧昧了。原来，月光可以照着姑娘的梳妆台，关于"半个月亮"的那首歌不是这样唱的吗？于是，你禁不住痴痴地想象妆镜前佳人羞怯的顾盼。后来又读到一首诗，说东山顶上升起白白的月亮，姑娘的面容浮现在心上，如果不相思或者不相见，便不会有熬煎；而你隐约觉得，这样一种熬煎正是你所渴望的。那么，她会是谁呢？你举目凝视，或许她也正好抬头望月，你们的目光在月亮上是有过交汇的，只是你不知道；如果知道了，你的心会不会颤动？青涩的心扉静静掩着的那个姑娘，她长得什么模样？穿着什么样的衣裳？头上扎的是麻花辫子还是马尾？你们是不是常常在某一段街巷擦肩而过？街巷很窄，你们的目光是不是相遇了又赶紧避开？……我承认我有过这样的幻想，但仅仅限于幻想，在"月上柳梢头"的岁月里，不曾有过"人约黄昏后"心如鹿撞的篇章。我甚至以为那些心思是有罪的。待到自己过了容易心动的年纪，才幡然悟到，无视青春才是有罪的；无视青春年华的姑娘们，则罪不可赦。

并不是每一个少年都会错过月色浪漫的赐予。我一九九二年写下的《蓝月亮》（见散文集《那年花开》）记录了一位朋友的故事，里面有一段与月亮有关的描述：

> ……月竹姐站在竹林边，已经解开了"马尾巴"，柔柔的长发瀑布一般披散着。接下来，她款款地脱掉衬衣，挂在一条树枝上，褪去裤子，也挂在树枝上……最后，她冰肌玉骨的身躯完完全全袒露在月色之中，月光用一道透亮的银线将她的身体忠实地勾画出来，披散的长发上，圆润的肩膀上，高耸的前胸上，以及丰腴匀称的腰肢和双腿上，都映着圣洁的清辉，所有神秘而神圣的，与朦朦的月色完美地交融在一起。那山，那水，那晚风中沙沙作响的竹林，在月光下显得如此协调，生命与大自然共同的魅力被顽强地昭示着。而相比起来，月竹姐身上散发出的青春的光芒，是最为美丽的。自然界的一切，似乎也正是为了映衬这种无与伦比的美丽，才被主宰万物的神灵创造出来……我目瞪口呆地看着她，情不自禁间，轻轻叫了一声："姐……"月竹姐回头看看我，微微一笑，一下子扑到河里，倒映着月光与星光

的河水为她让出了一条自由自在的路。她很快游到河中
央，然后停下来，仰头看天上的月亮，我相信月亮也一
定在看她。

这位朋友的父亲早年在山东参加八路军，后来随解放大军一
路南下，进军到我们县城，遵照命令留下来工作。老八路在特殊
年代遭遇变故，被下放到一个叫枫香坳的山村，他老战友的女儿
从城里到乡下来当知青，借住在家里。十七八岁的大姑娘不避讳
七八岁的弟弟，有一天深夜叫上他一起去小河里游泳，在月光下
展现出青春的躯体。她不知道这弟弟是个"小坏蛋"，把一切都
看在眼里，还记在心里。"小坏蛋"长大后给我讲了这个故事，
讲得很动情，眼里噙着泪花。月光下，姐姐那么美丽，那是他最
初触碰到青春和生命不可抗拒的光芒，我相信他的眼神绝不肮
脏。差不多十年后，他听到姐姐结婚的消息，想起那天晚上的月
光，彻夜未眠。他说一切都是月亮惹的祸，如果月光稍微暗一
点，什么都看不见呢？

有故事的人是幸运的。我自己与月亮有关的故事，开始于离
开故乡之后。一九八一年九月十六日，进入海淀路三十九号那所
学校的第二十天，我在异乡过第一个中秋节，来自全国不同地方
的三十二个同学相约去圆明园看月亮。我第一次看到北方秋夜里
久负盛名的明月，很大很亮，透出摄人心魄的力量。月光下是一
望无际的荷叶，清华园里的一位教书先生写过这样的月色和荷
塘，清华园就在不远处，灯光依稀可见。更久远的时候，这荷塘
原本是皇家园林的一片湖泊，名为"福海"。一百多年前，洋鬼
子扛着洋枪洋炮打过来，抢光了行宫里的奇珍异宝，还放了一把

火，烈焰达旦烛天，"福海"从此荒芜。曾经照着辉煌的万园之园、照着咸丰皇帝、叶赫那拉氏君臣和洋鬼子们的月亮，此刻正照着一群少男少女，对人世的风云变幻和悲欢离合缄默无言。我和相识不久的同学坐在荷塘边赏月聊天，还唱一些与月亮有关的歌；唱着唱着，就有女孩子�地哭，说想家了。那一刻，我抬头看看月亮，眼睛有点涩。那是我今生乡愁的起点，我想到我房间的那扇窗户，想到了挂在窗棂上的月亮。我是不是开始理解"月是故乡明"字面背后的含义了？

秋天是北京最好的季节，白日里天高云淡，晚上总有皓月当空。大学四年的四个中秋节，在北国的夜色里触碰秋的空灵，我觉得自己的躯体变得空空的，轻飘飘的。这期间，也不是所有的中秋都浸着郁郁乡愁。至少有一次，月光比任何时候都更为皎洁，因为我身边有一个女孩子，那天就我们两个人，也在圆明园。

请想象，如果一个女孩子出现在你面前，你们素昧平生，似乎又相识已久，眼神一相碰便充满默契，还带着隐约的惊喜，这是怎样的机缘啊。不敢猜测她的心思，我想到的是，我穿越轮回从前世来到今生，不就是为了与她相遇吗？所谓心动，是一种从未有过的战栗，透彻心魂，诱惑如魔咒一般牢牢地抓住你。不难想象夜色朦胧之中美好的相约，你们从不避开月亮的注视，也不避开一闪一闪朝你们眨眼的星星；仰望蓝空，比深邃更加深邃的快乐在心里弥漫。于是你懂得了，爱情原来是一种自然现象，注定无处逃遁。

然而，真正无处逃遁的，是与生俱来的宿命。无须赘述纷繁的细节，也不必探究个中缘由，就像两个人走到一起不需要理由，走着走着就分开了，也是不需要太多理由的。几十年光阴荏苒，与她有关的事情变得模糊不清，只有一轮满月还留在记忆深处。

那是深秋的一个晚上，月亮特别圆，也特别亮，她约我在校园西头的游泳池见面。天冷了，游泳池已经放干了水，我们顺着扶梯下到里面，坐在正中间水泥地上，最后一次交流"心平气和"地进行。该说的话终于说完，无话可说了，她站起身来先离开。我目送她顺着扶梯爬上去，消失在融融的月色里，自己原地坐着，直直地盯着月亮，试图把月面上的每一个斑点分辨清楚，直到眼睛胀痛，滚烫的泪水流出来。我没让她看见我流泪，算是守住了仅有的一点自尊。人最伤感的时候未必会哭，只会默默流泪，一直流，一直流；这样流过眼泪的人，以后就不大容易流泪了。经历过真正心痛的感觉，是不是从此心如磐石呢？不是的！恰恰相反，这样的人更容易变得通透，也更加温厚，更懂得珍视并珍惜平平常常的聚散、远远近近的牵系、深深浅浅的缘分和来来往往的人……

大学毕业后，我在贵阳安顿好自己的日子。年年岁岁，月亮还是如约升起来又落下去，圆了又缺，缺了又圆。不记得从几时开始，每到中秋节，不管天气如何，能不能看到月亮，我都以"赏月"为由邀三五个朋友小聚，大碗喝酒，大口吃肉。男人端起酒杯免不了豪气冲天，反正说过的话第二天自己也不一定记得。女孩子醉了容易哭，问她怎么了，说没什么特别的理由，只是想哭。我猜测，即便女孩子更为感性，也不至于无缘无故流泪，应该是某种心事被搅起来了。谁能轻易叩问她们深藏的心事呢？在我看来，我们这个人世，有没有月亮倒未必多么重要，倘若没有女孩子们的那些心事，则完全不可想象。同样不知道从什么时候开始，相约"赏月"的友人越来越少，有一年中秋剩我一个人举杯邀月。那些朋友都去哪里了？一个小伙子去了湛江港，那里的一批货物等待装船发往欧洲，男人得为生活打拼；一位姑娘去了遵义，她患了一种可恶的病，手术后不得不回家休养，让人牵挂却爱莫能助；一位厌倦了著书立说而"下海"的老板"实在太忙"，声称倒不是在乎那几个钱，是想成就一番事业，以此证明书生并非"百无一用"；还有一个姑娘辞掉中学的教职，只身去一年四季暖风吹拂的海岛上闯荡，不知道月亮挂上椰子树梢的时候，她会不会想家……

多年以后，我告别贵阳到外省工作，离故乡越来越远。因为职责所在，中秋节通常不能与亲人团聚，只能举头望月遥寄乡思，久而久之，竟恋月成癖了。我知道有人必须在外奔波，我并不抱怨，因为行走四方，有机会看一看高原、平原、大漠、长河、海滨和海岛不同的月亮，也算一份幸运。

如果中秋无月，我会莫名烦躁。我知道照过李太白和杜子美的那一轮明月躲在云翳后面，一如唐诗里的样子，只是看不到；我同样看不到故乡秋夜"心爱的小月亮"。这样的时候，我会刻意找出一些与月亮有关的书来读。莫泊桑的《月光》像一篇散文，皎洁的月色净化了马里尼昂长老的灵魂，他终于相信爱情是上帝允许的存在，他应该祝福相爱的人们。沈从文的《月下小景》写了一对恋人的最后一次约会，因为"神同意的人常常不同意"，两个年轻人依偎在山岨上石头碉堡前，一起服下毒药，"微笑着，睡在业已枯萎了的野花铺就的石床上，等候药力发作"，天上那半规新月不忍看下去，隐在云里去了。死亡也可以写得如此静美，引人掩卷叹息。余光中说"月是冰过的砒霜"，所以有人会患恐月症，我不大理解月亮有什么好怕的。老友李宽定的《山月儿》并不是他最好的小说，因为题目，不由偏爱这一篇。在唯美主义画家格里姆肖笔下，月光赋予原野、河流、海港和街市另外一种质感和性格，美到令人窒息。克拉姆斯柯依的《月夜》是画布上的小诗，月色笼罩着森林，蔷薇散发出迷人的芬芳，白衣少女坐在长椅上，思绪也一定浸了蔷薇的颜色吧？至于音乐，德彪西的《月光》皎洁如水，贝多芬的《月光》深沉忧郁，夜色朦胧之中，钢琴声与银色的月光交融，带着淡淡的哀伤。我还在《周易》的字里行间看到了不同的月亮，"既济"是月亮，"未济"是月亮，上弦盈上来，下弦又亏下去，再从一牙新月走向圆满，周而复始无穷无尽。世间万事万物，其实都在月亮的阴晴圆缺之间。

今夜月明，冷露无声。当湿湿的桂花沐着满目清辉，陕州司马的"秋思"落在我的心头，会不会也落在你的心头？

2022 年

同学会

　　临近午夜，手机铃声响起，电话那端是多年没有联系的一位小学同学，女性，嗓门有点大："好不容易才找到你的电话号码哦。你猜我在哪里？"我最怕猜这种不着边际的"谜语"，一时语塞。好在她没让我继续猜，说她和几个朋友来广西旅游，已到北海，明天一早去涠洲岛，问我现在能不能过去，明天一起去岛上玩。我笑了笑，解释说我的工作单位在南宁，离北海两百多公里。女同学说："哦，我们就搞不清楚咯，只晓得你在广西。那么远啊？那就算了嘛。"话这样说，我反倒不好不去了，说："今天太晚了，我明天过去。你们不用等我，按计划上岛，我去岛上找你们。"

　　第二天一早开车赶往北海，搭中午的船上岛，在他们住的同一家民宿酒店订了房。为了表示热情和用心，我租了一辆小电驴，骑着去海鲜市场转半天，买回一大堆鱼虾螃蟹海贝海螺，请酒店后厨帮忙加工。傍晚时分，客人回来了，四女三男，一阵寒暄之后，得知他们都是县城第二小学的同学，不过，只有电话联系我的那个女同学和我同班，其他人要么不在一个班，要么低一两个年级。我对另外六个人实在没什么印象，但不敢明说，装出"从来不需要想起，永远也不会忘记"的样子，频频举杯敬酒。那天晚上气氛很好，八个人喝了两瓶白酒加三十多瓶啤酒。可能是白天玩得太累，也可能是酒精的作用，本来说好吃完饭去海滩散步，都不去了，各自东倒西歪回房间，说睡一觉再去看"海上生明月"。

我毫无睡意，一看才九点多钟，想起大约五百米外就是网红打卡地"蓝桥别恋"，顺着海滩逛了过去。到了那里，除了浪涛在海滩上翻滚，远处什么也看不清。我漫无目的地转了一会儿，转身回酒店，半路上听到好像有人叫我，回头一看，来自家乡的一位女同学在我身后几步的地方。她说："还真是你呀，我看背影有点像，又不敢肯定。"

关于这个女同学，我同样是毫无印象的，经过晚餐时的介绍，知道她比我低两个年级，名字却没记住，此刻又不大好问。她把拖鞋提在手上，一双光脚丫追逐着退下去又涌上来的海浪，蹦蹦跳跳地朝我走过来。我问："你一个人啊？他们呢？"她说："可能睡觉了。我睡不着，出来走走。"我说："现在睡觉的确早了点。"我们并排往酒店方向走，我觉得应该和这位陌生的老同学聊点什么，但不知道从何说起。倒是她先开了口："我刚才去蓝桥了。在网上看过图片，好漂亮啊，可惜晚上看不清楚。"我说："明天白天再来吧。"她说："看网上的图片，好像黄昏的时候最漂亮。"我说："哦，可能吧。"我发现自己说了一句最容易导致冷场的话，也许因为不熟悉，我真找不到合适的话题。

事实上，晚餐时我注意到了这位女同学。她是四个女生中唯一留长发的，而且是直发，随意披散着，据说中年女人一般不敢留这种发型。她的性格似乎比较内向，不主动引出任何话题，对别人的话题表现出关切，认真倾听，不时点一点头；大家说到高兴处哈哈大笑毫无顾忌，她也跟着笑，只是浅浅一笑。我还注意到她没怎么喝酒，透着一种小心翼翼的神情，好像内心深藏着某种东西，需要时刻保持警醒。不过，我对她的这种感觉仅仅在脑海里一闪，马上就过去了。

没多久，我们回到民宿酒店附近，左转几步是客房，而海滩一直向前延伸，海面闪动着船只零零星星的灯光。我放缓脚步，心想是不是该回去了。她仿佛觉察到什么，说："你要不要先回去休息？我想再走一走，踩踩海水。我是第一次来海边。"那么，我应该回酒店，还是应该陪她走一走呢？我正犹豫，她已经迈开步子，似乎相信我一定会跟上去，并未回头，开始和我说话："你工作很忙吧？很少见你回去呢。"我赶紧追上几步，说："有机会的话，还是回去的。"我告诉她，今年是高中毕业四十年，约定的同学会就在近期，我很想去，但多半走不开。听我说到同学会，她停住脚步，转过身来看着我，说："毕业四十年啊？还是应该回去一趟吧？"我说不是不想回去，是身不由己。她叹了口气，伸出一只光脚丫在沙滩上画出"四十"两个字，突然问："你们同学里面，有你特别想见的人吗？"我说："同学嘛，都想见啊，至于特别想见谁，我倒是没想过。"她"哦"了一声，又问："有没有特别想见你的人呢？"我说："可能没有吧，谁会特别想见我呢？"她说："那可不一定哦。也许有，只是你不晓得。"

我说："应该没有吧。"

接下来，我们沿着涌动的波浪线慢慢走，很长时间没再说话，气氛有点尴尬。我打算提议往回走，刚要开口的时候，她轻声说："我有故事，你有酒吗？"她这句话让我有点蒙，我试探着问："你想喝酒？"她笑一笑，说只是想起了那句话，随口一说而已。我说："吃饭的时候你好像没怎么喝酒。不喜欢？"她说："也不是，只顾着吃了，从来没见过这么多这么好的海鲜。"我说："现在想喝的话，我可以去买。没有故事也可以喝酒嘛。"她抬头看了看我，迟疑片刻，说："酒不必买了，故事倒是有一个，与同学会有关，你愿意听吗？我和你其实并不熟悉，因为不熟悉，我才敢给你讲这个故事。我只有一个要求，请你不要笑话我。"

以下是她讲的故事：

高中毕业三十年，热心的同学发出倡议，希望大家回母校一聚，时间定在七月十七日。人到了一定的年纪，容易怀旧，有机会与青春年代的同窗重逢，大家都很兴奋。倡议一出，向来沉寂的班级微信群热闹非凡，除几个远在他乡的同学暂时不能确定，都表示一定参加，还七嘴八舌讨论饮食起居之类的事宜。

我算是最早响应的，在微信群报名接龙的名单上排在第六位。对于活动如何安排，我没有发表任何意见，也不大注意同学们形形色色的建议，我关注的是报名接龙的名单。

约定的时间近了，接龙名单越来越长，每增加一个名字，我都要从头看一遍，回想那些曾经非常熟悉的面容，心里很温暖。有的同学几十年不见，也不知如今变成什么样子了。想到自己也变了，对着镜子打量一番，从衣柜里找出好几套衣服，悉心考量着以什么形象出现在同学们面前。我想，这应该不算虚荣吧。女人对岁月的流逝更为敏感，而岁月是无法挽留的，我知道无端的伤感无非是跟自己过不去。但是，如此难得的一次聚会，总不能太随便，谁不希望给人留下好一些的印象呢。

正式聚会的前一天，报名接龙名单序号停在第三十九，再不见增加了。算一算，全班四十六个同学，其中两位已仙居蓬莱，"暂时不能确定"的五个人多半不来了。老班长在微信群里公布日程安排，我点开名单又看了一遍，还是三十九人。

专程从外地回来的同学已经到达，我原本答应参加接风晚宴，犹豫了一会儿，打电话向老班长告假，说突然有点事情走不开，不去了。转身收拾行装，把精心挑选的几套衣服放进旅行箱，又拿出来，决定不带箱子，换成一只挎包，里面只装了一套裙子和一件睡袍，一瓶防蚊香水。我说好不在家吃饭，丈夫借机约朋友在外小酌，现在我自己改变主意，晚餐便没有着落。也不想吃东西，茶几上抓起一个苹果，啃了两口，还是不想吃，放在餐桌上，想了想，干脆丢进垃圾桶。做点什么呢？四下看看，拿起水壶去阳台上浇花。我喜欢打理各种盆栽，花花草草春来发出新芽，夏天枝叶繁茂，秋后慢慢凋谢下去，挨过冬季，下一个春天总会如期而至。而人的生命可不是这样的。我曾经想过，如果人生也这样轮回，不知道究竟好不好。

夜幕合围，从阳台上看去，夏夜的晴空繁星闪烁，人的心思也跟着散淡而空旷。我意识到自己心里弥漫着一种怪怪的情绪。这次聚会是期待已久的，为什么突然兴致索然了？

即使在内心，我也不愿意承认，自己如此失落的原因，其实就是一个人的名字没有出现在接龙的名单上。那么，每天关注名单，是在等他的名字出现吗？不是这样的吧？而越是不愿承认，又越是忍不住想起那个名字。他为什么不来呢？是因为路途遥远吗？这算不上理由。职责所系身不由己？也许勉强算一个理由，他在微信群里就是这样解释的，一再向大家表示歉意。而我以为，倘若真想来，就不会没有办法。毕竟是毕业三十年后的相聚，人正在无可奈何地老去，谁敢断定还能聚几回。我隐约觉得，他一定会想方设法赶回来，说不定此刻已经在飞机或者高铁上了，明天一早，他的身影突然出现，给同学们一个惊喜？如果是这样，不管别人是否在意，至少对于我，绝对是一个天大的惊喜。

第二天，暗暗期望的惊喜没有出现。

约定在母校门口集中，几乎所有人都提前好一阵到了，嘻嘻哈哈如一群少男少女，热情地握手交谈，有的还以夸张的动作相互拥抱。人聚齐了，大家涌进校园，到当年的教室转了转，又去看望还住在学校里的几个老师，然后回到校门口，分别上了当地同学准备的十多辆私家车，浩浩荡荡往城外开去。我搭乘的是最后一辆车。我甚至希望没人注意到我，这辆车赶快开走，我就不去了，而好几个同学一起向我招手，说快点快点，开车了。我没有理由不上车。

聚会地点选在一家乡村民宿酒店，距离县城大约一小时车程。黔北民居风格的木房子藏在杉树林和竹林之中,一条小河弯曲着从近旁流过,远处莽莽苍苍的群山带着夏季特有的色泽。微信群里通知,上午的活动是叙旧,不集中,不安排固定地方。老班长特别提示,人员自由组合,叙旧的地方自己看着办。说白了,就是想找谁就找谁,想去哪里就去哪里,田园与山间小道、小河两岸、杉树林和竹林深处,以及高高的山梁上,处处好风景随意选。时间也给得足够宽裕,午餐前有两三个小时,想说的话可以从容地倾诉,如果觉得意犹未尽,还有一天一夜。大家认为这个安排意味无穷,找到自己的房间放下行李,三三两两出了门,有的围坐在院子旁边的葡萄架下,有的往小河边走,有的顺着小路朝后山去了,高高的山梁上,雾岚刚刚散去。

我没什么特别的话需要对谁说,出门穿过院子,朝后山看了一眼,不想爬山,选择往河边去。几个同学走在前面,我故意放慢步子,一个人远远落在后面。小河清流汩汩,在一片开阔的河滩上泛着浪花,接着转一个弯,渐渐平缓下来,掉落到水面的几枚枯叶悠悠地打转。我沿着河岸走了大约半个小时,绕过几丛茂密的竹林,抬眼往前看,心里一惊:我看到河边的一片苞谷地,墨绿的叶子密不透风,秆茎足有一人高,棒子饱满已近成熟,带着潮红的樱须。我觉得眼前的景象似曾相识,一个画面浮上心头,模模糊糊如发黄的旧照片……

多年以来,只要看到这样的苞谷林,当年那份暗藏的心事就一定会洪水般泛滥,翻云覆雨难以收拾。我心里很清楚,青春年少的时候,如果说自己拥有一份还算隐秘的记忆,牵连着的,正是夏日里的一片苞谷林。

　　那是高中二年级下学期的事情。当时高中只上两年，高考临近之际，一场"风波"突如其来。父亲不知从哪里听说女儿"早恋"，一改往日的和蔼与温厚，话还没说几句，竟拿起晾晒面条的竹竿朝我打过来。有没有"早恋"我自己当然知道，但是，无论我怎么解释，父亲都不信，不用说，这多么令人委屈。那天傍晚，我从家里跑出来，一个人躲在学校旁边的苞谷地里，越想越伤心，咽咽地哭。我从小努力做一个乖孩子，学习非常用功，虽然成绩不是最好的，但也名列前茅。至于"早恋"，我压根就不曾有过这样的念头，照当时的社会理念，说哪个孩子"早恋"了，差不多就是说这是一个坏孩子。我怎么也不敢相信，自己居然与如此丢人的事情扯上干系。

　　也不知哭了多久，夜幕降临，星星一闪一闪出现在瓦蓝色的天空中，我坐在苞谷林里，抬起泪眼望着星空，突然想到父亲说的那个男孩，内心好像被什么东西轻轻一触，立刻就不哭了，不想哭了，也不觉得委屈了。我的脑海里甚至浮现出那个男孩的样子：他的前额比同龄人更宽阔一些，鼻梁直直的，头发留得比较长，长相并不帅气，但很精神。他的确是一个特别的男孩子，看上去邋遢而懒散，班上男生的那些调皮捣蛋的事情，他绝没少参与，成绩却一向很好；给我们班上课的老师几乎都讨厌他，又有几分喜欢他。我的所谓"早恋"竟与这样一个人有关，怎么可能呢？凝神一想，我不得不承认，自己心里还真有他的影子，而且如此清晰，包括他轮廓分明的面容，他带着顽皮劲的微笑，以及他走在路上时快时慢的步履。我是什么时候注意到这些的呢？……瓦蓝的夜空，星星不停地眨眼，夜风吹得苞谷林沙沙作响。此时，我已经完全平静下来。我惊奇地发现，父亲的雷霆之怒反倒成了一种提示，原本怯怯的若明若暗的心思从另外一个侧面得到印证。

就在那一刻，一颗流星在天际划过，我的心轻轻一颤，想起人们说流星划过时许下的愿可能实现。我要不要许一个愿呢？老实说，我许了一个愿，心念一起，我感觉到心尖的那个位置冒出一叶嫩芽，顽强地生长，隐约有一点痛，痛得那么美好。我控制不住心跳，脑海里萌生出一个懵懵懂懂的幻象，浑身颤动不能自已，深深的快乐自心底弥漫开来。那是我从未体验过的一种快乐，伴着急促的呼吸，不可言传，无边无际……

如今，三十多年过去了，同学会精心安排了"叙旧"环节，而我以这样的方式对自己诉说，是不是也算完成了？我站在河边，久久盯着眼前这一片茂密的苞谷林，觉得和当年学校旁边的那片苞谷林一模一样，每一根秆茎、每一缕樱须、每一片叶子，乃至每一道叶脉，都是我记忆中的样子。藏身于这样的苞谷林里，可以旁若无人地梳理自己的心事，哪怕泪流满面，也不用担心别人看到。有一些心事，只能找一个隐秘的地方，悄悄地说给自己听；其实，而就算说给自己听，也是难以启齿的。

这时候，一只蜻蜓从头顶飞过，朝小河那边翩翩而去，几只鹭鸶在河中央的沙洲上悠闲地漫步。我回过神来，觉得自己的这些念头有点好笑，沿着河岸继续往前走。几个同学在前面不远处，听不清他们说什么，我想跟上去，走了几步又放慢步子，依然保持几十步距离。

午餐安排在葡萄架下面，农家菜肴做得很好，大脚菇炖土鸡、凉拌马齿苋、干豆豉炒老腊肉和清蒸酸醡肉，还有不少新鲜蔬菜。原本说好晚餐再喝酒，有同学兴致起来了，说人生难得几回醉，执意挑起酒局。我没什么胃口，更不想喝酒，随便吃了几口，趁乱离席，回房间拉上窗帘，躺在床上，眼睛盯着天花板，心思散漫……

下午开"班会"，主题是"初恋"，要求每个同学如实交代当年的恋爱经历，有点像真心话大冒险游戏。少男少女同一个教室读书，正值青春萌动，心思不小心偏离了功课，也是难免的。一个女同学率先坦白，称自己的初恋就在班上，让大家猜是谁，引起了一阵轰动。如此隐秘的事情，如果当事人不站出来，谁能猜得到呢；而当事人站出来了，谁都想不到居然是他。他们的初恋在众目睽睽之下秘密展开，直到无疾而终，不曾露出半点蛛丝马迹，如果细细解密，情节之精彩一定很像当今的谍战剧。有人开了头，好几个同学跟着坦白，热恋、暗恋、苦恋等等，剧情甚是纷繁。原来，看上去静如止水的这个班，爱的暗流竟如此波涛汹涌。老师和家长对"早恋"死守严防，终于还是防不胜防。前面一个女生的故事刚刚结束，大家印象中向来少言寡语的一个男生突然起身，冲到当年心仪的姑娘面前，说今生最大的憾事是没敢大胆表白，现在表白固然太晚，但总算表白了。那个女生也站了起来，什么都没说，给了他一个拥抱。此时，主题"班会"进入高潮，掌声雷动。

我跟着鼓掌，手拍得很轻，几乎没发出声音。在我看来，眼前这个拥抱寓意含糊，不能说是迟到了，也不能说终于到来了。既然当年没有表白过，就不能算"初恋"，与"班会"的主题并不贴切。对于这个主题，我认为自己是无话可说的，打定主意一言不发，因为在当时，我的"初恋"同样不曾开始。都说人生如梦，其实人生更像一场没有彩排的大戏，每一个镜头都不能重新拍摄。不管你最初的构思是何等情形，序幕一旦拉开，情节走向跌宕起伏，音乐变幻莫测，根本无法掌控，再好的脚本也可能被命运之手肆意删改。

我"初恋"的剧目正是这样，刚刚开始就被篡改得面目全非。

父亲发现我"早恋"的那场"风波"之后，我认定自己的初恋真的到来了。春闺里想象蓓蕾绽放，想象甘泉如饮、清风如沐一般的美好，相信一切就在不远的地方，只要往前去，便可以迎面相逢。与自己青春的心灵对话只能写在日记里，我写了厚厚一本，同时写了很多诗，抄成一本诗稿，也是厚厚的。不管走到哪里，那些日记和诗稿是我最重的行囊，带着去上大学，毕业后又带回来，夜深人静之际躲在蚊帐里翻一翻，然后抱着沉甸甸的本子恬然睡去……

屠格涅夫的《初恋》里有一段这样的描述："时光同样会从你身边时时刻刻地飞走，不留下一点痕迹，消失得无影无踪；于是你拥有的一切也随之消逝，如阳光下的蜡，阳光下的雪……"这部诗一样的小说描写的初恋并不美好。或者，初恋本身如阳光下的雪，终归是要融化的？读到《初恋》里的这些句子，我恍然大悟。仿佛阳光将积雪一点一点消融掉，一切还原本来面目，被掩盖的真相无可辩驳地呈现出来。于我而言，那一场"风波"起于误会，到头来的确只是一个误会；自己心心念念的牵系，就情感的类型界定，根本算不上初恋，最多不过是一份暗恋。既然明白了自己的初恋不过是一份暗恋，那些日记和诗稿便不再有价值了。有一天晚上，我把它们一页一页拆开，全部交给殷红的火苗。看着最后一点火星消失殆尽，余烬沉寂如灰黑的梦魇，我长长地松了一口气。不能说从此心如止水古井无波，但至少心里和梦里都不再有他的影子了。

冬秋春夏，四序如约更替，风刀霜剑和雨露阳光之中，一种被称作"日子"的东西纠缠着每一个人，也抚慰着每一个人，该到来的一一到来。《诗经》上不是说过，纵然是"风雨凄凄、鸡鸣喈喈"，也总会有"既见君子、云胡不夷"的那一天。红烛燃过之后，我的记忆很像被彻彻底底漂洗过，与他有关的一切，连似有若无的痕迹也没有了。我并不是一个健忘的人，但知道自己该记住什么，该忘记什么。

倘若一切不过如此，一般来说，一切也就不过如此了。不曾想到，多年以后，偶然在一本书里读到他的一篇文稿，我才知道，事情的真相还有另外一面。

和许多怀旧类文字一样，他写得平和而直率，不紧不慢地透露了一个秘密：与那场"风波"几乎同一时段，他也在早春岁月的烦恼中彷徨挣扎，他心里悄悄供奉着的"女神"不是别人，正是在学校旁边的苞谷林里为他哭泣的那个人。而且，那一天他去找过她，知道她在苞谷林里，没敢靠近，只是远远地守着，直到她离开。这个秘密令我震惊不已，不敢相信是真的，又不能证明不是真的。或者说，至少潜意识里，我愿意相信是真的。静心一想，我以为这些年已经忘记了与那场"风波"相关的一切，其实，当年在苞谷地里浮上心头的那个影子从来不曾真正消失，甚至不曾远离，像一个魅影，藏在我内心深处最为隐秘的角落里。原以为自己的初恋只是一份暗恋，这已经令人无比伤感了；却原来对应着的还有同样一份暗恋，而我一无所知，真是这样的话，又何止是伤感。加西亚·马尔克斯在《霍乱时期的爱情》里说："经历爱情的折磨是一种尊严。"那么，经历暗恋的折磨也是一种尊严吗？对于我，暗恋是羞怯的，更是胆怯的，不可示人，连自己也不敢轻易去触碰，我需要守护尊严。但是，一份暗恋对应着同样一份暗恋，从人生的清晨到暮色苍茫，从早春二月到烟霏云敛的深秋，双方各自守护的，又是一份什么样的尊严呢？这不是命运在跟你们开玩笑，绝不是！这分明是你们自己跟自己开了一个天大的玩笑。平生事，山重水复，关山难渡，自然是聚散难期的；我的所谓"早恋"以及后来的"暗恋"，何以蹊跷到如此境况呢？这人世间啊，到底是怎么一回事呢？……

以"初恋"为主题的"班会"开到傍晚时分，故事多得超出大家的想象。接下来的晚宴，炽热的气氛有增无减，酒喝得毫无节制。有人酩酊大醉，回房间躺下了，有人形迹可疑去向不明，余下的在空地上点燃篝火，手牵手又唱又跳，就算青春年少的那些时候，也不曾如此酣畅淋漓。我本是可以喝一点酒的，因为没有兴致，象征性地喝了几杯，借故回到自己的房间，抹了些防蚊香水，一个人出门，沿小路去了河边。

七月十七日，农历六月初八，上弦的月亮自山垭间升起，月光不明不暗，如水的清辉照耀着山梁与田野、小路与小河。多么宁静多么安详的夜晚啊，山影在天际之下，杉树林和枫树林含蓄而生动，河滩闪动着粼粼光斑，田畴的边际遥不可见，就连风也爱护一般轻柔。眼前的景象令我深深感动，天地万物从来不施粉黛，真正的良辰美景就这样简单。沿小路绕过竹林，不知不觉间，我又来到那片苞谷林边上，选一截田埂席地而坐。欢歌笑语自远处传过来，回头望去，篝火闪耀之中，同学们的身影映着橘红色的光亮；而我身边的苞谷林静默无言，与那一边形成巨大反差，仿佛红尘之于净土，躁动之于宁静，乃至执迷不悟之于顿悟。我淡然一笑，收回目光，抬头看夏夜的星空，看一弯新月慢慢浮上天际。我想，如果正好有流星划过，我会不会像当年一样许一个愿呢？好在那天晚上没有流星。

我离开那片苞谷林的时候，子夜已过。回到民宿酒店，同学们已经散了，院子里篝火的余烬还在闪动。打开手机看看微信群，班长通知第二天上午仍是自由活动，午餐后按计划返程。我一键清空聊天记录，两个多月以来天天关注的那个接龙名单已经毫无意义。我想，如果明天清早有人先走，就搭第一辆车回去。我要下决心抽时间练练车，拿到驾照多年，技术却不过关，至今不敢独自上路。要是自己开车来，我现在就回去了。

故事到这里戛然而止。

女同学一双光脚丫站在沙滩上，朝海里走几步，又退回来，再走过去，又退回来，好像在做一个游戏。海面月色如洗，海浪的声音像一首耽于梦幻的小夜曲，哀婉而深沉。

过了好一阵，她长长地舒了一口气，说："你知道吗？我喜欢夏天，尤其喜欢夏夜的满天繁星。这种心境与他唱的一首歌有关。有一天下晚自习回家，他走在我前面，边走边唱，我正好听到了几句，算偷听吧。后来知道那首歌叫《蓝空》，找来原唱反复听，觉得远不如他唱得好听。其实，无论旋律还是歌词，他唱得都不大准确，但比原唱好听。你听过《蓝空》吗？"我说："没有，但我相信一定很好听。"她说："我唱几句给你听？只唱我听他唱过的那几句，就是他唱得不准确但更好听的那几句。"

> 蓝色的天空，流云在飘动
>
> 暮色朦胧，我像在梦中
>
> 多少相思多少泪，默默祝福你
>
> 我在仰望蓝空，等着你相逢……

　　唱到这里，歌曲明显没有结束，她停住了。我转过头去看她，发现她的泪水在眼眶里打转，抬手擦一擦，又浸出来，索性不擦了。她感觉到自己有些失态，对我说："你答应不笑话我的哦！"我说："我不会笑话你，真的！"

　　听了她的故事，以及她唱的这几句歌，我觉得眼前这位女同学不再陌生。她已接近知天命的年纪，夜色朦胧之中，神情却隐约像当年那个高中女生。女孩子十七岁的心已经足够装下整个蓝空了。今天，她在北部湾的一个海岛上仰望星空，星星还是她当年在苞谷地里看到的那些星星吗？哪一颗星星正注视着她，也注视着她悄悄惦记的那个人，他还惦记她吗？我想，如果今晚有流星划过，她应该不会再许愿了，但她一定会想起当年憋红了脸许下的那一个愿，那是她今生许下的最羞涩的一个愿，那一刻，所有星辰黯淡下去，不忍刺探她内心温润的秘密，不愿打扰她豆蔻般青涩的心跳。所以，她喜欢久久地仰望蓝空……

她问我："你们的同学会，你真不回去了？"

我说："回去，一定回去。"

我拿出手机，打开班级微信群。我们班同学会也通过微信群接龙报名，我在第三十六的序号处填上自己的名字，递给她看，说："我很可能是最后一个报名的……"

2021 年

小山与山

　　孔子说"仁者乐山"，我理解，意思是君子以心怀大山一样厚重的仁德而欣喜。高山仰止，德行有常而安于义理者，自觉不自觉间形成自己的品格。我的朋友冯小山就是这样一个人。他是从大山深处走出来的，对山里的事和山里的人，乃至缄默无言的大山本身，始终怀有特殊的情感。

　　今年元旦刚过，收到小山寄来的随笔集《我们的乡愁》，新书墨香扑鼻，令人愉悦。当天下午，我一口气读了一多半，第二天读完余下的部分，坐在沙发上掩卷沉思。诚如何士光老师为这本书写的"序言"里所说："一本书能不能牵引着你，让你把它读下去，不仅在于它在告诉你什么，更在于这些诉说的后面，跳动着一颗怎样的心。"士光老师还写道："至于说乡愁，它的最深之处乃是这生命所固有的哀愁。这生命是什么？它应该和能够做些什么？它应该和能够有的终极的归宿是什么？这就是一个人要为自己作出回答的问题。"小山的诉说后面跳动着一颗怎样的心，我当然看到了，也深深懂得他生命固有的哀愁。我与小山交往多年，彼此非常熟悉，如果要概括他最为突出的一个特点，那就是他似乎总带着郁郁的乡愁；故乡的巍巍群山孕育出他的生命，他与大山之间的那条脐带从来不曾断开过……

小山是我的同乡，比我大两岁。我们同一年大学毕业，他从重庆回到贵州，我正好也从北京回来。年轻人对所谓未来总怀着期许，落脚于贵山之阳的这座城市，我没有认真想过是否在我的期许之中，也不知道小山心里有什么样的期许。总之，我们从同一个地方走出来，停留在同一座城市里，以拥有同一份乡情的名义而成为"同乡"。

在故乡的时候，我和小山离得比较远。我在小县城里出生和长大，他的家在蜂岩镇冯家山，从县城到蜂岩三十八公里路程，公路只通到镇上，小山家所在的山寨离镇子还有大约十五公里，余下的路全是山路。我没去过冯家山，从小山拍摄的图片上可以看到，高高的山梁矗立在天地之间，若隐若现的山路如一条带子，串联起山林、溪涧和田畴边上的农家。如果不是偶尔有人牵着牛从田坎上走过，一群鸭子在水面浮动，零星的狗吠打破寂静，你很难想象这地方也是人世的一隅。小山这样描述自己的生活环境："寨子里有二十多户人，青瓦木屋散落在大山较为平缓的一处山腰上，白云生处有人，白云旁边也有人家……站在老家的院坝北望，约二十里远处恢宏的万佛山轮廓清晰。万佛山是此地的神山，也是我们那一带人一生要面对的最大的一堵墙，修行都在其次，主要是因为要到离老家最近的第一个城市，或到更远的地方去，都必须翻过万佛山。""有时就你独自一人在某个沟谷干活，抬眼望去，山还是山水还是水，好像你与这个世界没有什么太多的关联。乡村生活的某种沉寂是令人窒息的，那种悄无声息的宁静，似乎你可以辨别得出蛙叫虫鸣的调子和'口音'……"我知道，贵州山区的乡村大多是这个样子，小山的故土没什么特别的，只是所在的位置更偏远，四面青山的屏障也更加难以逾越……

小山在十七岁那年跨过了大山的屏障。因为刻苦读书，他幸运地挤过高考的"独木桥"，得以"从边远贫瘠的山村进入城市生活，基本够得上是一个知识改变命运的例子"，而他寨子里的大部分儿时玩伴、乡村学校的大部分同学"至今还生活在几十里路的圈子里"。这么说，我与小山相识于山外的世界，之后成为好朋友，也许并不是某种机缘的牵引，而是他当初不懈努力的成果之一。

离开故乡外出上学之前，我一直在县城里读书。相比起来，小山求学要艰辛得多。他上小学"离家最近，也有两公里山路，早上起床要先放一个小时左右牛，割一些猪草，或者把羊牵到有草的地方，拴在树苑上，把鸭子赶到水田里，然后再走到学校上课……"学校没有教室，借用"山背后"（地名）一户陈姓人家的木房，"屋子里光线很暗，课桌是几块长木板，在地上打四根木桩作为支撑，用竹篾把木板捆在树桩上；而凳子是挨着坐的两个学生轮流从家里扛来，因为都贫穷，家无长物，凳子是家里最重要的财产，每天扛到学校，放学后又扛回家……"这个学校只有四个年级，之后必须去十多里外的完小读书，"星期一天不见亮就起床，帮助父母生火做饭，吃完饭，提着一周吃的米匆匆赶去学校……"晚上睡觉的所谓通铺，实际上是"先用一层稻草垫在木楼板上，两人睡一起，床挨床"的地铺。那时，高考尚未恢复，读书本没有明确的目标，"或许是家长的责任、面子，希望孩子长大了能识字，算得了工分，在人前不吃亏"。

　　小山这本书里有一篇《一个人的山路》，描述了他上学走过的路。请想象，一个瘦弱的孩子，从十一岁开始，肩上挎着书包，背上还背着一周的口粮，独自行走在崎岖的山路上，是怎样的画面？山路很窄，到了春上，疯长的草木掩住路面，要用长柄弯刀砍掉杂草和树枝，才能勉强行走，有个地方经过悬崖边缘，必须倍加小心。"一个少年在大山中穿行，多数时候没有行人可以说上一两句，只得自己和自己说话……鸟叫虫鸣只倍增了空山的寂静，天色渐暗又徒添了内心的焦急。前不见一个背影，后不见一个来者，心里经常翻腾着莫名的恐惧……"上初中时，小山每个周末回家要走十余里这样的山路，到了高中要走三十里左右，翻过多座大山，蹚过一条叫"长滩"的小河。有一次走到河边，天色已晚，河水涨得很高，也只能冒险过河，不小心被湍急的水流冲走，慌乱中抱住一块大石头，才得以脱险。无法统计自己"赶路求学"期间究竟走过多少里程，小山这样写道："一个人的山路，我走了六年，心灵与肉体的折磨，难以言说。在孱弱、贫困的少年心中，也没有什么高远志向，但有些东西是大体明白的：这是一条回家的路，也是一条通向远方的路。一切的犹豫，一切的害怕，都没能让我停止在这条路上来回行走的脚步，最后我也是从这条路上走出了大山，并在远方落脚、安家。"一条山路，承载着小山生命中永远不能忘怀的少年时光……

　　小山从大山里走出来已经很多年，但是，无论外貌还是性情，我总能分明地看出大山的影子。在《父亲》一文的开头，他这样写自己的父亲："父亲面相敦实、红润，有那么一点村干部的模样。父亲的外表恰恰深深掩盖了他曾经的艰难困苦，其实，父亲与干部是不沾边的，一辈子定格在人民公社社员和村民小组组员身上。"小山关于父亲形象的这一段描述，倒很像是在写他自己，他的确有那么一点乡干部的模样，至少外表上不是很像厅局级干部。

刚到贵阳那几年，我住在单位单身宿舍，小山常常来找我，也没什么事情，不过坐一会儿，聊一聊。但是，明明是他来找我聊天，却不大主动说话，似乎在等着我提起合适的话题。如果我也不怎么吱声，他坐一会儿就起身告辞，乡干部一样的身影不声不响消失在楼道尽头。后来才发现，只要打开话匣子，他其实是可以滔滔不绝的，能把一些匪夷所思的事情描述得惟妙惟肖。比如，他有一个邻居，生活俭朴到一日三餐用煤油炉煮面条对付，把全部收入投到毕生奋斗的事业——造飞机，照着国外轻型飞机的图纸夜以继日工作，家里堆满角钢、铝板和工具。邻居的飞机最终没能飞上天，据说原因是"国产发动机超重"。对于这个邻居的行为，小山以为，能够以自己的方式快乐地生活，就无所谓对错。小山给我讲过一个故事：上中学的时候，由于家里贫穷，带到学校的粮食不大够吃，对雪白的大米饭始终有着难以抑制的渴望，如果可以放开吃，谁知道能吃多少呢。一个同学跟小山打赌，拿出一斤七两大米作为赌注，只要小山能把这些大米煮出来的饭吃掉，他愿意连续一周为小山洗碗。这一回是吃饱了，但吃得过于饱了，整整两天毫无食欲。小山说，这也许是自己今生做过的"最憨的一件事情"。

小山人在城里，心在山里。改革开放为乡下人进城务工打开了一扇大门，农民工不断涌进城来。最先来找小山的是亲戚朋友，以及冯家山寨子里的乡邻，随后，蜂岩镇的人接着也来了，只要找到小山，至少晚上有落脚的地方，有可口的饭菜，说不定还能得到意料之外的帮助。真诚换来了口碑，同时也换来无尽的叨扰，小山经常接到来自家乡的电话，接完电话都不清楚对方究竟是谁，但他愿意接这电话，因为那一头是乡音。他的家里总是人来人往，其中大多数人是素昧平生的，仅仅因为他们来自故乡，来自大山深处苦寒的乡村，就被当成亲人。

也许小山看到个人的能力毕竟有限，能照料到的人更为有限，突发奇想做了一件自以为必须做的事情：研究相关政策，查阅大量资料，半年时间写出《贵州农民工进城务工 200 问》一书。不知道这本书在书店里卖出去多少，但小山自己掏钱买了不少，分送给前来寻求帮助的农民工朋友们。士光老师在"序言"里感叹："仅仅就是这个书名，也不禁让我有些震动。在书里面，他甚至在帮助农民工识别大街上的交通标志……"农民工进城能不能正确识别大街上的交通标志，在很多人看来，这算不得大事。但是，对于刚从大山来到都市的乡亲们，这些细枝末节的事就是大事，小山能想得到，足见一颗心是多么赤诚。而一颗赤诚的心，往往是无须特别印证的，也不必刻意渲染，都在他做的事情里。我们这个世界，因为总有人怀着如此赤诚的心，才充满温暖，才给人以无限的慰藉……

小山的专业是法律，长期在政法部门工作，履行职责之外，长时间牵系着的，还是大山里的那些事情。他在《我们的乡愁》"后记"里说："即使我今天在城市生活，心底仍与农业、农村、农民有一份复杂的情感纠结。辨析'三农'非我专业，但讨论乡村的事，于我似乎是一份与生俱来的义务。"小山辨析"三农"绝不仅仅停留在纸上谈兵的"研究"上，更有实实在在的动作。家乡的农产品不用化肥、除草剂和杀虫剂，土猪、土鸡用熟饲料喂养，都是地地道道的绿色有机食材，这些东西进入城市的菜场，既可以丰富市民餐桌，还能带动乡亲们增加收入，可谓一举多得。小山想到了，便去尝试，理念虽然好，但推销毫无知名度的农产品绝非易事，几经碰壁之后，索性自己开了一家饭馆。一个从未涉足过餐饮的书生，而且心里想着的又不完全是"生意"，经营状况可想而知。我去过他的饭馆，客人倒是不少，但大多数是请来"试吃"的朋友，有的人酒足饭饱抹抹嘴巴走了，还不清楚是谁请客。馆子开了一年多，亏损到难以承受，只好关张。

不要以为小山会因此而"吸取教训"，他转念一想，也许自己不是做"生意"的料，换一个人，说不定就能做很好。一位朋友被小山的理念打动，在遵义创办一家"高山蔬菜配送中心"，后来又在贵阳开了有机食材餐饮小店，取名"高山厨娘"，为进入这一行的老乡们"探路"。小山用心用情"简单重复吆喝"，推动城里人认同乡村有机食材。他坚信，贵州有很好的自然支持系统，山区传统农耕文化形态保存较为完整，守住"小规模精品农业"这一片"园子"，发展有机食品的前景应该是非常广阔的。小山在《十年"卖"菜》一文里说："我从最初对贵州乡村特色食品的感性认识，到后来较为系统化的推介，这种吆喝的时间跨度大致十年，指导实体店也有七个年头，个人确实付出了一定的时间成本，频繁买菜送朋友试吃也稍微赔进去一点经济成本，特别是我作为一个非农职业的人，经常'强制性'地向别人灌输乡村特色有机食品，其动机往往也是令人生疑的。好在，行个举手之劳，帮别人搭一下手，这是我们祖上的家训：气力使了力气在。"在小山的带动下，家乡人来贵阳开了几十家特色农产品店，如今每年交易总额过亿元。小山说："建功立业，非我所能，但我与农人，骨子里有一份亲近，对他们种的菜，养的猪羊鸡鸭，我会不停地吆喝，直到看到大家都过得好……"

除了"十年卖菜"，小山还为乡亲们做过很多事情，包括帮助乡村引进资金和技术发展产业，募集资金修建类似"希望小学"一样的乡村学校，通过大学校友会发起建设"微农场"，也就是以订单农业的方式为贫困农民推销农产品。而在《我们的乡愁》一书里，小山写下了《谁来给农民设计住房》《重启新的田园生活》和《解决贵州农民增收的八点主张》等诸多深情的文字，他对故乡乃至整个贵州历史的探寻与思考，对农民生活状态深深的忧虑，对劳动的敬畏与讴歌，以及对知识改变命运的理解，总有独到的视角，读罢引人深思、令人感动。

在小山的眼里，千百年来，那么多人被安顿在贵州的崇山峻岭之中繁衍生息、劳作养家，这是一幅恢宏的历史画卷。而近些年，原本住在山寨里的很多人陆续进城安家，把家乡变成了故乡，"所以，山里的那个老家，不只是我一个人的乡愁，也是我们的乡愁。"小山还说："乡愁是虚的，它是一份怀念家乡的美好而略带忧伤的心情，时隐时现，相伴一生。乡愁也是实的，可以把对家乡的爱转化为乡村振兴的实际行动，让热爱家乡的情愫找到一种物化的表达方式。"

我相信，小山与山的因缘，以及他的生命所固有的乡愁，是浸入骨髓的。

2023 年

水波绿

　　"水波绿"是一款绿茶，产自我们那个县的永安镇田坝村汇绿茶厂。说是茶厂，实则是家庭作坊，一间空旷的房子，七八台制茶机器一字排开，规模不算大。茶厂老板有一个文气的名字：陈水波。此人四十多岁，个头不高，皮肤黝黑，身穿最普通的蓝布或者灰布衣服，脚蹬一双解放鞋，耳朵上常常夹着一支未点燃的香烟，有时候一边耳朵夹一支。黔北山区的农家男子大多这个样子，脸上总带着憨厚而率真的笑容，心地朴实，性情爽朗。陈水波更爽朗一些，言谈举止随性，整个人里里外外透出真诚，容易与人熟悉并亲近起来。

　　我与水波以及他的一家人结缘，是因为茶。

　　认识水波是十多年前的事情。那年春茶上市，我回家乡买茶，县城里的一个朋友带我到田坝村。小山村坐落在高高的仙人岭下，大约百十户人家，黔北民居特色的木房子散布在树林和茶园间，小路蜿蜒交错，无论走在什么地方，都感觉置身于画卷之中。我们一上午走访了多家茶农，循着"汇绿茶厂"的标牌跨进一个农家院子时，已近正午。那是一个典型的黔北农家小院，正面矗立着一栋二层的瓦房，左边是厢房，木质柱头和板壁涂了暗红色的漆；右边有一栋比较新的砖混房子，门特别大，里面传出机器的轰鸣声，应该就是茶厂。

我们的造访不是时候，主人一家正要吃午饭，堂屋里，饭菜已经摆上桌子。一个中年男子起身打招呼，说："来得早不如来得巧，请坐请坐，喝几杯。"我和朋友表示不打扰他们午餐，过一会儿再来，毕竟素昧平生，绝不好在人家里吃饭。但是，我们想退出去，却退无可退，主人已经从柜子里拿出一瓶习酒，见我们不肯落座，脸色沉了沉，说："都进屋了，无非添两副碗筷嘛，未必嫌我家的饭菜不干净？干净得很哦！"我赶紧解释："不不不，不是嫌弃，第一次来，怎么好意思呢？"主人说："那就不啰唆了，快点快点，坐下喝酒。不晓得有客人来，没准备哪样好菜，怠慢了哈，但酒是够的哦。"话说到这个份上，再推辞就不恰当了，我们只好坐下。我看了看桌上的菜肴，中间一大盆山椒炒鸡，边上是油渣炒豆渣、蒜苗炒腊肉、清蒸酸鲊肉、凉拌折耳根和素煮小南瓜，全是地地道道的农家菜，看着就诱人食欲。男子端起酒杯敬酒，连干三杯之后，说实在对不起，当下正忙着赶制春茶，中午不能喝太多，让他的父亲陪我们吃好喝好。

这个男子就是陈水波。我们和他父亲喝酒，他坐在一边匆匆扒拉完几大碗米饭，转身进制茶间忙活去了。

水波的父亲大约六十开外，性格也很豪爽，几杯酒下肚，话就不大收得住缰。从言谈中我们得知，水波的父亲是田坝村最早种茶和制茶的茶农之一，大家都叫他老陈，在当地颇有些名气。早些时候，他家种了几亩茶，采多少茶青制多少干茶，铁锅手工炒制。老陈手艺精湛，炒出来的茶味道好，销路也就好。种茶的乡邻采了茶青，一筐一筐送过来，请老陈帮忙加工，适当给一些工钱。后来，老陈干脆开了一个小作坊，收购村民的茶青制茶，生意一天天红火起来。水波上完高中回乡，很快娶了媳妇，三年间生下两个儿子，传宗接代的大任宣告完成，子承父业一门心思做茶。年轻人思想更活泛，不满足于小打小闹，家里挣的钱悉数投入添置制茶设备，短短几年时间，小作坊变成了茶厂。

认识水波之后，每年春茶开采的季节，我都去田坝村，都在他家买茶，也在他家吃饭喝酒，有时甚至住在他家，再不觉得拘束了。

一年之中，水波一家人最忙的时候，就是采茶季。我注意到，陈家茶厂虽小，事情却铺排得井井有条。水波"主内"，带着聘来的七八个工人制茶。工人们白天晚上两班倒，他自己则全程跟班，实在困得不行了，倒头睡两三个小时，起来接着干，胡子和眉毛上沾满了白色的茶毫。水波的媳妇"主外"，采购茶青筹备原料的事情一肩挑，开着一辆五菱面包车进进出出，做事情一副风风火火的架势。她既在家门口支起磅秤收购乡邻们送上门的茶青，也到交易市场上去买，随身的挎包里装满了现金，一手交钱一手交货。老爷子负责技术把关，背着手在车间里转来转去指指点点，闲下来便喝上几杯，酒量不大，但喜欢喝。

都说酒好不怕巷子深，茶好同样不怕巷子深。田坝村离县城三十多公里，不算近，村里有大小茶厂数十家，陈家的茶厂规模也就中等水平，但是，每年上门来买茶的人络绎不绝，一年比一年多。水波有些得意，说："都是回头客哦，只要来我家买过一次茶，第二年保准又来。"水波说得没错，自第一次买了他家的茶，我也成了年年登门的"回头客"。

　　我慢慢弄清楚了，田坝村的茶好，得益于土壤富含锌硒，更得益于种植理念。当地政府眼光独到，看准绿色有机食品的市场前景，引导农民利用得天独厚的自然条件发展茶产业，当年最穷的村子渐渐富裕起来。田坝人种茶不用化肥，只用农家肥，茶叶产量略低一些，但品质非同一般。他们也不用任何农药，茶园里安装了电子灭虫灯和杀虫板，茶叶绝无农药残留，不仅口感好，在国内市场上很受欢迎，还通过了欧盟严苛的食品检测，远销到德国、英国、西班牙等十多个国家。水波的父亲曾和我谈起过田坝人的"茶经"，他不大明白"绿色有机"究竟是什么概念，用自己的语言归纳，说："我们的茶，就是'老实人'做的'干净茶'，就这么简单。"这句话把田坝茶成功的奥秘说得清清楚楚，令我肃然起敬。庄稼人的道理的确很简单。

　　水波对他父亲的这句话体会很深，在他看来，做"干净茶"不容易，做"老实人"更不容易。比如，春茶贵在早，早一天价格大不一样，而茶叶要长出来了才能采摘，急也没用。当然也不是毫无办法，有一种叫"催芽素"的东西，晚上往茶园里一喷，第二天肯定冒出来一大片嫩芽。虽然催芽素对人体有没有危害尚无定论，但是，喷了这种东西，茶青是"催"出来的，到底不一样。水波告诉我，他家的茶从来不喷催芽素，田坝村的茶农也不喷，宁肯少挣点钱，也老老实实等着茶叶自然生长。

　　不过，一向做"干净茶"的水波，曾经做过一件事情，的确不那么像"老实人"。

　　有一年我去田坝买茶，当晚住在他家阁楼上。晚上十点多钟，水波在院子里扯着嗓子喊我，说当天收的茶青不多，全部加工完了，难得清闲下来，不如一起喝几杯。方桌摆在院子里，菜已经上桌，一盘蒸香肠、一盘蒸腊肉、一盘油炸阴辣椒、一盘水煮带壳花生，还有一碗酸菜拌折耳根，都是很好的下酒菜。那天晚上天气晴朗，满天繁星在天幕上闪烁，全然没有孟春时节乍暖还寒的感觉。此情此景，坐在农家院子里喝酒，是一种难得的体验，喝几杯就喝几杯吧。我喜欢和水波喝酒，他酒量一般，酒品很好，不管你喝多少，他举杯碰一下，咕噜一下干掉，经常把自己灌得酩酊大醉。那天水波的兴致很高，半斤多白酒下肚，竟没有倒，借着酒意给我讲了一个故事。水波是这样开头的："那是前些年的事情了……"

那年，春茶上市没几天，两辆宝马740轿车开进水波家院子，广东牌照，几个陌生人下车进屋。一位操着"广东普通话"的中年人满院子四下打量，问谁是老板，水波迎上去，递上香烟。广东客人摆手谢绝，说朋友推荐他们来汇绿茶厂买茶，开车一千多公里慕名而来，请主人家把最好的茶拿出来看看。水波的"贵州普通话"遇到客人的"广东普通话"，交流比较费劲，加上比比画画，大抵能听懂对方说什么。

桌子上放着刚刚制作的明前翠芽，水波烫了茶杯，洗茶开汤请客人品鉴。广东客人端起茶杯，看了看，问："这个茶是最好的？什么价位啊？"水波说："这一款茶是明前翠芽，一斤要卖一千二……"水波的话才说半截，客人抢过话头，说："一千二百闷（元）？有没有搞错啊？"水波解释说："清明前茶青收得贵，想要便宜点的，得等清明以后了。"客人说："我不是这个意思啦！老板你搞搞清楚，一千二百闷的茶怎么喝啊？不是说把最好的拿出来吗？"水波明白了，客人嫌茶的档次不够，家里剩有少许第一批次的翠芽，马上去仓库拿出来，说："这是一个星期前的翠芽，手工茶，不是机器制的哦。"客人问："什么价位啦？"
水波说："一千八，你肯定懂的，春茶一天一个价……"他的话
再次被打断，客人有点不耐烦了："没有更好的了？把最好的拿
出来嘛，又不是不给你钱啦！"

　　两次话没说完就被打断，水波也不大高兴，看不惯对方财大
气粗的样子。水波媳妇深谙和气生财的道理，赶紧打圆场，憋着
乡土气息更浓的"普通话"对客人说："老板啦，不要着急啦！"
说罢转身去库房端出一盘茶："老板看看，这款茶行不行啦？"水
波一看，媳妇拿出来的，不就是他刚才开价一千二百元的那一款
茶吗？客人抓起一小撮茶叶放在鼻子前闻了闻，说："就是嘛，
这个茶明显好很多啦。"同来的几个人凑过来，闻闻茶叶，也说
这款茶明显好很多。客人问："这款茶什么价位啊？"水波看了媳
妇一眼，想了想，说："这个……这个就有点贵了哦！"客人撇了
撇嘴，说："有多贵啊？早就说了要最好的嘛，怕我买不起吗？
你就说什么价位嘛。你们做茶也蛮辛苦的啦，我都不和你讲价
啦！"水波吞吞吐吐地说："这个茶嘛……一斤要……两千八呢。"
客人说："两千八就两千八嘛，小小意思啦。"客人还不甘心，又
问："这个茶真是最好的？没有更好的了？我懂的啦，好茶嘛，
一年就那么一丢丢（点点），我们是不是来晚了？你有没有给你
的哪个朋友留着啦？你一定有留了，是不是？卖了才是钞票，卖
给谁不是卖啦？"水波摇摇头，说："真没有了！"

　　既然更好的茶是"真没有了"，客人只好买这一款，让水波
给他包装二十斤。水波犹豫片刻，说没有那么多了，只有五斤。
事实上，这款茶库房里至少有一百斤，但他不想这样卖，总觉得
不对劲。水波告诉客人，你实在要买，另外十五斤就买一千八的

那一款，品质差不多，价格可以优惠到一千六。客人叹了一口气，说："有什么办法呢？也只好这个样子咯。我们说好先，明年我还买你的茶，拜托一定把最好的留给我。"水波说："明年的事情明年再说嘛。"客人说："我现在排队先，价格不是问题，毛毛雨啦。老板帮帮忙啦！"

谈好生意，付了款，包装茶叶的间隙，宾主开始闲聊。客人说自己以前喝福建岩茶，最近不知道怎么回事，莫名其妙地感觉疲惫，医生建议他喝点绿茶，茶多酚既抗癌又防衰老。他四处打听，朋友向他推荐贵州绿茶，还说田坝村的绿茶尤其好，所以专程来看看。客人告诉水波，高端岩茶几十万块钱一斤，便宜的也上万元，而水波家的绿茶这么便宜，他担心不够好。水波告诉他，田坝村的绿茶一定是最好的，之所以价格不高，主要原因是品牌还没有打响。客人频频点头，说就是就是，做出品牌，财源滚滚，钞票挣不完。一席话说下来，水波觉得这个客人也没多么让人讨厌了，留他们在家里吃了晚饭再走。客人说不麻烦了，他们要抓紧赶路，明天去茅台买酒，如果有机会再来田坝，一定和水波好好喝几杯。

稀里糊涂把一千二的茶叶卖到二千八，客人走后，水波心里一直不踏实。那年春节，他找出客人的电话号码，居然打通了，问清收货地址，寄了一大堆自己家做的腊肉和香肠过去。客人收到东西喜出望外，打来电话感谢，说他吃过各种各样的腊味，水波寄给他的味道最好，没有之一。第二年春茶还没上市，客人打来电话，说要买最好的茶，至少要上一年买的那一种茶。水波说："不好意思，你要的那种茶今年肯定没有。"客人很不高兴，说："有没有搞错啊？不是还没开卖吗？怎么就没有了呢？"水波说："去年那种茶真没有了。你要买茶，我给你推荐合适的，保证你满意。"此后，客人每年在水波家买二十斤茶，水波照低于时价二百元的单价卖给他，而且没告诉他。水波对我说："算总账的话，那五斤茶叶多收的钱，我早就还他了，我还亏了呢。亏了，心里就踏实了。"

水波与广东客人关于品牌的对话，我觉得很有意思，为什么不考虑打造一个自己的品牌呢？比如，是不是可以注册一个比较有特色的商标？水波说他不大懂，不知道注册什么商标，也不知道怎么注册。我灵机一动，说就用你的名字吧，注册"水波绿"，这个商标就很好啊！水波看着我，若有所思。

一个月之后，在朋友们的帮助下，"水波绿"商标注册成功。那天水波非常兴奋，给我打电话聊了好半天，一再表示感谢。我不知道我的主意对水波的茶有多大意义，但是，注册了这样一个商标，终归是好事情，而且，这个商标的确是很不错的。我跟他开玩笑说，哪一天你的"水波绿"与"西湖龙井""太平猴魁"一样名满天下，可不要忘记这个牌子名称是我给你取的哦。水波说："怎么可能忘记吗？如果是那样的话，我们陈家子子孙孙都托你的福了。"

不知道陈家子子孙孙能不能托这个商标的"福"。多年来，我自己是只喝水波家的茶，还四处推介"水波绿"，每年耗去一大笔本来就非常微薄的薪资，买这款茶分送各地的朋友，寄往塞北江南算近的，远的寄到美利坚和俄罗斯。我在水波那里买茶，一向是照时价付钱，一分不少，因为是朋友，反倒不好意思讨价还价。有趣的是，我父母与水波一家也熟悉起来，他们买茶，水波只收成本，茶青多少钱，人工水费电费等等多少钱，加起来就是茶叶的价格。水波说："老人家喝点茶，我哪好意思赚钱，我说送给他们喝，他们咋个都不要，那就收成本算了嘛。话说在明处，你买茶，我是赚了钱的哦！"我说："我晓得了，以后我请老人家替我买。"水波抬手抠抠脑袋，呵呵一笑，说："你不会。这么多年了，未必我还不了解你？"

至于"水波绿"这款茶，芬芳淡雅带着仙人岭雾岚的气息，汤色柔丽如山野间早春二月的清风，的确是好茶。在贵州工作的那些年，我听不得第一缕春雨的声音，听到了，就会想起田坝村苍翠的茶园，想起采茶姑娘曼妙的身姿，想起水波一家人率真的笑容，也想起他家苞谷烧酒的味道，一颗心先去到那个地方，随后，人也跟着去到那个地方，十多年来从未间断。如今客居北国，身不由己，虽然一杯清茶总在案头，美丽的茶园却只能在梦境之中了。

春雨潇潇的季节，我常常梦回田坝村，梦醒之后，一颗心怅怅的……

2023 年

一半烟火，一半诗意

六池河是一条小河，藏在贵州高原北部深深的山谷之中，一湾清流波光粼粼，倒映出两岸青山、林木和农舍的影子，也倒映出蓝天、白云、明月与星辰。一个名叫"安安静静"的女子生在河边，长在河边，至今还住在河边。没错，"安安静静"是她的名字——她长大成人后自己给自己取的名字，和乡村里其他女子的名字不大一样。她的确和别的女子不大一样。

驾车从我们县城出发，沿 326 国道往北走一小段，然后向东转入 304 省道，在又深又长的谷底行驶十多公里，就到了一个叫"石径"的地方。小小的乡场上住着三五百户人家，一边靠着青青的山峦，一边临河。那条河就是六池河。黔北山区的场镇看上去千篇一律，木房和砖房高高矮矮布局随意，街道很窄，若不逢赶集天，街上看不到几个人，仿佛这世界已经到了最边缘，不可能更偏远，也不至于更寂寥了。不过，因为一条小河环绕着流过，石径又分明是独见风姿的。有水的地方总是更具灵性，蒹葭凄凄，让你对值得"溯洄从之"或者"溯游从之"的那些事情充满幻想……

石径得名于本县"外八景"之"龙穿石径"。史料记载，明清时期，贯通湘黔的官路自播州（今遵义）一路向东直抵荆楚，青石铺成的大道经过此地，在六池河边穿越一道峡谷，变成石缝下方的小径。峡谷西低东高，六十七级石阶天梯一般自下而上，两面绝壁之间宽处不足五尺，窄处仅一尺许，头顶的"一线天"横插十二块巨石，似坠非坠。相传，民间曾将这奇险幽深的景观称为"猪钻洞"，官家以为不雅，清康熙年间改名为"龙穿径"，此后又改为"龙穿石径"。康熙《龙泉县志》有"中通一线，仰窥太空……其径仅容人肩舆，单骑亦无所容"的记载。过了峡谷，眼前豁然开朗，村舍田畴散布在苏家坡和六池河之间，风景独好。明清的官路废弃之后，公路修了进来，由于地势的限制，偏偏避不开"龙穿石径"，胜迹毁于一旦，只留下几张照片，实在可惜。

古往今来，描述"龙穿石径"和六池河的诗文不在少数。康熙朝龙泉知县阎光黼好游历，常在县内各处游山玩水推敲索句，县志上留有其《龙泉八景诗》，其中的《龙穿石径》云：

> 步履寻登一线天，振襟长啸敬神仙。
>
> 舒拳欲破此顽石，抱膝闲瞻入税田。
>
> 有客且留明月伴，无花深锁白云眠。
>
> 沉流静听涓涓水，空诉人间无了缘。

人世间的各种缘分原本了无可了，自然也就诉无从诉。阎知县步履寻登，穿过石头小径来到高处，想象明月留客、白云锁眠的妙趣，心境无疑是很好的。而人的心念每每漂浮不定，远眺青山几叠一层淡过一层，近看碧水一湾无声无息兀自东去，一颗心被涓涓沉流的诉说触碰到，于是感慨逝者如斯天地悠悠。阎光黼寒窗苦读不止十载，终于金榜题名了，皇恩浩荡不在话下，却不得不来到苦甲天下的黔地为官，绕不开的聚散离舍随之而来，常人是难以想象的。此刻，知县大人伫立于六池河边，一定是想到了什么事，或者想到了什么人，究竟想到了什么，谁知道呢？

其实，走近六池河，会发现这条小河并没有太多的特别之处，河面不是很宽，水也不是很深，沿岸长着杨树、杉树、枫树和一些不知名的灌木，枯叶掉进河里，随流水慢悠悠漂向远处。河上有桥和青石的跳蹬，原先是木桥，后来改建成石桥，跳蹬还是原来的样子。河里有鱼，很多种鱼，赤尾子尾巴红红的，白穿沙尾巴白白的，"母猪壳"（鳜鱼）尾巴黄黄的。河边是连绵的田畴，水田里种稻子，旱地里种苞谷和麦子，也种苦荞和红薯，一年四季显出不同的颜色。最绚丽的是紫云英，春日一过便埋红颜于沃土，换来秋后更好的收成。蜻蜓和萤火虫是六池河上的精灵，分别把守着日与夜的领地，飞得不高不低，仿佛故意在人们眼前舞蹈；而只要看见它们，你的心就由衷地欢喜起来……

阎光黼知龙泉县几十年后，广东兴宁人氏张其文于康熙丁卯科进士及第，也来到黔地任龙泉知县。其间天下太平，照盛世修志存史资政的惯例，张知县主持修撰了《龙泉县志》，将自己的部分诗文收入"艺文卷"，其中有一首写六池河的：

> 湖光山色一川水，六池风光尽显奇。
> 买得田地三两亩，筑庐风雨长相依。

张其文在龙泉知县任上三年，写过不少很好的诗文，这首诗却不够出色，前两句过于直白，后两句略有"归去来兮"的感觉，但未得陶翁意境。张知县应该是到过石径的，也可能喜欢六池河的风光，至于说他有心在这穷乡僻壤买田置地筑庐安家，那是万万信不得的，作这样一首诗，无非记录自己曾"到此一游"。长长久久生活在六池河畔的是另外一些人，不管可耕之田地是不是肥沃，遮风挡雨的庐舍是不是可意，他们都在这里，比如那个名叫"安安静静"的女子，以及她的祖祖辈辈，她的后辈……

关于六池河，安安静静在她的一篇随笔里是这样描述的："我家住在大娄山南麓六池河畔，每天睁开眼，就能看见清澈的河流。小时候上学，父亲无数次背着我过河，因为河上没有桥，只有石磴，我胆子小，不敢踩着石磴过河。我和所有出生在山里的孩子一样，去山上砍柴、割草、放牛，下河滩捡石子，上树摸鸟蛋，去林子里捡蘑菇，还喝过野花蕊里最甜的露水。后来学着写诗，我发现自己笔下的美好大部分来自我的童年……我想用诗歌告诉这个世界，我生活的这片土地多么美好。"

那么你知道了，安安静静是一位诗人，一位乡村女诗人。

我接触安安静静的诗作，先于认识她本人。那年春天，我借休假的机会回故乡小住了几日，一位朋友告诉我，他把我的散文集《那年花开》送了一本给她。朋友津津乐道地介绍她的诗，通过微信发了一些给我，说："抽空读一读吧，真的很不错！"我不大读现代诗，出于对朋友的尊重，打开文档浏览，最先读到一首《你来》：

　　无论你自哪里来
　　我都赶紧从童谣里搬出小板凳
　　你坐下，歇一歇

让六池河的风卸下你身上的风尘

六池河在此遇群山围绕

平静地转了一个弯

山山水水间绿树成荫又屋舍俨然

你住下来

六池河清澈的流水

一直向前，会带你清醒地穿过

梦境

　　这样的诗句并不惊艳绮靡，打动人的是平实的叙述中那份真诚和质朴，给我留下的第一印象比较好。接着往下读，关于六池河的篇目不在少数，情感纯净而细腻，比如："六池河就像缝衣针上的线/绕着母亲口中的乳名/缝补我一生的破碎……""站在六池河面前/我永远是孩子/一个看影子的孩子/在六池河/万物都有倒立的一面/我也是河里生长的/忘了哗哗流走的时间，也忘了/人生苦短……"在安安静静笔下，六池河更像一面岁月的长长的镜子，照映过她天真的童年、多梦的青春，以及之后无尽的晨昏。她的影子早已变成一块小小的鹅卵石，"哪怕洪水泛滥，依旧紧抱水声/一块小小的石头用一条河/在岁月里翻来覆去擦亮自己……"她说她爱这条河有太多理由，最重要的，在于"流水不是纯粹的消逝/只是流淌"。这样的句子寓意并不在字面上，读过了，会忍不住回过来再读一遍，想一想。读安安静静的诗，我隐约读出一个乡村女子与一条小河之间血脉的牵连，那脉动是同频的，同一个节拍，同一种韵律，同一份天籁般的音质，余音悠远……

　　自"关关雎鸠"栖息于美丽的沙洲，爱情永远是诗歌至为重要的一个主题。在乡村，时光缓慢得几乎不再流动，而因为爱情的浸润，这种节奏也可以变得温情脉脉："那时候村里的花开得很慢，慢得/足够一场爱情从开始到结束/足够隔山隔水的两个人/说完一生的甜言蜜语……"安安静静还写过青杏般青涩的期盼："立春过后，六池河还是清瘦/河岸，杨柳和枯草还很安静/像陷入了沉思/也像我等待你时的小心思/风依然鼓着腮/想表达一点焦急……"我不了解安安静静的情感经历，只知道她已经是两个孩子的母亲，她是不是仍然希望时光慢下来，和相爱的人"说完一生的甜言蜜语"，我不便细问。我想，既然能写出"那年在山岗上，映山红/仿佛在一阵风来之后/啪的一声就红了"，她应该有美好而铭心的爱情。不过，她的一些诗篇让人觉得藏着某种心事，比如《失约》，我读出的不仅仅是期盼：

　　　　那时，我还在等
　　　　雪花于你先一步抵达村庄
　　　　把荒凉和凌乱的事物掩藏
　　　　梨花开满枝头
　　　　冰凌花拼命往下坠
　　　　炉火啪啪飞溅星子

　　　　一场春雪赴约
　　　　在我的村庄，瀑布遥望溪流
　　　　铁了心

　　"铁了心"的爱情当然最值得艳羡，或者说，爱情本身就应该是"铁了心"的。但是，恰恰因为"铁了心"，爱情与苦难又往往如影随形，令人悲伤。安安静静用诗篇讲述了这样的故事：姑娘在供销社旁送心爱的少年远行，那一别山高水长，人没有回来，骨灰也没能回来；她不相信自己美好的等待已经被硬生生扯断，终生未嫁，"她的爱情多么像爱情/执手相看泪眼的告别，回头/便是一生"。另一个女子遭遇了相似的不幸，她的男人为生计去南方，踌躇满志的身影消失在长途客车站的人潮中，又消失于建筑工地的脚手架下，女子"像一朵孤独的蒲公英/余下的爱不多/一半用来焐热回忆/一半用来烘烤余生……"读到这样的诗句，你也许会泪流满面，为爱情，更为了相爱着的人的命运……

　　与安安静静真正认识，是读到她的诗作半年以后，我再次回到故乡。朋友邀我去石径，说那里有一家小馆子，羊肉粉绝对美味，黄焖羊肉和清汤羊肉都很好，老板娘正是安安静静。

　　小馆子在街边，店堂不算大，我们到的时候是正午，客人进进出出，安安静静在厨房和大堂间忙碌，言谈举止透出老板娘特有的一种干练。她看上去三十多岁，个子不高，身材偏瘦弱。看得出，我们的到访给她带去了几分喜悦。女诗人与老板娘，这两种身份集于一位乡村女子，让我一时有些恍惚。朋友向大家介绍安安静静，说她在《诗歌月刊》《鸭绿江》等报刊上发表过不少诗作，她即刻显出拘谨，浅浅一笑，赶紧低下头，接着又摇摇头，抬手拢一拢齐肩的秀发。她说那些"分行的文字"不过是有感而发，还说"一直怀疑自己写的究竟算不算诗"。

　　虽然"一直怀疑"，又一直写。她写山里的月光与星光，写山里的黄牛和白羊，也写山里不同的人："把羊群赶上云朵"的牧羊少年、含着泪看"满河的梨花瓣压疼了一条河"的农家姑娘、"坐在牛圈边仰望夜空"的四叔、开怀畅饮后"把几条巷子踩歪"的男子……安安静静说，与"分行的文字"相遇是一份幸运，她因此而拥有"一半烟火、一半诗意"的日子。

熟读《诗经》的人懂得，"烟火"与"诗意"从来不是对立的。采蘩与采苢、伐檀与伐柯，鸡栖于埘与以钓于淇等等，都是人间"烟火"本真的样子，这中间幻化出来的"诗意"的玑珠，不正是自杨柳依依、燕燕于飞的春秋传承至今吗？但是，对于平凡而真实的日子，"诗意"可能是奢侈的，乃至是可有可无的，人每天必须面对柴米油盐，谁能不食人间烟火呢？

在安安静静的世界，那一半"诗意"可能是奢侈的，但绝不是可有可无的。小馆子每天午夜时分打烊，回到家已经疲惫不堪，她还是要忍不住去寻觅"烟火"之外的"诗意"。那一半"诗意"或许就融在不绝的"烟火"中间："乡村小店热热闹闹/一缕缕轻飘飘的油烟，在尘世/这缕缕向上的油烟/仿佛追上了光/仿佛够得到天……""油烟机吸了油烟/又吸我，我们都没有机会在蓝天下/炊烟袅袅……"她把厨房里的碗碟想象成月亮，说自己是"在大白天搬动月亮的人"；她没时间像儿时那样去山野间看星星，视屋顶的吊灯为星星，"天空太窄，一盏就填满了黑暗"；她也为小馆子里的琐事烦恼，抱怨"太忙了，害得窗外的叶子/自顾自地绿了又黄……"好像还对"厨房里的人在原地奔走"心有不甘，感叹"挂钟的指针/转着来了又去的晨昏/转着散了又聚的人群/年年岁岁……"

请想象一位羊肉粉馆老板娘的"手稿"：厨房灶台上放一个本子，脑子里灵光一闪的时候，随手写下来；常常刚写一句两句，客人进到大堂说"煮一碗羊肉粉"，立即丢下"诗意"去忙

"烟火"的事情。她写过一首题为《手稿》的小诗：

厨房里的笔记本上

有收费清单底稿

也记着某一个生僻字的读音

记有中药处方

有时还会给工人计算工天

这些分行的文字中间

偶尔夹着诗意，没有

上一句和下一句，像

悬在半空的闪电

隔一时半会儿或三五天，顺着

哪一句写一首小诗

灯火油烟，日复一日

我仿佛是在这分行的文字中

无意间藏了春雷

翻开时有春光乍现

一个乡村女子，愿意趴在厨房的灶台上写诗，她对诗歌的热爱是不难想象的。因为热爱，安安静静还把自己这份痴迷传递给孩子们。从师范学校毕业后，她当了两年代课教师，后来和家人一起打理小馆子，生意很好，人也很忙。但是，她自己也说不清楚为什么，心里常常想着场镇那一头的小学，想着那里的孩子。她认为每一个孩子都是天生的诗人，启发稚嫩的心灵发现和欣赏文化的美，是一件很有意义的事情。于是，她去石径小学做了一名志愿者，每周一次为孩子们上诗歌赏析课，教他们读《诗经》，读《唐诗三百首》，读艾青、臧克家和余光中的诗，还教他们写儿童诗。她把孩子们满纸童真的诗歌整理出来编发在网刊上，"美篇"《大山里的小诗人》粉丝渐多，每期阅读量数千乃至近万。安安静静说，诗歌能让孩子们的心从六池河畔奔向远方，奔向星辰大海。

抄录石径小学蒋依婷小朋友的《妈妈和云》于后：

> 风追着云朵跑
>
> 我追着妈妈跑
>
> 云朵生气时黑着脸
>
> 妈妈生气时也黑着脸
>
> 只是，云朵黑了脸会下雨
>
> 妈妈黑了脸一会儿就笑了

顺便说一下，就我的口味而言，安安静静的小馆子是石径场镇上最有特色的一家，羊肉加羊杂焖煮的绿豆粉尤其好吃。

2024 年

故乡的小竹鸡

这个题目来自我女儿的一篇作文，确切地说，是一篇比较特别的演讲稿。

女儿乔乔，出生于二〇〇七年九月，那年我四十二岁。朋友们开玩笑说我"老年得女"，一定稀罕得不得了。女儿出生的时候，我的确不年轻了，但也未见得多么老。不过，正如大家说的，对宝贝女儿，我真的"稀罕得不得了"。

我和妻子谈了六年恋爱，最终顺理成章结婚，但一直没有做好为人父母的准备，"二人世界"过了将近九年。我不确定妻子是怎么想的，起码对于我，父亲这个身份意味着什么，我不敢想象。人的一生充满艰辛，如先哲所言，人生"不如意事常八九，可与语人无二三"。一个弱小的生命因你而来到人世间，经历人们所经历的雨雪风霜，想到这一点，我就犹疑和不安。但是，诸多不言而喻的因素决定，我们得要一个孩子。当知道一切差不多宿命般不可抗拒，我在心里暗暗思忖：最好是一个女儿吧。我无法想象自己如何与儿子相处，女儿不一样，我可以竭尽所能地宠爱她，父亲宠女儿，怎么宠都不算过分。所以，当产房的门轻轻打开，医生恭喜我得了一个"千金"，我问医生："你确定是女孩吗？"医生笑，我也跟着笑。那一刻，我长舒了一口气，觉得如释重负。

第一眼看见女儿，她柔软地躺在襁褓里，一双亮晶晶的眼睛好像也正注视着我。那么，我知道了，就是这个小女孩，她穿越轮回找了过来，而我一直在这里等她。仿佛顿悟，就在那一瞬间，我懂得了父亲这个身份的深刻含义，或者说，我懂得了男人有了自己的女儿之后，一颗心将发生什么样的改变；我说不出来，但真的懂了。

在父亲眼里，最美的女性一定是自己的女儿。套用现在的网络语言：我这句话"不接受反驳"。

在我的想象中，女儿可以是文文静静的，也可以活泼大方，甚至调皮一些也没什么不好；在父亲面前，女儿总是要撒娇的。但是，我的女儿跟我刚一见面，就开始"撒娇"，不是娇气，是娇弱。她出生的时候体重不足五斤，加上黄疸指数偏高，第二天被送进婴儿护理室治疗。我每天守在医院，既照顾她妈妈，更是紧盯着走廊另一端的护理室，又不能随时进去探望，焦虑得不知所措。整天去叨扰医生，自然是惹人烦的，而我不在意。半个月下来，为我女儿治疗的年轻女医生不再板着脸，不知道是体谅我这个"老父亲"的心情，还是被我感动了，一天几次去问女儿的情况，她总能耐心应答，说孩子不过是常规治疗，不用担心。出院那天，我和妻子抱着女儿站在病房过道上，拍了我们小家庭的第一张合影，照片是那位女医生用手机拍的，老实说，她的摄影水平实在不怎么样。

女儿小时候身体娇弱，小痛小病不断。发现什么不对劲，我和她妈妈带着她去找那位医生，久而久之就熟悉了，因为和我同姓，女儿叫她"小姑"。孩子不舒服了，第一时间想到小姑，说："快给我小姑打电话嘛。"一般情况下，小姑远程指导便能解决问题，她不主张动不动往医院跑，还说我们"大惊小怪的"。她理解不了，对于父亲，女儿的任何事情都是极端重要的，一旦生病，不管什么情况，我总是心神不宁，直到见她重新活蹦乱跳，才稍稍松一口气。我这样安慰自己：人一生的病痛应该有一个恒定的量吧，女儿一出生就住了半个月医院，未来必将拥有更多的健康快乐。我相信一定是这样的。

亲朋好友都说我女儿长得不是很像她妈妈，像我，我说："像我好啊，像我就漂亮嘛。"这是一句玩笑话，像她妈妈才漂亮，因为她妈妈真的漂亮。女儿天生丽质是实实在在的，不是我这个"老父亲"的"偏见"。我并不在意女儿的颜值多么了不得，也从未期望过她一定要多么优秀。孩子有出息当然好，但也不要过于执着所谓的"出息"，特别是女孩子。照我内心最真实的想法，即便她不能够光彩照人，做一个普通人，过一份普通人的日子，只要不太辛苦，平安健康，也是非常好的；她最好还能无忧无虑，多一些快乐，她的快乐就是我最大的快乐。这样想的时候，淡淡的忧愁又来到心间：在接下来漫长的一生之中，她会快乐吗？她是因了我而来到这个人世的，倘若她不够快乐，我应该怎么办呢？我又能怎么办呢？

后来，因为一只小小的竹鸡，女儿表现出的与生俱来的善良，清泉一般自然地涌出来，令人惊叹，更令人宽慰。我相信，善良的孩子不会错失快乐的源泉，他们对快乐的真谛无师自通，所以注定会快乐，而我的忧虑反倒多余了。

有关小竹鸡的故事很简单。女儿三岁那年，我和她妈妈带她回黔北故乡小城看望爷爷奶奶，我的一位朋友为她抓来一只小竹鸡，说中医典籍里记载，竹鸡炖汤有补中益气、杀虫解毒之功效，可预防小孩子脾胃虚弱和消化不良。谁也没料到，女儿看到那只小竹鸡，立即用身子护住它，不仅不允许任何人伤害它，还要马上送它回林子里去，说"让它去找它的妈妈"。孩子的决绝和执着深深打动了我，也打动了在场的每一个人。把小竹鸡送回山林之后，孩子说她非常非常快乐。

陪女儿送小竹鸡"回家"的路上，我一直在想，心地善良的人，灵魂纯净的人，他们的心灵世界一定更为宽阔，情感一定更为真诚，他们也一定会拥有更多的快乐。在他们清澈的目光注视下，在他们圣洁的光辉照耀下，人们往往会自惭形秽。我知道这样说可能有些牵强，甚至可能是狭隘和偏执的，但这种感觉又是如此强烈，不容置疑。我由此想到，我们总是在抱怨自己的快乐不够多，也许并不是快乐本身不够多，而是我们感悟快乐的能力存在这样和那样的缺陷，一切缘由都在自己内心……

按说，一个三岁的孩子，应该是不大记事的，没想到女儿久久保留着关于小竹鸡的记忆。小学四年级的时候，她准备参加一个环保主题演讲，把小竹鸡的故事写了下来，通过微信发给我，说"请乖爸爸帮忙看一看"。我一字一句读完，不再像往常一样提出意见让她自己修改，直接上手，将稿子拆为两个部分，写出一个对话文本，建议她拉着妈妈一起去参赛。如我所料，母女俩声情并茂讲述的故事打动了每一个评委，更打动了现场和网上千千万万的观众，荣获演讲比赛第一名。可惜的是，那时我已调至外省工作，没能到场为她们鼓劲。看了女儿发来的比赛视频，我禁不住泪流满面。

稿子不长，原文抄录如下：

乔乔和妈妈讲故事：故乡的小竹鸡

乔乔：我出生在贵阳，但是爸爸告诉我，其实我的故乡应该是遵义的凤冈县，因为爸爸和爸爸的爸爸都是在那里出生和长大的。我三岁的时候，爸爸妈妈带我去凤冈看望爷爷奶奶，当时的许多情形在我记忆中都已经很模糊了，只隐约记得那里的山很绿，水很清，茶园一望无际，特别漂亮。我印象最深刻的，是一只小小的竹鸡。

妈妈：她爸爸在故乡有很多儿时的玩伴。听说我们要带着女儿回老家，一些叔叔伯伯早早就计划着，想要给孩子准备一个特别的礼物。

乔乔：那些叔叔伯伯的想法也真够奇葩的，他们居然想到去山里抓竹鸡，说竹鸡炖汤是绝对的美味，猜想我一定会喜欢。那天我们到爷爷奶奶家的时候已经比较晚了，爸爸的朋友们兴致勃勃地来到家里，还真带来了一只竹鸡，用纸箱装着。

妈妈：那位去抓竹鸡的叔叔说，为了准备这个特殊的礼物，他在县城郊外的一片树林里守了大半天。

乔乔：我从来没有见过竹鸡。后来才知道，竹鸡又叫竹鹧鸪，是我国南方特有的一种鸟类，生性温顺，习惯在竹林、树林间和灌木丛里活动。打开纸箱一看，我惊呆了。那只小小的竹鸡有褐色的喙（就是它的嘴），蓝灰色的眉纹，橄榄色渐变为棕色的羽毛，翅膀上布满了半环状的波纹，尾巴的羽毛黑里透红。它真的太漂亮了。不过，小家伙一定是受到了惊吓，警觉地缩在纸箱的角落里，亮晶晶的眼睛四处张望，嘴里发出"嘀嘀"的叫声，看上去好乖，也好可怜啊。

妈妈：叔叔说，这是一只雌性竹鸡，炖汤特别有营养，照中医的说法，对小孩子有健脑益智的功效。大家都没想到的是，孩子一听说要用竹鸡炖汤，立马奔过去，用小小的身体紧紧护住纸箱，还哭开了。

乔乔：我大声喊："不，不行！不许吃它！谁也不许碰它！"当时，我一定是用了自己能发出的最大的声音，觉得嗓子都有点痛了。我抬眼看着爸爸，伸出一只手拉住他，因为我知道，爸爸可以制止那些叔叔伯伯，不让他们把小竹鸡杀掉、吃掉。

妈妈：爸爸最疼爱宝贝女儿，蹲下身来抱住她，马上答应了，说"好的好的，不杀它，不吃它，爸爸保证"。

乔乔：爸爸保证的事情，他就一定能做到，我一直都特别相信爸爸。但是我想，小竹鸡被抓走了，它的妈妈肯定在到处找它，肯定非常着急。我拉着爸爸说，我们现在送它回家好不好，就现在，立刻，马上，让它去找它的妈妈。

妈妈：她爸爸看了看时间，已经深夜十一点多了，明天一早送回去行不行？孩子一听眼泪又出来了，说如果不送它回去，它妈妈会一直找它，会一直担心的。

乔乔：我经常逗我老爸，说他是个乖爸爸，我提的要求只要是合理的，他都答应。爸爸和那位抓竹鸡的叔叔商量，说孩子的想法有道理，要不我们就把竹鸡送回去吧，在哪里抓的，就送到哪里去。

妈妈：那位叔叔带路，她爸爸半夜开着车，陪着她一起送小竹鸡回家。

乔乔：我记得，那天晚上天空中飘着蒙蒙细雨，爸爸开车穿过好几条街道，后来就出了城，在乡间的山路上开了很久。小竹鸡好像明白了什么似的，一声不叫，歪着小脑袋，静静地看着我。过了一座石桥，到了小河边的一片树林前面，叔叔说就是这里了，我们就下了车。爸爸把小竹鸡从纸箱里捧出来，小心翼翼地放在地上。借着汽车的灯光，我看见小家伙慢慢走了几步，停一停，再走几步，轻轻叫了几声，然后钻进树林，不见了。那一刻，我觉得心里好轻松啊。

妈妈：那天夜里，我们很晚才回到家，孩子非常开心。她小小年纪，能有一颗如此善良的心，她爸爸和我特别欣慰。

乔乔：后来，爷爷奶奶搬到贵阳来住，我已经很久没有回故乡去过了。我经常会想起那座石桥，那条小河，那片小树林，很想再去那里看一看。我相信，那只小小的竹鸡一定长大了，一定做了妈妈。我希望它和它的孩子们在大自然的怀抱里快乐地生活，不要遇到任何危险。

2018 年

钥匙与门

一

二〇二一年八月初，我受命交流任职，从北部湾海岸"转场"齐鲁，换一个地方工作和生活。单位没有公寓，后勤部门为我租房子，问我有什么要求，我希望最好能就近上班，也尽可能节省租金。单位附近全是老旧小区，租金的确不贵，但房子破破烂烂；几经周折，在一栋上世纪九十年代建的五层砖混楼里找到一套相对合适的，好在是二楼，没有电梯也无所谓。

那是一套三居室的单卫房，我一个人住，面积绰绰有余了。所谓装修，不过墙面刷了白色乳胶漆，地上铺的强化木地板一看便知道是很低端的，不知道环保指标过不过关。将就房主的旧家具，只新买了床单被褥和锅碗瓢盆，一切收拾停当，最后更换门锁，后勤问我是否安装智能密码锁；因为不是严格意义上的小区，没有大门，没有围墙，也就没有保安，大家都说住这样的房子门锁必须可靠。我想了想，决定安装老式门锁，用钥匙打开的那一种。如今社会治安向好，再说，我屋子里除了几件旧衣服，只有几堆书和几瓶廉价烧酒，不值得梁上君子惦记。

　　我并不排斥智能化的东西，从办公到居家过日子，接触的新玩意越来越多，适应起来也没那么难。唯独开门和关门，我对钥匙的依赖几近病态。每天清早出门，钥匙明明装进裤兜了，总要再摸一下，确认无误才关门。我长期一个人在外地工作，如果哪一天忘记带钥匙，唯一的办法是找开锁公司，急急忙忙地查找电话，一个接一个打，终于有人接单，然后焦急地等待开锁师傅到来；花销百十来块钱不说，通常还需要证明你拥有打开这道门的权利，很是麻烦。后来我在办公室留一套钥匙，算有了后路，万一糊里糊涂找不到钥匙，也不用找人撬锁了。

　　按说，如果使用智能门锁，不用随身携带钥匙，这些问题都不复存在。只要不是老年痴呆到不知道自己是谁，天天使用的密码，是断不至于忘得一干二净的。但是，说不清楚是一种什么心理，我就是不愿意用智能锁，喜欢拿着钥匙。黄昏时分，或者夜深人静的时候，拖着疲惫的身子往回走，我习惯于早早掏出钥匙，拿在手上把玩一番。钥匙一经转动，房门开启，再关上，纷繁的事情便被关在门外，至少暂时被关在门外了。第二天黎明之前，时间大概率是属于自己的，泡一壶清茶也好，翻几页闲书也罢，甚至懒懒地躺在沙发上闭目养神，尽可以随心所欲。特别是那些雨雪潇潇的时日，结束奔忙，撑着伞回家，因为有一把钥匙，温暖的房门随时可以为你洞开，一颗心就是踏实的。

　　也许，在我的潜意识里，钥匙是一个信物，一份心的依附；只有把钥匙攥在手上，我才不至于沦为无家可归的人。

二

离开故乡之前，我没有用过钥匙。我记得，那时候家里的房门一直大大地开着，从不上锁。

要描述我出生和成长的小环境，必须先说一说大环境。所谓大环境，其实也很小，就是大山深处一片低矮的房子，散布在几条街巷两边。街面窄窄的，天晴的时候尘土飞扬，雨后泥泞不堪，三三两两穿梭于其间的人们，也影子一般无声无息。除了早上上班和傍晚下班的时候，街巷间行人很少。上个世纪六七十年代，贵州北部山区的县城几乎都是这个样子。

我家老房子位于县城南面一条小街的边上。我在不远处的医院里出生，接着在老房子里长大，直到十六岁去北方上大学。

家里有两栋老房子，临街一栋出租给公私合营的杂货铺，两个老太婆守在柜台后面，卖一些煤油草纸针头线脑。从旁边的巷子穿过，里面是一片园子，走到头，再上十多级石台阶，就是我们一家人住的那一栋，前面有一个不是很大的庭院。黔北民居风格的老房子大多二进三厢，第一进的中间是堂屋，宽敞明亮，两边各有两间带地楼的屋子；第二进是厨房和柴火房，一道楼梯通往二层，上面更像一个阁楼，堆放着杂物。堂屋的大门是两扇厚重的木门，装在两边的户枢之上，门轴与枢口被磨得铮亮。门槛很高，我小时候必须趴在上面才能翻过去。大门里面装有一道木栓，晚上关了门顺势闩上，不好说多么牢固，但一家人从来高枕无忧。朝外一面钉着两个大大的铁环，应该是用来挂锁的，家里没有备过那么大的铁锁，铁环成了装饰。这样一个满是岁月痕迹的院落，绝不比现在的别墅逊色；但是，在当时看来，它是寒碜的，乃至是破败的。

大门不上锁，是因为奶奶始终在家。奶奶每天操持全家人的一日三餐，不声不响地洗菜、切菜和煮饭，尽量变换饭菜口味。厨房里的灶台很大，两口铁锅也很大，柴火燃得旺旺的。蒸饭的甑子冒出热气，另一边锅里的油正好热了，菜肴入锅，香气四散开来，惹人垂涎。奶奶身材瘦小，做家务却干练利落，忙而不乱。我上小学和中学的时候，每天中午和傍晚放学回家，堂屋的大门一定开着，奶奶也一定在厨房里，问我饿了没有，要不要吃一小碗猪油和酱油拌米饭，先垫垫底，等爸爸妈妈下班回来再正式开饭。

我上大学以后，种种原因所致，家里的老房子被卖掉了，我父母、奶奶和妹妹搬进了父亲单位分配的楼房。

相对于老旧的木房子，楼房住着的确方便很多。我假期回家，奶奶还是始终守在屋子里，不同的是，楼房的房门总是关着的，不像老房子那两扇厚重的木门，一直敞开，从不上锁。我有一种迷失的感觉，回到县城，径直朝老房子的方向去，恍恍惚惚之间，觉得家应该在那里。

此去经年，在梦里回到故乡，我大多还住在老房子里面，依旧不带钥匙就可以踏进家门，透过木窗棂依旧看得到远处的山，庭院里的花木依旧郁郁葱葱。梦境中，我庆幸老房子并没有被卖掉，或者说，庆幸卖掉老房子的事情只是一个梦，为此而欣喜若狂。那种时候，我分不清哪一个场景是梦，分不清梦本身是梦，还是现实才是一个梦，分不清我是否已经醒来……

而我们家住了几代人的老房子，不仅确确实实被卖掉了，还被买主拆掉，就地建起一栋六层的砖混楼房。每次回到故乡，走过儿时生活的小街，看到那个古怪的水泥盒子，内心就五味杂陈。最遗憾的是，那么漂亮的房子，连一张照片也没留下。我凭印象画了一幅素描，尽量画得准确些，但绘画功底太差，很多细节表现不出来，比如厚重的木门，以及上面用于挂锁而又始终空着的大铁环，怎么也画不出记忆中的那种质感……

<h1 style="text-align:center">三</h1>

我拿到的第一把钥匙，是大学宿舍的，那薄薄的一片金属生硬而冰冷，绝不是一个可意的东西。

我们宿舍住了八个人，别的同学习惯于随身带着钥匙，我总是忘记。上课下课大家一起走，倒也没什么不便；有时候晚上自己去图书馆，或者与同乡聚会，回来晚一点，伸手摸摸衣兜，又忘记带钥匙了，只好敲门。三番五次这样，为我开门的同学婉转地表示不满，说："今天又没带钥匙？"我突然意识到，从此以往，任何一扇门都不再为我无条件开着，即便我有权利进入某一个房间，也只能自己去打开房门。

大学四年，宿舍是一个驿站，我用一把钥匙不断地开门，直到毕业，我没觉得必须装在衣兜里的钥匙是真正属于我的。宿舍的同学建议，谁最后出门，还是用钥匙把房门反锁一下，以防万一；我也应承了，但总是带上门就走，很少记得反锁。毕业离校的时候，我看到同学们收拾行李，把学生证、借书证等等小心地收起，说留个纪念。有同学还问宿舍钥匙能不能带走，学校答复可以，反正新生住进来之前，所有门锁都会换掉。因为有事耽搁了几天，我离校时，宿舍的其他同学都已经走了。那天早上，我背起简单的行囊，从空荡荡的宿舍里出来，下意识间掏出钥匙反锁了房门；而这一次反锁，才真正是毫无意义的。我把钥匙拿到眼前仔细看了看，第一次看清它的形状，以及凹凸的齿痕，捏了捏，丢进楼道转角处的垃圾桶。我实在不喜欢这个东西，刚刚拿到它就不喜欢，最后还是不喜欢。

我家从老房子搬到父亲单位的楼房以后，每次回去，看到的不再是堂屋始终敞开的木门，得敲门了。我发现敲家里的门是一件有趣的事情，抬起手轻轻敲几下，等着里面的回应，猜想会是谁来为我开门，是父母，是妹妹，还是奶奶？那一刻，我心里总能溢出一份深深的喜悦。

一九八六年夏天，妹妹去北京上大学，暑假和寒假才能回来，我在省城工作，回家的机会多一些。来到家门口，说不定父母还没下班，为我开门的总是奶奶。奶奶年纪越来越大，步履日渐蹒跚，纵是她因为我出现在门前而喜出望外，我的心也会拧得紧紧的。我知道，为了不给老人家添麻烦，我必须有一把家里的钥匙，回家的时候随时带着。

记得那些节日和假日，我告假回家，不再敲门，直接拿出钥匙打开房门。奶奶有时坐在沙发上看电视，有时在自己的房间里小寐，抑或摸索着做一些力所能及的事情，眼前的一切令人宽心而宽慰。坐下来和老人家聊天，听她无头无尾的唠叨，说远远近近似是而非的旧事，哪怕她口齿不清到我听了完全不知所云，照样静静地听。奶奶笑我也跟着笑，她时常笑出浑浊的眼泪来，我拿过纸巾，细心地替她擦去，听她继续说，说什么无关紧要，重要的是我得耐心听着。

自那时起，我手上的一把钥匙，成为我与亲人的一份牵连，有了这把钥匙，我们就不会被一道门隔开。正是从那时开始，我发现钥匙原来也是一件可爱的东西，那金属的薄片变得温润了，该凸的地方凸出来，该凹的地方凹进去，代表不可更改的约定。你信不信，钥匙也是有情感的。

四

不过，除了家里的钥匙，对于其他钥匙，我仍然不大在意。工作性质决定，我常常东奔西跑，栖身在别的一些地方。外出住的酒店和招待所，单位分配的公寓和到外地工作租住的房子，这些地方的钥匙或房卡又变得生冷了，总让人产生一种游离感，与大学宿舍的那一把没什么两样。

我大学毕业进入宣武门外的一家单位工作，长期派驻贵州分支机构。八十年代的公职人员有机会住公房，我分得一套两居室，对于刚刚入职的年轻人，算比较奢侈了。我生性好客，能做一手过得去的饭菜，闲下来还喜欢小酌几杯，狐朋狗友们常来我的蜗居聚会。一些问题也随之出现，如果我正在洗澡或出恭，听到急促的敲门声，担心怠慢了友人，往往手忙脚乱；我不在家，让兴致勃勃来访的人扑了空，总觉得亏欠别人。有一回，某女性朋友失恋，大中午买了烤鸡、卤猪头肉、豆腐干和油炸花生米，提着两瓶平坝窖来找我喝酒，横竖敲不开门，又不想走，干脆在我门口席地而坐，一个人喝开了。不多一会儿，肝肠寸断的淑女喝得酩酊大醉，直着眼睛嘿嘿地笑，路过的同事们莫名惊诧，又不便多问。好在我回来得及时，先把女酒鬼扶将进屋，再收拾门前满地的鸡骨头。

家乡的亲朋好友到省城办事，或者途经贵阳去别的地方，来我家里借宿，我一概盛情接待。九十年代初伟人南方谈话振聋发聩，改革开放的东风更加强劲，也吹进了我小小的蜗居。从我们县城去广东和海南等地闯荡的同学朋友一拨接一拨，我家成了中转站，不断有人来敲门，我不仅要请客吃饭，还得端起酒杯陪他们彻夜畅谈美好未来。那段时间，我的房门对很多人敞开，门锁的象征意义远大于实际作用。

路过的人容易对付，白天夜晚豪饮三两天，挥挥手走了；有的却很久不走，就有点麻烦。一个儿时玩伴辞去县里的公职来贵阳创业，说在我家暂住几天，结果一住四年，直到有了女朋友，两个人精心营造了爱的巢穴，才断然搬走。另外一个闯深圳的朋友，按公司指令回来开办事处，也说临时住几天，最终住了将近一年；因为生意做得不顺，难以为继，他只好悻悻然回家乡去了，否则还不知道要在我家住多久。两个中学同学的姐姐找上门来，说她们约着一起去南边，没想好去广东还是去海南，让我出出主意。我哪里有什么主意？而没有主意就不好贸然动作，于是，两个大姐姐在我家里住下，讨论了半个多月，最后意见相左，各走各的，一个去了广西，一个去了珠海。还有一位流浪吉他手，说路过贵阳去北京，在我家借宿一晚，第二天没走，第三天没走，一住两个多月。我和这个小兄弟除了在同一个县城里长大之外，并无任何交往，他毫不客气地占领着书房里的长沙发，每天大清早打开我的柜子倒酒，一边喝酒，一边叮叮咚咚练琴，对于睡意正浓的我来说，那声音很像弹棉花，烦人得很。事实上，他的吉他水平是非常不错的，我还记得《阿尔汉穆拉宫的回忆》如泣如诉的琴声。

这些"暂时"没走的朋友进进出出，得有一把钥匙。既然他们可以拿到钥匙，一些常来常往的朋友便有意见，不好厚此薄彼，索性也给一把。这样一来，我家的钥匙竟有十多把在朋友们手上，不管我在不在家，他们随时开门进屋，反正我是一个没有秘密的人。

一九九九年，也就是诺查丹玛斯预言"恐怖的大王从天而降"的那一年，恐怖的大王倒是没有降临，一个女孩子闯了过来，机缘到了，三十四岁的我告别单身"光荣结婚"。从一个人自由自在到两个人一起过日子，生活状态出现根本变化，十多把钥匙在外面，无论如何是不恰当的。但是，那些钥匙究竟在谁的手上，我自己都记不清楚。妻子一笑，说钥匙就不要收了，换锁吧。有几个朋友主动把钥匙还回来，说留着不方便了，以后老老实实敲门。我大大方方地说："没事没事，愿意留着就留着吧！"我没告诉他们，钥匙可以留着，门是绝对打不开了。

换了门锁，我和妻子一人一把钥匙。而打开房门，家里任何一个地方都看不到锁，我讨厌那个冷冰冰的东西。

五

家永远的最温馨的地方。但是，为着生计以及别的什么，人免不了要在外漂泊，离家很远，说不定还会越来越远。

二〇一六年春夏之交，我在北京西北郊区那所著名的学校学习两个月，四月底结业回到贵州，刚下飞机就接到电话，通知我换一个地方工作。虽然早有交流任职的思想准备，真到了必须走的时候，还是满心彷徨。去处很好，南边是北部湾碧绿的万顷波涛，北边是"上河涨水水推沙，下河鱼儿摇尾巴"的漓江，对于在云贵高原上出生、长大和长期工作的山里人，美丽的八桂大地充满诱惑。人到中年，自己的感受往往无足轻重，我担忧已经年迈的父母，牵挂刚上小学二年级的女儿，却无可奈何；担子压在妻子的肩上，她的难处可想而知。

我出门的时候，女儿哭得让人揪心，妻子没说什么，只叮嘱了一句："家里的钥匙带了吧？别弄丢了哦。"

在随身携带家里那把钥匙的同时，我在新的工作单位附近租了一套房子，拿到了另一把钥匙。房子还不错，装修简朴大方，客厅和书房外都有阳台；凭栏所见，满目是南国特有的苍翠，棕榈树很高，榕树很茂盛，紫荆花开得炫人双目，芒果树挂着青青的果实……一切都好，似乎没有更好的了，但是，我很长一段时间心神不定，比如，我回到住所，总是掏出家里的那把钥匙去开门，半天打不开，才回过神来。两把钥匙挂在一起，拿起来端详，我觉得家里的那一把怎么看都亲切，而新的那一把生硬而蹊跷，无论质地、轮廓，还是凸凹的齿痕，都很像大学宿舍的钥匙，我不喜欢。我渐渐明白了，我的这些感觉其实一点也不奇怪，离开了自己的家，而其余所有的居所都不是家，人的潜意识里会产生某种莫名的抗拒。那些形形色色的门，可以用形形色色的钥匙打开，唯独开启不了的，是人的心……

借一座陌生的城市居住，日子的单薄是超乎常人想象的。所幸白天的时间通常被工作填满，顾不上多想；夜幕降临之后，用一把陌生的钥匙打开一扇陌生的门，在以为是自己的家又分明不是家的空间里面，能做些什么呢？从傍晚起，我翻看翻过多遍的旧书，和自己谈论旧电影的情节，谈论支离破碎的旧事；接下来是很深的夜，整个城市酣然睡去，你都不好意思再开着灯。阳台是个不错的去处，让香烟的味道拉扯着晚风，抬头凝望夜空，突然想到一个问题：那些星星是不是比自己更孤独，也更寂寞？孤独和寂寞是一回事吗？我想，孤独和寂寞完全不同，人们说孤独是可以享受的，我也久久享受着孤独，而寂寞是一味中药，你得耐心熬……

我在壮乡工作和生活了五年三个月，八桂大地共有一百一十一个县区，我去过九十九个。二〇二一年八月，我正计划年内跑完余下的十二个县区，突然接到令我北上交流任职的通知。指令一到，即刻启程。那十二个县区来不及去了。

南国的夏季温润而炽热。八月六日清晨五时许，我离开租住的房子，每个房间最后看一眼，屋子已经腾空并清理得干干净净，看不出有人住过的痕迹；想到自己再也不可能回到这个空间，竟生出些许恋恋不舍的心绪来。我知道，我不舍的并不是这么一个居所，牵动我心魄的，是一段难以忘怀的岁月。最后一次关上并反锁上这一扇房门，把钥匙交给单位后勤部门，什么时候换锁就不是我应该操心的了。我与前来送行的同事一一告别，然后去机场赶最早的航班飞往济南，以确保按时参加下午的履新交接。那么，作为过客，这一段路已经走过去了，我将在另一个地方拿到一把新的钥匙，打开一道新的门。而新的钥匙和新的门，以及门里的空间，也不过暂时容纳一颗漂泊的心。

独在异乡的这些年，我习惯于随身携带家里的钥匙，因为我的父亲和母亲在那里，妻子和女儿在那里。我很清楚，职责和家庭责任之间，奔波与天伦之乐之间，无论多么遗憾，多么愧疚，都无法选择。但是，总有一天，我将回到自己的家，从此不再远行。我对那一天是何等期待，只有我自己知道……

2022 年

第四辑

故土苍茫

天河洗甲

有一些古迹，说没了就没了，实在令人痛心。在我的故乡，小县城北门外龙潭河畔的岩壁上有一处明代摩崖，刻了"天河洗甲"几个字。我小时候去看过，不大懂，知道是一处重要的历史遗存。现在，人们只能看到保留下来的一张照片。

"天河洗甲"唯一的照片，是本县干国禄老先生一九九五年拍摄的。干老前辈长期致力于县史研究，搜集整理了很多珍贵的历史资料和实物，成就不凡，令人钦佩。老先生拍摄"天河洗甲"图片一年多以后，一九九六年初冬，不知道什么人在石刻下的河边夜钓，因为天冷，点燃堆在附近的苞谷秆取暖，引发了山火，石壁受热崩裂，石刻整体脱落，一点痕迹也没留下。

不好说"天河洗甲"是多么了不起的文物，但是，当你知道这个石刻的由来，便不能不扼腕叹息……

明朝传十六帝，共二百七十六年，纷繁的事情多。万历年间，神宗皇帝得到张居正辅助，取得宁夏之役、朝鲜抗倭和平定播州三大征战的胜利，稳定了帝国边疆，《明史》称"中外乂安，海内殷阜"。其中，播州之役就发生在我的故乡。简单地说，那是一场明朝皇帝与播州土司之间的战争。万历二十四年（一五九六年），播州土司杨应龙起兵反叛朝廷，屡次大败明军。万历二十七年三月，神宗启用前都御史李化龙兼任兵部侍郎，总督四川、湖广、贵州三省军务，并征浙江、广东、云南等省将士，数十万大军围剿叛军，到万历二十八年六月杨应龙自杀，战事结束。播州之役历史评价甚高，主要成果是终结了杨氏家族五个朝代二十九世的承袭，实行"改土归流"，加强了中央政府对西南地区的有效管辖，使中国统一的多民族国家格局得以巩固，客观上促进了当地经济、社会的全面进步。

播州之役四野血漂田畴、江河投尸断流，万历二十八年一月发生在我家乡的龙泉坪之战尤为惨烈。

龙泉坪长官司司地是一个小场镇，地处播州通往黔东及湖广之要冲，战略位置极为重要。当时的龙泉坪人口不足四千，无城池，只有土司安民志的少许兵丁驻防。贵州巡抚江东之看出"势甚孤悬"，派石阡守备杨唯中率两千官军进驻。继任巡抚郭子章深知"无龙泉，思（思南）石（石阡）务（务川）随其后也"，又从贵阳调五百官军赶到龙泉坪，小小的场镇一时间刀枪林立、旌旗蔽日。此时，三省总督李化龙一面率四川总兵刘綎聚兵重庆，一面调湖广巡抚支可大率军经湘地西进，对播州叛军形成夹击之势。支可大长途奔袭播州，龙泉坪是必经之地，杨应龙要避免腹背受敌，必须占领这一咽喉要地，遂派出步兵六万加马兵三万，分五路扑过来。历史资料显示，剽悍的播州兵很快攻占龙泉坪外围的马头山、穿阡哨、大茅坪哨等要塞，明军多位把总战死，官兵损失惨重。

陷于险境的龙泉坪场镇内共有兵力三千，而敌军有数万之众，虽力量悬殊，但尚可一战，争取几天时间等待援军是有希望的。龙泉坪长官安民志率民众"渐筑堡墙"，准备和守军一起坚守待援。受命从石阡来此御敌的杨唯中反倒心慌了，以去思南"请兵助守"为由，带着自己的两千余人马退至四十里外的煎茶溪。播州兵见官军主力撤离，乘势大举进攻，安民志凭不足千名兵丁拼死抵抗，最终全军覆没。

关于这一战，当地民间流传着许多故事。面对强敌压境、官军畏战临阵脱逃的局面，安民志带着剩下的兵丁与百姓宣誓血战到底，誓词曰："孤城一座压重兵，焉能失城我偷生；舍死一夫万难挡，虽置死地也要生。"战事自正月初五寅时开始，杨应龙"骑海清四明玉顶大马，提偃月刀，张黄罗伞盖"，亲领播州兵上阵，龙泉坪守军寡不敌众，四面楚歌。安民志与百余名兵丁死守义阳江石罐塘河岸，数以千计的播州兵一次又一次猛攻，踏尸过河冲上岸来。安民志退至真武山麓的红叶寺附近，被一群播州兵砍死在田坝里。此时，龙泉长官司吏目刘玉銮夫妻从凤凰山营地赶来救援，被潮水般的播州兵堵在百步之外，眼看安民志战死，却怎么也过不去。刘玉銮夫妻是安民志手下的两员猛将，男子骑浑红马，执七里铜鼓刀，女子骑白龙驹，执八宝驼龙枪，一路斩将挑兵，终于冲到安民志身边，抢得尸首置于马背，转身往思南方向退杀而去。只可惜，播州兵万箭齐发，夫妻二人双双中箭落马，死于乱刀之中。

龙泉坪失守的第二天，播州快骑来报，李化龙率二十万四川官军南进，金竹七寨和关坝大营均被攻破，州府海龙屯告急。杨应龙大惊失色，不得不下令全军回防海龙屯，龙泉坪之战落下帷幕。海龙屯是杨应龙老巢，屯前设六大关，屯上建九大关，屯后还有三关，除了地势险要，坚壁巨垒均用千斤青石砌筑，号称"一夫当关万夫莫开"。如此要塞终究没能挡住官军轮番攻击，战至六月初六，杨应龙见无力回天，在自己的宫殿里放了一把火，随即上吊自尽。史料记载，平播之役历时一百一十四天，官军斩播州兵丁二万二千六百余名，生俘将领一千二百余名、兵丁五千五百余名，招降十二万六千余名。

战役结束后，各路官军班师回朝。四川总兵刘綎率数万人马走东路返回四川，途经龙泉坪，看到小小的街市满是残垣断壁，播州兵撤走时纵火焚城，房屋被毁十之八九，百姓家家户户都有人死于非命。了解到龙泉坪之战的详细经过，总兵大人心生悲悯，他能想象，安民志手上不足千人，与九万多播州兵浴血死战，其惨状是不言而喻的。不知是出于对阵亡将士的敬畏，还是因为连日征战人困马乏，刘总兵下令在龙泉坪休整，营帐扎在郊外义阳江边。当时正值盛夏，几个兵丁耐不住酷暑炎热，私自溜出营地去河里洗澡，被官长捉住，说要杖罚。刘总兵听闻消息，到河边走了一遭，说："王师平播，巴蜀子弟征战数月，出生入死，回不去的是回不去了，能回去的，应该洗一洗甲胄征衣，干干净净的，才好见父老乡亲嘛。"刘总兵一声令下，军队成建制下河洗澡，也洗兵器和盔甲上的血污，因为人太多，分时轮流也用了整整十天时间。

传说，刘綎大军洗甲的地方，是义阳江的石罐塘河段，也就是龙泉坪长官安民志亲率百余名兵丁死守的那个位置。如今义阳江已改名为龙潭河，石罐塘的名字沿用至今，我小时候常去那里游泳。那一段河面比较宽，水不深，播州兵涉水冲杀，安民志是很难防守的；而刘綎的大队人马清洗兵器甲胄，也需要开阔的水面。那么，至少从地形看，民间传说确有依据。

清朝康熙年间编撰的《龙泉县志》记载了"天河洗甲"的由来，云："刘綎平播，凯旋经此，后人勒石。"这一史料为流传在民间的传说提供了佐证。至于"天河洗甲"四个字系何人所书，我查阅《明史》《平黔纪略》《凤冈史略》等诸多史籍，找不到任何线索，因而不敢妄言。不少人说是刘总兵墨迹，我以为可能性不大，"后人勒石"的记载并没有说字是谁写的，既没说刘綎所书，也没说非他所书，可以理解为后人依刘綎留墨勒石，也可以理解为后人为纪念平播大军"天河洗甲"而为，刘綎本人甚至压根就不知道。不管是哪一种情况，刘綎官军洗甲于义阳江，应为不争的史实。

刘綎有"晚明第一猛将"之称，一生屡建奇功。播州之役后回到四川，他郁郁不得志，整天坐在长江边钓鱼，还在重庆佛图关石壁题诗一首，向石佛吐露自己的心声："东逐西驰岁又深，凯旋驻马漫开襟。三巴兵革龙泉迥，六月烽烟雁字沉。关塞自惟怜白发，庙廊谁与报丹心。良弓鸟尽应无用，缓整鱼竿钓海浔。"有人说，刘綎卷入一桩贿赂案，被革职为民，心灰意冷；也有人说他早已厌倦征战杀伐，"洗甲"于"天河"暗含刀枪入库的寓意，因而以为"天河洗甲"几个字出自总兵大人手笔，也不是不可能。从后来的史实看，厌倦疆场之说似不能成立，贿赂案倒是有一桩，但说法不一。万历四十六年，年逾花甲的刘綎被神宗皇帝再度起用，任左都督府金书，领兵抗击后金，次年二月在萨尔浒战役中以身殉国。《明史》记载："綎于诸将中最骁勇。平缅寇，平罗雄，平朝鲜倭，平播酋，平保，大小数百战，威名震海内。綎死，举朝大悚，边事日难为矣。"

万历二十九年四月，朝廷准贵州巡抚郭子章奏，播州之地"改土归流"，废龙泉坪长官司，置龙泉县。民国时期改名为凤泉县，又改名凤冈县，县名沿用至今，县府驻地一直在当年的龙泉坪。

刘总兵大军天河洗甲三百六十五年后，我出生在这个县，儿时便听过龙泉坪之战的故事。经人指引，我曾沿城北龙潭河岸一路搜寻，有幸得瞻"天河洗甲"石刻真容。在河边一处不太高的崖壁上，横列的四个行楷大字约四十公分见方，笔力苍劲，勒石精致，暗藏金戈铁马的气势。我记得，那天我在龙潭河畔站了很久，想起渔父"沧浪之水清兮"的吟哦，看清清河水一如既往川流不息，我脑子里浮现出数万大军临水漱胄濯缨的画面，内心有些激动，也有些感动……

三百九十六年之后，因为一次本可避免的过错，更因为无知和疏忽，"天河洗甲"石刻永久灭失，可悲可叹至极。

2023 年

赵公桥

一

赵公桥在城北，横跨龙潭河。

从县城中心十字街往北，步行大约四百米出城，再沿公路走五百余米，便可以看到龙潭河。喀斯特山区的河流水面不宽，河床深切下去，两岸的绝壁长满了灌木和苔藓；河上有一座公路桥，长大约三十米，宽不过十多米。这座桥叫"解放桥"，但人们说到这个地方，都习惯称之为"赵公桥"。真正的赵公桥在下游五十米处，桥体已荡然无存，余下的桥墩露出水面两三尺，几乎与岩石融为一体，不仔细看是看不清楚的。

我生活在故乡的时候，闲暇时分常去那一带闲逛。青山呆呆地矗立在那里，一副不动声色的样子；相比起来，碧流涓涓的龙潭河更为生动。赵公桥遗址处像一个瓶口，下面的石罐塘河段豁然开阔，水流变缓。夏日里我和小伙伴们喜欢去那里游泳，戏水于碧波之间，抬眼向上游方向看去，青石的桥墩两岸相对，很难想象那里曾经有一座桥。追溯到久远的年代，一条官路在黔北山岭间漂浮，从遵义府延伸至此，经石桥跨过河谷，通向黔东一带，最后"下达吴楚"。数不尽的春夏秋冬，看不完的晨曦暮色，石桥承载着马帮商旅不绝的铃声，也承载着两岸百姓寻常的步履……我总在想，赵公桥是一座什么样的桥呢？查阅了诸多史籍，只说是一座石桥，至于究竟何等模样，找不到详细记载。

我曾经很是疑惑，明明建了一座解放桥，人从上面过，车也从上面过，当地人为什么不以为然，反倒久久萦怀于早已不存在的赵公桥呢？后来断断续续听了有关赵公桥的一些故事，我才隐约明白，千百年来牵系着人们思绪的，也许并不是一座桥，而是与桥有关的人……

给赵公桥命名的，是一个叫"小小"的外乡女子。

二

明朝天启七年，也就是一六二七年，昆明书生赵撰喜得千金。孩子出生时不足月，个子小，接生婆说："这么个小小的娃，要好好将息哦。"赵夫人担心孩子养不大，刚出月子就到城西玉案山筇竹寺烧香拜佛，寺庙里的大师倒没说什么。回程的路上，一位老人远远迎过来，对夫人说："你家里那个小女娃嘛，不必忧心，她可不是一般女子哦。"夫人不解，回家对赵撰说了，赵撰也不解。

当年秋闱，赵撰出门赶考时，尚未学会说话的女儿冲着父亲一阵咿咿呀呀，笑容如初秋的晴空。九月放榜，桂榜上有赵撰的名字，一家人欢喜得不行。夫人突然想起山路上那位老人的话，对夫君说："莫不是这女娃给赵家带来了福气？这小小的娃啊，看着是不大一样呢，你看看，她的眼睛里是不是有一股灵气？"赵撰寒窗苦读多年，自信必得善果，如果说自己金榜题名与一位老人的几句话有关，或者说与女儿有关，他是不信的，于是说了一句："这小小的娃嘛……小小？赵小小？这个名字当小名不错，以后叫她'小小'吧。"

崇祯年间，赵撰出任龙泉县知县。那年早春，小小刚满十三岁，随父母和哥哥自昆明一路往东，一千五百余里路走了两个多月，终于在一天黄昏时分进了龙泉县城。从未出过远门的小小很好奇，轻轻撩起官轿的帘子，窄窄的小街映入眼帘，两边全是低矮的木房子，觉得不像一座城，转头对父亲说："到了吗？这地方……好像和我们昆明不大一样呢。"赵撰说："黔地自古苦寒，山区小城与我们的春城自然是不可同日而语的。无奈皇命在身，为父身不由己啊，今后怕是要苦了你们咯。"小小说："我倒是不怕的。"赵夫人也撩开帘子看了看，说："这是个啥子县城哦？街上看不到几个人呢。不过嘛，反正住几年就走了，皇上不至于让你老死于此吧？我们家小小又不嫁在这里，该是啊？我们不怕。"小小赧然一笑，把头倚在母亲肩上，不说话。

其实，这样一座长不足两里，宽不过几百步的城池，小小也只是在进城那天隔着帘子看了一眼，此后再未涉足。照规矩，待字闺中的女子是不能随便出门的，小小住进知县府邸，大门不出二门不迈，以至于县里的师爷和衙役只知道知县有两个儿子，不知道还有一个千金小姐。

县衙在城东，与凤凰山隔着一道城墙，出门百步外是龙王庙和龙井。知县府邸建在县衙后面，几间木房构成一个小院，较为简朴，倒是院子里的五株桂花树堪称盛景。《龙泉县志》对"衙斋五桂"的记载云："树叶繁茂，冬夏葱青……花发时香满城市。"好在还有这样一片天地，不然，小小的世界就太单调了。桂树的枝叶婆娑于她闺房的窗前，她把书案摆在靠窗的位置，研好墨，铺开纸，提起笔来总不大想写字，照着窗外桂树的样子描摹，浓墨的树干，淡墨的树叶，花开时便画上墨色更淡的花。父亲回到家来，细细地看女儿的画，有一天竟从繁花里看出了馥郁的桂香。小小说是院子里桂花的气息飘进屋来了，父亲说不对，分明是自尺幅间散出来的，小小听了咯咯地笑，知道父亲是夸她画出了桂花的神韵。

小小一天天长大，模样愈发俊俏，人也聪慧，琴棋书画自不用说，女红的手艺格外别致，大学中庸离娄告子以及风雅颂比两个哥哥背得还熟，对烹饪也颇有心得，煎炸蒸煮样样拿手，不知道是什么时候学的。母亲不愿意小小往厨房跑，说庖厨之事毕竟不雅，赵撰认为"亦无不可"，只要是在家里，宝贝女儿做什么都不算逾越规矩。恰恰，不能走出家门的规矩，是小小最想逾越的，她不止一次求父亲，说想去县城里看看，父亲再宠爱女儿，也随即板起脸，不接她的话。

转眼到了次年秋天，黔地暑退霄静、秋澄景清，"衙斋五桂"的花又开了。中秋节那天晚上，一轮皓月从凤凰山的山垭间爬起来，银镜般悬于夜空，中庭地白、影转桂枝，丹桂芬芳的气息无处不在。良辰美景冲淡了赵撰一家人今夕何夕的乡思，夫人在桂花树下摆了圆桌和椅子，备好月饼、地瓜、花生和石榴，赵撰亲手煮水沏茶，全家人坐下来一起赏月。

银汉无声，玉盘里仿佛看得到滇中的往年清光。小小举起茶盏轻啜了一口，对父亲说："这茶与我们昆明茶无大的差异，唯沏茶的水不同，所以更可口。"父亲知道女儿初通茶艺，她能品出沏茶的水不一样，并不令人吃惊，说："这个县城里最宝贵的，非龙泉莫属，天下甘露未必可与一比。"小小执壶添水，凝思一番，说："世间灵泉大多甘甜清冽，本不稀罕，但这水不只是甘甜清冽，更带滋人心魂的味道。我猜想，此泉的泉脉绝非一般暗流石穴，井口也不是一般的井口，而是很深的潭，潭的周边必乱石横列、溶洞幽深，应该还有古木参天，是枫树吧？……"父亲被女儿的话惊住了，他常去龙井取水，对那个地方非常熟悉，女儿不是把龙井的景象活灵活现地描述出来了吗？据他所知，虽然龙井只有百步之遥，但女儿从未迈出过府邸大门半步，她是怎么知道的呢？小小看出了父亲的心思，说："我是在沏茶的水里品到了那个地方的样子，不晓得对不对？"父亲抬头看了看月亮，又看了看女儿，想到深闺的种种禁忌，叹了一口气，说："等夜深一些吧。"小小不解父亲的意思，问："夜深一些？"父亲说："你要想晓得你刚才说得对不对，何不去龙井亲眼看看？但是，要等夜深一些，街上没人了，才可以去。"

县衙前街响过了二更的更声，父亲陪着女儿出门，穿过空无一人的街巷，来到龙井边上。月上中天，龙井四周满目清辉，深潭的水面没有一丝波纹，近旁千年枫树披着月光的薄纱，潭边的乱石藏在树影下，轮廓模糊，后面石壁间的溶洞更如梦境一般神秘。父亲看着女儿，眼神里满是怜爱，问："是这个样子吗？"女儿很兴奋，又很平静，说："是的，是这个样子，和我想象中的一模一样！"

这是小小第一次走出龙泉知县府邸的大门。

之后，逢着月亮很好的晚上，如果父亲正好也有闲暇，等到夜深了，就陪女儿去龙井边上走一走。小小告诉父亲，在龙井边喝到的泉水，跟父亲取回来的泉水味道不大一样，更甘冽，更爽人……

三

关于赵撰，正史野史的记载零零星星，总的评价是"性端方，有勇力"，在龙泉知县任上致力于治理贪污、清剿流寇、劝课农桑和修桥筑路，诸多惠政造福一方。《凤冈县志》提到他主持修建了城北龙潭河上的石桥，可惜着墨不多，反倒是民间流传的关于赵公桥的故事，当地人几乎都知道。

那时，龙潭河叫"义阳江"，虽然不是什么大江大河，却因为水流湍急，两岸地势险要，长期阻隔黔中与湘地之间官路的畅通。青石板铺成的官路延伸到义阳江边，想要过河，必须一步步跨过河上的几十块石头，当地称之为"跳蹬"。踩着跳蹬过河的危险还不说，涨水时石块被完全淹没，路就断了，远行的商贾不便，两岸百姓也不便。

赵撰到龙泉县不久，便一心要在义阳江上建一座桥。城内乡绅慷慨解囊，市井小民也尽力拼凑，义阳江附近的乡里人没钱，愿意出工出力，银两和人工很快筹措到位。赵知县亲自带人沿江踏勘，最后选定在县城北门外一里处建桥，那地方虽陡峭，但河面仅两丈许，两边筑起桥墩，一个石拱就可以跨过去，工程量不大，也不复杂。冬月江水枯竭，看好良辰吉日，石桥正式开建，从各乡招募的五六十名石匠一起动手，四面的山上到处是取采石料叮叮当当的声音。赵知县希望在来年发端午水之前把桥建好，师爷以为用不了那么久，说："不就两丈宽的一跨桥拱吗？在下愚见，六个月够了，小满既可完工。"工匠们更认为到不了谷雨就可以收工回家了。

如人们所愿，建桥工程进展顺利。石匠们把采来的石料用铁錾子打成一块块石条，堆在江边。石料够数了，休工一天，喝酒吃肉，次日开始下桥墩。接下来的工序也按部就班，桥墩于正月末成型，用木料搭建拱圈花了半个月，只剩下把预制的石头构件一块块拼成拱肋，合龙锁死，桥面铺平，便大功告成了。赵知县隔三岔五去工地察看，越看越欢喜，他相信石桥在小满前完工已毫无悬念，甚至真有可能提前到谷雨前后。

谁也没料到，拱肋差不多要建好的时候，塌了。

黔地暮春时节虽然阴雨绵绵的天气多，但雨量不大，大小河流均为枯水期，难以置信，义阳江居然莫名其妙地涨了水。工匠们头天傍晚收工时，即将竣工的石桥还好好的，第二天一早到工地，发现木材拱圈已不知去向，连石桥墩也被冲得无影无踪。再一细看，河水至少比前一天涨出一人高，湍急的水流裹挟着杂草树枝汹涌而下。赵知县闻讯赶来，见几十个工匠站在河边，个个呆若木鸡。

消息在县城里传开，众人议论纷纷。一些老人说，活了几十年也没见过这样的事情，这不就跟六月间下雪一样古怪吗？赵知县心事重重，寝食不安，三天没有升堂料理公务，躺在家里将息，却整夜睡不着。第四天早上恍恍惚惚到了县衙，招来师爷、衙役和城里德高望重的乡绅商议，谁都说不出个子丑寅卯来，又悻悻地回家躺下，心烦意乱。

这时候，小小推门进来，朝父亲粲然一笑，说："父亲是在为桥的事情为难吗?"父亲说:"这一轮水发得蹊跷,按说,这个季节是不会发大水的啊。"小小说:"其实,这水发得好呢,桥还不曾修好,就被冲垮了,总比修好了再被冲垮好嘛。"父亲说:"照你的意思,这桥是修不得?"小小说:"桥自然是修得,哪里听说过修桥补路有什么不对的?"父亲说:"你是说桥还要接着修?"小小说:"自然是要接着修咯,不然怎么给众人交代?再说,那地方不是需要修一座桥吗?"父亲说:"可是,这水也发得太蹊跷了。"小小说:"先不管水发得蹊跷不蹊跷,记得父亲说那地方河面窄,既然河面窄,水流必定急,照一般的办法修桥,怕是不行哦。"女儿的话让赵撰心有所悟一般,一下子坐起来,急急地更衣出门,往义阳江边去了。

赵知县拿定主意,桥一定要接着修,只是工期无法赶了,得等大半年时间,河水消到接近枯水期的位置,才可以开工。

过了寒露,义阳江的水流细得像一条丝带,县衙把遣散的工匠悉数召了回来,工程重新开启。建桥的方案也做了调整,为了牢靠,桥墩加宽加厚三尺,石条缝隙间用糯米掺沙石熬浆灌注。三个多月以后,拱肋成型,腊月底有望合龙。

不想,桥又垮了。这一次,义阳江风平浪静,绝无潦潮,桥竟会垮塌,谁也说不清楚是怎么回事。

赵知县从工地回到府邸,人失魂落魄一般,不说话,闷闷地喝了半斤烧酒,天还没黑就倒头睡去。那天晚上,他梦回昆明玉案山,在通往筇竹寺的山路上,一位老人迎来,正是夫人当年遇到的那个人。赵撰还未开口,老人呵呵一笑,说:"你可是为修桥的事情发愁?"赵撰说:"洪潦垮桥尚有缘由,水枯六尺,河中沙洲尽露,竟也垮了,百思不得其解啊!"老人说:"那桥嘛,你是修不成的，即便修成了早晚也要垮掉。令嫒不是说了吗？桥不曾修好就垮了，比修好了再垮更好，免得伤及路人。"赵撰问："那就不修了？"老人说："那倒未必，得看令嫒的意思，你家小小想修，就修得成。"老人告诉赵撰，女娲炼石补天，一块石屑飘落下凡尘，转胎龙泉，名石娃。若建义阳江桥，必以女许之，竣工之日成婚，由新妇为桥命名，并赤足踩行三百步，可保石桥三百年不塌……

赵撰惊醒过来，脑子里全是梦中的情景，赶紧叫醒夫人，细细叙述梦里所见所闻。夫人听了大吃一惊，说："夫君昨晚喝了多少？这酒话说得也太过了吧。管他是石娃还是铁娃，小小岂能下嫁于此等蛮荒之地？"赵撰说："筇竹寺的事情是你说的，莫非不记得了？"夫人说："当时你并不信，如今何以信了？"赵撰说："我原来是不大信的，今天仙人托梦，不能不信啊。"夫人说："不管何方神仙托梦，也不关我们家小小的事。莫非夫君要在这龙泉当一辈子知县？我们总是要走的啊，让小小嫁在此地，我们走了，她一个人如何是好？"赵撰说："关乎黎民福祉，说不定正是小小的造化，何不问问她本人的意思？"夫人说："不用问，下嫁村野民夫，小小肯定不情愿……"

赵撰夫妇两人争吵一夜，怎么也说不拢。

四

赵撰安排人打探，修桥的工匠里面，果然有一个叫"石娃"的后生，二十岁出头，自幼父母双亡，跟着师傅学石匠活，抡锤镌石的手艺出类拔萃。

虽说仙人托梦，女儿的婚事还是马虎不得。赵撰亲赴工地，工匠们闲在工棚里打点子牌，石娃躺在床上发呆。看到石娃的第一眼，赵撰便觉得亲近，发现这个后生长得俊秀，眉宇间带着一种英气。石娃听说知县大人来找他，站起身，也不问何事，好像知道面前是自己的岳丈，深深鞠了一个躬。当天午后，赵撰差人把石娃招到县衙后厅，夫人带着小小躲在屏风后面，小小只看了一眼，转身走开，脸上泛起一片红潮。夫人看出端倪，问："你真的愿意嫁给这个石匠？"小小说："一切由爹娘做主。"夫人又问："这么说，你是愿意嫁咯？"小小说："女儿听爹娘的，爹娘说嫁，女儿就嫁。"夫人说："我要说不能嫁呢？"小小不接母亲的话，只是笑。

对于知县大人当面许下的婚配，石娃似乎并不惊喜，只说家境贫寒，怕苦了知县千金。赵撰说："你无须多想，只管好好修桥，哪一天大功告成，你们哪一天完婚。"

那天以后，桥修得出奇地顺当，再没出现过一丁点周折。端午前夕，一座漂亮的石拱桥成为义阳江上最新的风景，桥下清波荡漾，据说还有成群的鲤鱼游过来，聚集在桥墩周围，不时跃出水面，翻起一朵朵浪花。

小小出嫁时刚满十六岁。照仙人托梦的指点，花轿在桥的东头停下，小小跨出轿子，脱下绣鞋，赤足踩过桥面，候在两边的工匠齐声喊："新人踩新桥，千年万年牢。"县衙的师爷上前，恭请新人为新桥命名。小小说："小女子的爹爹为修这桥操碎了心，这桥的名字嘛，就叫'赵公桥'吧。"师爷大声向众人宣告："新人为新桥赐名赵公桥！"众人回应："赵公桥，好！赵公桥，千年万年牢！"到了桥西头，新人重上花轿，人们惊叹知县大人的千金竟如此俊俏，一路尾随着走了好远。小小一直藏于深闺，此前，县城里几乎没人见过她，甚至不知道她的存在……

崇祯十六年，赵撰卸任龙泉知县，进京为官，《顺天府志》记载其因政绩卓著"仕至监察御史"。崇祯十七年三月十八，大顺军攻破北京城，赵撰与长子赵从德携护卫拼死抵抗，终因寡不敌众，被乱刀砍死于白帽胡同。消息几个月后才传到龙泉县，正值端午，人们念知县大人的好处，纷纷来到赵公桥头，以祭奠屈子的方式，往义阳江里抛了好多粽子，还整坛地倒酒。大家还特别担心小小，传说赵知县离开龙泉县的时候，小小和石娃跟着走了，有人说他们去了京城，也有人说他们回了昆明老家。人们都希望她并没有随父亲进京，如果真的去了昆明，或者去了别的什么地方，就再好不过了。

当年小小赤足踩桥三百步，赵公桥于一九三三年被洪水冲毁，存世三百年，与赵知县梦里那位老人的预言契合。

岁月悠悠，又是九十年过去了，龙泉县改名为凤冈县，义阳江改名为龙潭河，人世不再是小小的那个人世，唯碧水一湾兀自东流，不舍昼夜……

2023 年

上城门

一

我的故乡小城原本有城门和城墙，后来被拆除了，与之有关的地名沿用至今，比如上城门、下城门、点兵台、月城等。作为一种含着历史信息的符号，这样的地名总能惹人玄想当年刀光剑影的往事，对悠悠岁月心存敬畏。

城里的老辈人说，当年的城池非常坚固，扛过了数不清的兵燹之灾。据县志等史籍记载，城墙高一丈八尺，宽一丈五尺，周长三百六十余丈，相当于一千二百余米，建有月城（炮台）四座，垛口七百二十个。城内一侧的墙沿下，可供车马驰行的大道绕城贯通，便于兵士通行和运送物资。全城设东西南北四座城门，分别叫"义阳门""绥阳门""明阳门"和"大堡门"，均带门楼。大约因为县城太小，长不过一华里余，宽只有三五百步，用不了那么多门，东门和西门于清朝初年被堵掉，改建成炮台；保留的南北两道门也更了名，南门叫"迎薰门"，北门叫"拱宸门"。想是百姓认为新的名称过于文气，那几个字也不大容易认，干脆叫上城门和下城门。这样叫也是有依据的，南门外的官路通往遵义府，再往前三百里是省城，从城门上的"上通滇黔"四个字里借出一个"上"字，所以称南门为上城门；北门上的四个字是"下达吴楚"，城外的官路更窄，通向更偏远的一些县，谓"下八府"，再往前连官路也没有了，因而，北门屈居下位似乎也不冤。出下城门去吴楚之地，必须穿越武陵山深处的原始丛林，翻过茶洞山、豹子岭和螺丝岩，那一边是湘西苗乡九湾十六寨，确属楚地；更远的地方才是吴地，县城里很少有人去过。

两道城门沟通着两个不同的方位，上与下的区分虽有讲究，也不过约定俗成，本质上并无尊卑。但是，在城里人眼中，事情又不尽然如此。不知何故，上城门一开始就建得气派，青石条垒砌的基座足足两丈高，城楼飞檐凌空，楼厅宽阔敞亮，柱头选材为很粗的柏香木，板壁也用了半尺见方的木方子。下城门虽然同是石头基座，但只有一丈半高，城楼显得局促，用的是杉木柱头和薄木板。尽管上城门更为坚固，每次修缮，人们还是关照有加，多数银子都花在那里，连青砖的垛口也换成了石条，一副固若金汤的模样。

对上城门，人们的内心好像暗怀了一份特别的情绪，拆除很多年以后，也常常有人指点着议论，说城门的具体位置在哪里，当年什么格局，说起话来言词稳慎、表情肃穆。那么可以想到，有关上城门的事情一定非同寻常……

我家一直住在上城门边上，曾经是进入县城的第一户人家，一前一后两栋房子紧挨着城墙，前面一栋是店铺，后面一栋用于居家。两栋房子中间隔着一块长条形的菜地，边上有一条大约三五尺宽、三五丈长的小道，青石板被踩得玉光水滑。二十世纪六七十年代，也就是我的童年时代，城门的痕迹一丁点也看不到了，城墙残垣还在，大概三米宽，被挖得和我家门前的院子一样高矮，一步就可以跨上去。原来城外的官路两边，房子一栋接一栋修起来，街道往南延伸出好几百米，小县城范围比过去扩大了很多，不再有城里城外之分。

我记事的时候，前面的房子租给公私合营的日杂店，家人住后面一栋，中间的菜地不再种菜，青石小道两边拼上一些青砖，走起来更宽阔了。小孩子喜欢满大街到处跑，印象中，大白天我可以随意，晚上要出去玩，家里人就不大愿意，奶奶总说："黑灯瞎火的，出去干啥！"六十年代小城社会治安特别好，真正算得上路不拾遗、夜不闭户，孩子们放学出去玩是根本用不着担心的。那么，奶奶对我的关照是不是过于细心了呢？

后来，听到关于上城门的故事，我才知道奶奶不愿意让我晚上出门的原因。如果和街上的孩子约好了，坚持要去，奶奶只好答应，陪我走到街口，让我回来的时候大声喊她，等她出来接我。奶奶再三叮嘱我只能在左边的街上玩，不要到右边去，也就是不要去原来城门的地方。

二

奶奶在民国中期从乡下嫁到县城。提起那些年辰的事情，奶奶说："世道乱啊，乱得很……"

二十世纪二三十年代，黔地兵荒马乱，匪患尤为猖獗，一座大山深处的小小县城，虽然城墙算得上坚固，也不能不严加防范。天一擦黑，两道城门立即关闭，县保安团值夜的卫兵守在城楼上，盯住城外起伏的山峦和田园，谨防着土匪乘夜来袭，整夜不许合眼。有月亮的晚上，官路的石板反射出明晃晃的月光，蜿蜒着伸到远处的树林间；夜深人静之际，不时还能听到豺狗的叫声。

在上城门值夜，对于兵士们而言，还多了一个更令人毛骨悚然的因素：城门口的灯杆。那是一根碗口粗的木杆子，立在城门外十余步的位置，约两丈高，下半部分直直的，上半部分有一点弯，打了好几个木楔子，可以把东西挂上去。既是灯杆，自然是用来挂灯的，上面长年累月挂着一盏马灯，到了晚上，灯光半明不暗。但是，那根灯杆最主要的用途，或者说立那根灯杆的目的，并不单单为了挂一盏马灯的，而是挂人头⋯⋯

相传，最早在灯杆上挂人头，是咸丰年间的事情。当年白号军起事，"弥山遍野悉竖白旗"，与清军杀得天昏地暗。仅仅在我们县地界上，被号军击杀的朝廷命官，计有都司四名、守备二名、千总一名、把总七名、团首十四名、知县二名。自咸丰七年到同治四年，不足八年间，白号军攻打我们县城十四次，虽无一次破城，但战况一次比一次惨烈。有一次，号军打到城门前，茹姓知县见大势已去，换上新官服"朝服坐堂、惶惶待死"，其夫人先行吞下砒霜自尽，县志记载"服毒殉节、停尸二堂"。幸亏援军到得及时，县长得救，夫人却不能复活了。号军只杀官兵，告示黎民"各安尔业、各适尔居"，在民众中很有号召力。官府担心城里人跟着造反，为震慑人心，在上城门外立起一根灯杆，斩杀了"乱臣贼子"，把人头挂在上面示众。灯杆上那些血淋淋的脑袋确令城里人胆战心惊，他们压根就没想造反，现在就更不敢了。灯杆上挂着人头的时候，一到晚上，城里家家户户早早关门，不再上街，上城门附近更是谁也不敢靠近。传说半夜总有怪怪的声音从上城门飘进来，在空中久久回荡，直到天亮前鸡叫三遍才渐渐停息……

同治七年，清廷"川楚合力"派兵进入贵州围剿号军，湘军和川军相继入黔，经过十四年拼杀，号军最后失败。大规模的杀伐消停以后，灯杆上挂人头的时候就少了。辛亥年皇帝倒台，大清的规矩随之废弃，灯杆上很长一段时间没挂过人头，终于名副其实，成了一根只挂马灯的木杆子。

这种状况持续了十来年，血雨腥风再度袭来。不知从几时起，匪患越演越烈，全县挂得上号的有二三十股，杀人越货祸害百姓不说，实力大的还袭扰县城。县保安团好不容易端了一个匪窝，将三名匪首押解进城，审下来血债累累，立即枪决，从北方来的一位县长性情暴烈，下令将匪首的脑袋砍下挂在灯杆上。自那时起，杀了匪首照例斩首示众，灯杆上常常挂着人头。

这中间，有的并不是悍匪，人头也挂到了灯杆上。一对乡下年轻男女被族人捉拿送官，案情是淫妇勾结奸夫杀害亲夫，时任县长痛恨男女苟且之事，亲自审案，年轻男女无法证明自己没有杀人，无论怎么喊冤，还是被双双枪毙了。一年后，保安团抓到一个地痞，供认女子的丈夫系他所杀，县长冤杀了那对年轻男女，内心愧疚，面子上也挂不住，下令杀了地痞并砍头挂上灯杆示众。城里传闻，只要傍晚时分起乌云，半夜就一定能听到那一男一女在上城门外哀号，拼命拍打紧闭的城门，说要进城来找县长讨债。还有人说，冤魂喊冤那天晚上，全城的狗一声不叫，破晓时分连鸡也不叫，天亮了去看，城门上留着暗红的手印，有男人的，也有女人的……

有关灯杆的传闻越传越邪乎，以至于保安团兵士都害怕到上城门值夜。保安团是清朝"清江团"的班底，虽然改朝换代了，当家的还是那个李团首。这支队伍多年在战乱里冲杀，很多人是从死人堆里爬出来的，按说胆子不会小。但是，十天半月轮到一回上城门值夜的差事，如果那一天灯杆上正好挂着人头，便不愿意去，想尽办法逃避，有人在自己的饭里放巴豆，吃了拉稀，或者大冷天故意光着身子睡觉，巴不得受寒发烧，找借口告假。李团首不得已下一道死命令："上城门值夜，不管是打摆子（疟疾）也好，打标枪（拉稀）也好，只要人没断气，就是抬也要给老子抬到城楼上去站岗，否则军法从事。"

三

早的时候，两道城门各有两名卫兵值夜，后来上城门增加到每班四个卫兵，人手一杆汉阳造。即便如此，卫兵们还是不胜惶恐，整夜躲在城楼里，不敢出来巡查，不时隔着窗户往外看一眼便算尽职了。保安团规定，值夜卫兵未发现匪情不得鸣枪，但半夜总响起汉阳造的枪声。李团首慌慌张张集会队伍上城墙，城外一片寂静，而卫兵一口咬定自己看到了什么。李团首把故意放枪壮胆的卫兵绑起来，扒掉裤子打十军棍，三天两头仍有人再犯。李团首无奈，晚上听到一两声枪响不再当回事，第二天军棍也不打了，重新下了一道命令：如果土匪来袭，四个卫兵连续放枪，枪声响成一片，便知真有险情。

县城最危险的一次匪情，还真是上城门值夜卫兵发现的。那一年四月三十，卫兵当中有一个叫"巴二"的，鸡叫三遍时揉着眼睛朝窗外看了一眼，没敢往灯杆那里看，目光投向远处一片苞谷地，看到一个灰白的影子闪过，心里咯噔一下，这个时辰，城外庄稼地里是绝不可能有人的，莫不是冤魂又来喊冤？管他是人是鬼，抓起枪伸出窗口，哐地放了一枪。巴二没想到，他这一枪惊动了藏在苞谷地里的土匪，对方以为自己暴露了，起身一窝蜂朝城门冲过来。巴二大声喊："土匪来了，快点打枪，快点！"另外三个卫兵反应过来，手忙脚乱哐哐地放枪，此时土匪已经离城门没几步了。

第一声枪响惊醒了李团首，他抬眼看看窗户，见天光还暗，骂了一句："狗日的，抛洒（浪费）老子的子弹硬是不心疼呢！"刚翻过身去打算再睡一会儿，听到了密集的枪声，心想坏了，抓起挂在床头的镰枪（驳壳枪），一边穿衣服一边往外跑。

李团首在湘军里当过几天连长，打仗有些章法。按照部署，只要枪声不断，李团首自己带六十人枪去上城门，团副带六十人枪去下城门，一营长和二营长分别带二三十人枪上东面和西面城墙，保安团一共二百余人枪，敌情不明之际分散布阵，各个位置都有人把守。李团首赶到上城门，三步两步登上城楼，值夜卫兵已打完子弹，抱着空枪大喊"土匪来了"，倒是没有逃。看了看城门前的几具尸体，李团首暗自庆幸，好在值夜卫兵每支枪配了十颗子弹，照以前一枪两弹的配置，能不能把土匪堵在城门外，还真难说。队伍上来，几十支长枪短枪齐射，土匪又倒下一片，余下的窜回了苞谷地。

半个时辰不到，张姓县长气喘吁吁来到上城门，问战况如何；这时正好有人来报，围在城外的竟是匡老二，至少七八百人枪。匡老二行伍出身，手下收罗了不少兵油子，绝非普通流氓地痤，凭保安团这点人枪，并无把握守县城不失。张县长和李团首商量一番，决定动员全城百姓死守待援，各保保长沿街敲锣宣布命令：十六岁以上六十岁以下男人全部上城墙，有梭镖的扛梭镖，有大刀的扛大刀，没有兵器的拿锄头和菜刀也行，违令者一律以通匪罪论处。

战局拉开，城里千余青壮年男子上了城墙。匪老二人马猛攻上城门，好像知道张县长和李团首在此坐镇，偏要跟他们较一把劲。李团首看清态势，赶紧从别处调来二十杆长枪。到傍晚时分，上城门外尸横遍野，灯杆附近尤其多。

打了一天攻不进城，匪老二盯住上城门的城楼看了好一阵，随即下令在城外安营扎寨，埋锅造饭。刚过午夜，上城门突然火光冲天，原来匪老二想出个火攻的招数，派人悄悄摸到城楼下面，堆起干柴，浇上桐油，点燃就跑。火烧起来的时候正好起风，熊熊烈焰转眼间吞没了城楼。

我家是进城的第一家，张县长和李团首退下来，一步跨进堂屋。很多年以后，我奶奶还记得当时的情形，说子弹嗖嗖乱飞，板壁上到处是孔，一家人躲到屋子南面，那里紧靠城墙。几个兵士把棉被堆到一起，从水缸里舀水浸湿，两三铺叠着挂在板壁上，子弹穿不透。棉被不够，他们又去隔壁邻居家拿了好多，全部浸湿了挂上，整栋木房子像一个大大的棉球。奶奶听到李团首一直在骂骂咧咧地发誓，说一定要亲手杀了匪老二，把人头挂到灯杆上去。

骂归骂，面对数倍于己的土匪围困，搬救兵是唯一出路，但黔军最近的部队驻扎在四十里外的永兴场，县城被围得水泄不通，信送不出去。李团首抓头挠耳走来走去，县长呆坐在一边，眼神发直。

这时候，一整天都跟在李团首身边的兵士巴二出了个主意，说可以从东城墙底的消水洞出去送信。巴二在城里长大，小时候钻过消水洞，外面是乱石林和一片坟地，围城的土匪不可能在坟地里安营扎寨，穿过坟地进入老林子，有一条小路经三岔口通往永兴场。李团首眼睛一亮，说你现在就去搬救兵；县长走到巴二面前，说："全城百姓安危系你一身，拜托小兄弟，无论如何要把救兵带回来。"巴二把长枪放在桌子上，说带着钻洞不方便，李团首从腰间拔出镰枪递过去，巴二拿着枪走了。

县城被围三天之后，五月初二下午，驻扎永兴镇的熊姓营长带两个满编连，从苏家湾和彭家沟两路打过来，直抵上城门和匪老二设在凤凰山朝贺寺的指挥部。听到机关枪的声音，匪老二知道来的是正规军，赶紧朝东北面青杠坡方向退走了。

匪老二死于仇杀，新婚之夜被仇家"乱枪闹洞房"。没能把匪老二的脑袋挂到城门口的灯杆上，是李团首的一件憾事。

四

守城三天，保安团阵亡七十六人，百姓伤亡也不少，青壮年战死二十多人，去城墙上送饭的三名妇女死于流弹，伤者无数。土匪被击毙一百七十余人，尸体清点了堆在核桃树下的空地里。李团首问张县长："要不要把脑袋砍下来挂到灯杆上去呢？"张县长说："都是小喽啰，再说灯杆上也挂不了那么多人头。埋了算了。"

打败了悍匪匪老二，保住城池不失，保安团功不可没。张县长动员城里乡绅捐款，买三头大肥猪宰了抬到保安团驻地，一些市民也跟着来慰问。李团首让兵士们在操场上列队听张县长训话。张县长看到巴二站在队列里，主动上前握手，眼泪汪汪地说："击溃匪匪，救全城百姓于水火，兄弟立了头功。"随即宣布奖励巴二大洋十块，递上红纸包着的现大洋。

自己的属下立了如此大功，李团首很有面子，但又隐隐约约觉得哪里不对劲。李团首想，县长此举明面上是褒奖巴二，实则是为了收买人心；略一思忖，接过话头，提高声调说："打败匪匪，实为官兵用命，全城百姓勠力同心，决胜之关键，还在于运筹帷幄审时度势。李某不才，但是，保全城百姓平安还是做得到的，事实证明也做到了嘛；他日捉拿匪匪，悬其首级于灯杆之上，以告慰捐躯兵士之英灵，给蒙难之百姓一个交代，也是有把握的。"

李团首一席话赢得满场喝彩，这让他颇为得意，决定再进一步，把张县长的风头彻底压住。他心里盘算，你县长奖十块大洋，我保安团就奖十五块，看看谁大方，再说，谁听说过羊毛还能出在狗身上。于是，他把声音放得更大，对巴二说："你协助老子救了全城百姓，怎么奖你都不为过。今天就由你说，怎么奖？哈哈，你说！"巴二看着李团首，摇头说不用奖了，他了解李团首的为人，就算长一百个胆子，他也不敢要李团首的钱。李团首说："咦，怎么能不奖呢？县长都奖了，老子也要奖。你有啥子要求，尽管说！"巴二迟疑片刻，说："当真啥子要求都可以？"李团首说："当然了，老子哪个时候说话不算数了？你信不信，老子奖得可能比县长还多哦！"巴二说："那我真说咯？"李团首说："说嘛说嘛，咋个婆婆妈妈的哦！"巴二说："上城门值夜不排我的班，行不行？"李团首一听，一双本来就鼓的眼睛瞪得比牛眼睛还大，问："上城门值夜不要排你的班？就这个？还有别的吗？"巴二说："没有了。"这时，人群里发出一阵哄笑，县长诧异地看着巴二，问："小兄弟，长官问你有啥要求，你大起胆子说嘛，上城门值夜不排班，就这个要求？"巴二点了点头，说："我就是不想去上城门。打火线我不怕，一个人出城报信也不怕。我就是怕那棵灯杆……"

从那以后，保安团再也没有安排巴二值夜，不仅不用去上城门，连下城门也不用去了。他找过李团首，说下城门是愿意去的，李团首说他是大功臣，不用值夜了。李团首想，本来打算花十五块大洋在众人面前买个面子，你小子不要，那就怪不得我了。至于值夜，那么多兵，谁去不是一样。每次从上城门路过，李团首都要抬眼看一看那棵灯杆，心想：不就一根木杆子吗？有什么好怕的呢？就算上面挂着人头，难道还能飞过来咬你？他实在想不明白。

五

上城门灯杆上挂过多少人头，县城里的人谁也说不清楚，土匪也好，乱党也罢，反正大多是自己不认识也不相干的人。万万没想到的是，有一天，李团首的脑袋也挂了上去。

清朝后期，驻守县城的"清江营"约四百人枪，李团首是统领。清帝退位，清兵摇身一变成了民国的军队，主事的仍是李团首，很长一段时间连"清江营"的名号都没改，后来才叫县保安团。因为树大根深，李团首行事专横，县里的大事小事，他想怎样就怎样，黎民百姓自不用说，连国民政府的堂堂县长也要看他脸色行事。

有一年，张县长因故辞官而去，继任者走马上任，不久便发现自己这个县长说话不管用。碰巧的是，省里派出禁烟襄办巡察各地，禁烟不过名头，实际上还带着别的差事。当时的省主席察觉地方势力不断膨胀，对省府的管辖构成不利，必须加以遏制，于是暗中交代各路襄办借禁烟之名行"清乡"之实，配备了一个连的黔军正规部队跟随左右听候差遣。右路襄办带队伍一路查过来，李团首奉命配合收缴烟土、捣毁烟馆，还下到乡间铲除烟苗，捉拿各色疑犯，看起来轰轰烈烈。但是，李团首缴获的烟土是不是都烧了，或者说当众烧掉的是不是烟土，连襄办也不甚了了。襄办暗中盘查，深感李团首势力盘根错节，长期称霸一方，内心无视国民政府权威。他试探着把剪除李团首的想法告诉县长，县长喜出望外，语无伦次地说："襄办英明！完全是个恶棍……哦不，我的意思是，此人……哦不，那个姓李的完全是个恶棍，必须剪除，否则后患无穷。"

拿定了主意，县长买通保安团史姓团副做内应，承诺事成之后让史团副上位团首。姓史的长得肥头大耳，表面上对谁都笑呵呵的，实则颇有心机。改朝换代以前，他就在清江营混，从大头兵一路升迁至团副，深得李团首信任；但是，到此境地，李团首成了挡在他面前的一堵高墙。史团副算计，两人年纪不相上下，熬到李团首翘了辫子，就算自己没死，也不中用了；而要扫除这个障碍，凭他自己，无论如何是做不到的。碰巧县长和襄办对李团首动了杀心，这不就相当于大好的机会从天而降吗？史团副这个内应做得尽心尽力，还不断提醒县长和襄办"事不宜迟"，免得夜长梦多。

　　经过密谋，县长和襄办以表彰禁烟有功人员为名，在县府大灶设宴款待保安团各级官长，随行的黔军部队事先埋伏周围，择机动手。

　　李团首接到请柬，按时坐着滑竿出门赴宴，走到一半的地方，滑竿突然折断，跟随一边的赵师爷觉得不大吉利，说："好好的滑竿怎么就断了？今天这个宴，我看还是不去为好。"李团首愣了一下，有点犹豫。史团副赶紧插话："赵师爷说得有理，凡事小心总没有坏处。不过呢，县长和襄办表彰保安团禁烟有功，如果我们都不去，还是不大好。要不，兄弟替团首去一趟，如何？"赵师爷斜眼看了看史团副，说："你去算个啥意思呢？"史团副说："师爷这话就不大对了！长官褒奖保安团，你说滑竿断了不吉利。史某不怕，愿意替团首走一趟，怎么就不算个啥意思呢？"赵师爷一向看不惯史团副，撇了撇嘴，说："你那点小九九我还不晓得？你巴不得团首不去，你好在县长和襄办面前摇尾巴！"史团副说："又不是我劝团首不去，明明是你说的不要去嘛，倒栽到我的脑壳上。再说，保安团是怕了他襄办还是怕了他县长？你不敢去我敢去，我不信这个邪！"两人摆开架势吵，手指差不多戳到对方的脸上，眼看要动手干架了。李团首不耐烦地说："你们吵个哪样吗？"他转念一想，滑竿断了本没有什么，过去滑竿也断过，史团副的表现让他心疑，他觉得姓史的劝他不要去，自己又愿意去，定是想借机与襄办拉关系。明摆着嘛，大张旗鼓设宴褒奖，团首不来，团副却来了，襄办会怎么想。再者说来，强龙不压地头蛇，何况襄办请了保安团各级官长一同赴宴，少说也有二三十个自己人，都是信得过的弟兄，就算打起来，难道还怕了他不成？李团首说："走吧走吧，不要迟了，县长倒无所谓，襄办请客，不去还是不好。"

李团首没料到，自己的二三十个人和他一样毫无戒备之心，看到满桌子好酒好菜，各自喝开了。李团首刚跨进屋，襄办的卫队呼啦一下围上来，想退，后脑勺被一支镰枪顶着，退不回去，拿枪顶着他的正是史团副。

这一边，李团首被五花大绑，堵住嘴巴；那一边，保安团的各级官长继续喝酒。大约过了半个时辰，个个喝到八九成醉，襄办和县长过来敬了一杯酒，随即当众宣布：李团首以禁烟之名行贩烟之实，罪大恶极，判处死刑。李团首的兄弟们看着襄办卫队黑洞洞的枪口，谁也不敢造次。

当天下午，李团首被绑到南门外的核桃树下执行枪决。跟以往先发告示再处决人犯不同，这一次，城里人没得到任何消息，也来不及去核桃树下看热闹，枪已经响过了，还不知道杀的是什么人。县长虽说上任时间不长，却吃够了李团首的苦头，说应该斩首示众；襄办未置可否，转身走了。县长下令：砍下脑袋挂到灯杆上去！人们纷纷围过去看，有人认出好像是李团首，但不敢说出口。过了一阵，墨迹未干的布告贴到城门外的墙上，识字的人看清那个画了红钩的名字，的确是李团首。

对灯杆上挂着的人头，城里人从来不曾如此热烈地议论过：

"老天爷，这是真的啊？"

"怎么会是他呢？"

"李团首的脑袋也挂在灯杆上了，他自己怕是连做梦也想不到的哦……"

六

关于上城门外灯杆的故事，我听县城里多位老人讲过，涉及的年代和人物说法略有差异。不过，城门口曾经立着一棵灯杆，上面挂着的马灯晃来晃去，也挂过血淋淋的人头，是众口一词的。我查阅旧县志和一些史料，大的事件均有记载，但非常简略，更没有灯杆上挂人头这一类细节描述。我以为，传说未必可信，故事就是故事，不能等同于历史。

即便我长大成人之后，每次出门，奶奶总要叮嘱我几句："那个地方，走路的时候还是要绕开点哦。"奶奶说的"那个地方"，就是原来的上城门，今天已经成为县城最繁华的商业街，白天车水马龙，夜里灯火辉煌……

2022 年

中心饭店

一

上世纪六七十年代，我们县城里一共开了三家饭店，分别在城南、城北和最繁华的十字街口。

城南饭店紧挨客车站，主要服务路过的外地人，从遵义往返于下面县城的客车差不多正午时分到这里，司机和乘客停留一阵，吃了午饭再走。城北的那一家不叫饭店，叫"马店"，可以吃饭和住人，还可以照料牲口。那时候汽车少，马车是县乡之间的重要运输工具，马店的生意一向很好。开在县城中心的那家饭店，以地理位置得名，叫"中心饭店"。相比另外两家饭店，中心饭店的生意最差，当年大家经济条件非常有限，小县城里的人们一般不去饭店吃饭。我隐约记得，中心饭店的服务员和厨师是几个中年妇女，平时不大在店里，有客人了，值班伙计才去家里通知他们，终于前前后后来了，慢吞吞烧火做饭。至于菜品，得看运气，有什么做什么，几乎没有选择的余地。最好不要看到厨师们操持锅碗瓢盆，沾满油污的围腰倒是其次，说不定还一边挖鼻孔一边淘米或切菜，嘻嘻哈哈地聊张家盐咸李家菜酸的闲事，唾沫星子直往锅里飞。

中心饭店的格局倒很有几分气势。虽是老旧的木房子，却有三进，中间的隔板全部打通，站在门口能看到最后面。客人一般在外面的堂铺吃饭，七八张方桌各配四条长凳，每张凳子可以坐两个人。中间部分是厨房，案板比乒乓球台还大，一排灶台大约半人高，近旁堆满柴火。最后一进是库房，地上堆着油盐柴米和一些蔬菜，不时也有几块猪肉或猪下水。库房上面的阁楼已经废弃不用，从未见人上去过。

我小时候顽皮，整天到处乱跑，有一天钻到中心饭店后面，抬头看那阁楼，心生好奇，蹑手蹑脚爬了上去。我看到，装有红漆栏杆的走廊显得破败不堪，红漆早已剥落；走廊连着前后左右四个房间，都是空着的，门和窗户上的雕花木棂典雅精致，从窗户朝屋子里看，透过厚厚的蜘蛛网，只看到满地灰尘，此外什么也没有，光线昏暗得瘆人。突然，我打了一个寒战，觉得空气中弥漫着一股古怪的味道，耳边好像还出现了一种声音，仔细听又听不到。我心里一紧，赶紧下楼，一溜烟跑了出来，愣愣地站在街上。夏日的阳光灼人肌肤，我竟感受不到一丝暖意，脸上和手上满是鸡皮疙瘩。

此后，我再不敢进中心饭店，每次从门前经过，我都会想起阁楼上的情景，后背一阵阵发冷……

没想到，中心饭店还真不是一个寻常的地方。我在小城里长大，听到过不少稀奇古怪的故事，其中就有关于中心饭店的。老辈人说，那地方原来不是饭店，是茶楼，名号"草馨阁"，黑底蓝字的木匾高挂在大门正中的门楣上。"草馨阁"从清朝同治年间开到民国，几十年生意兴隆，即便兵荒马乱的年辰也维持得很好。而发生在茶楼里的事，老辈人讲起来神乎其神，说后面的阁楼上杀死过人，死者阴魂不散，经常半夜三更在楼上楼下蹿，几十年来从未间断，茶楼便开不下去了。如今的中心饭店晚上八点准时停止营业，装上当街的门板，一把大铁锁挂在门上，再没人靠近半步。一位老人说："你们看看，那饭店有没有人值夜班？没有嘛！哪个敢在那里值夜班？饭店嘛，米啊油啊堆起的，说不定还有肉呢，这么多年，被偷过吗？没有嘛！天一黑，强盗都不敢进去。那地方啊，邪性得很。"我留意观察，中心饭店的确没人值夜班，也从来不曾听说过东西被偷。

中心饭店里具体怎么杀人，又如何闹鬼，不同的老人说法不同，细节相去甚远。但是，不管哪一个版本，都一样惊心动魄。

二

民国中期，我们的县城里只有一条主街，南北向，两边连着几条小巷子。"草馨阁"茶楼位居主街正中，最外面的堂铺陈设简朴，绕过一道屏风，中间部分布置雅致一些，配置的茶桌和椅子坐着也更舒服。再往里面去，经过一道对开的木门，楼上楼下两层都是茶房。

进出"草馨阁"的人很杂，似乎又遵循着某种看不见的规制，所以并不乱。街坊邻居乃至三教九流一般在前面的堂铺落座，喝的自然是粗茶，说的是家长里短的闲话。游商坐贾谈大大小小的买卖，也习惯于来"草馨阁"，通常用最里面楼下的茶房，有时候也坐在中间小茶桌边的竹椅子上，不管生意成不成，茶总是要喝几泡的。达官贵人大驾光临，一定去后面二楼的房间，或议要事，或叙友情，楼梯口每每站着卫兵，二十响的盒子炮挂在腰间，闲杂人等不得靠近。

"草馨阁"老板名叫曹富贵，二十多岁，面容敦厚，身材微胖，其父长年病卧在床，因而早早接手了茶楼的生意。曹老板有两个年龄相仿的至交，一个是孙小果，靠经营山货生意养家糊口；另一个是刘山，路数最野，拉起队伍当"抢二"，成了远近闻名的"刘三爷"。

刘三爷中等个头，眉毛特别浓，脸颊特别长，就是通常说的"马脸"，略带凶相。传说他自幼喜欢舞刀弄枪，有一年夏天在下城门口用马刀砍了两个卫兵，夺得两杆快枪，出城后也不逃，趴在羊溪口土坡上堵截县保安团的追兵，打死了七八个人。拼杀几年之后，刘三爷的队伍壮大到近百人枪，在当地土匪武装里颇具实力。那年头黔地土匪多如牛毛，为了争夺地盘，刘三爷和周边的土匪几乎都干过仗，有时候以少打多，看着山穷水尽了，又总能化险为夷。刘三爷能打，还因为爱酒，喝醉了什么人都敢打。当然，喝得太醉打败仗的事情也不少，因而队伍大起大落，好不容易扩充到几十人，浩浩荡荡开出去，一不小心打成光杆司令，单枪匹马从头再来。

县城很小，刘三爷经常摸进城来，在"草馨阁"喝酒喝到鸡叫三遍，国民政府县保安团不敢碰他，由着他喝得酩酊大醉，几个兄弟架起歪歪倒倒出城去。明白个中缘由的，除了刘三爷和他的两个朋友，还有县保安团史姓总指挥。

史总指挥是本县石盆乡人，老家离县城十余里，史家二老习惯在乡间过日子，死活不肯来县城住。刘三爷给史总指挥放了狠话，说："要干仗随时奉陪，火线上见分晓，但是，老子进城吃酒的时候不能打，不然杀你全家，一个不留。"刘三爷的虎头岩营地离石盆七八里地，每次进城喝酒必放一半人枪在史家周围，倘若保安团敢动手，那边的弟兄跟着动手。史总指挥知道刘三爷是个说到做到的主，真打起来，这边未必能拿住他，老宅十来个家丁是无论如何抵挡不了的，全家七八口人必定性命难保。无奈之下，史总指挥也给保安团的弟兄们放了狠话，说："刘三这个狗日的，板眼多得很，跟他命换命不值。没有老子的命令，任何人不许碰他；哪个敢给老子惹事，杀他全家，一个不留。"

江湖血雨腥风，刘三爷的难处自然不少，最麻烦的是没文化，队伍里的兄弟也没有一个识字的。刘三爷佩服孙小果，这位兄弟从小熟读四书五经野史笔记，还能照《三国演义》《水浒传》里的故事给刘三爷出出主意。他早有拉孙小果入伙当军师的打算，孙小果不答应，还劝刘三爷金盆洗手，说娶妻生子过安稳日子才是正道。

孙小果是孤儿，父母得怪病双双过世已经多年，好在家里早早为他安排了一门亲事。媳妇是城北染坊老板的独生女，面容姣好，身材像熟透的蜜桃。大婚之后，孙小果和他的女人如胶似漆，一门心思要为孙家续香火，多生几个娃娃。

三

孙小果新婚才两个多月，好日子刚刚开始，就被刘三爷搅乱了。

有一次，青杠溪土匪丁驼背差人给刘三爷送了一封信，明明是战书，刘三爷认不全信上的字，看懂了时间地点和"恭候大驾"云云，以为是请他赴宴的请柬，带几个兄弟大摇大摆去了，差点丢了性命。吃了哑巴亏，刘三爷自然不依，第二天倾巢出动攻打丁驼背，出发时已有九分醉意，一路上还边走边喝，说今天非把丁驼背的脑壳拧下来当夜壶不可。丁驼背知道刘三爷绝不会善罢甘休，提前在营内外布置妥当，刘三爷和弟兄们只听到前后左右响枪，看不清楚子弹是从哪里飞过来的。刘三爷左肩中了一枪，跑出来的时候酒倒是醒了，带去的人枪却损失殆尽。

这件事情让刘三爷懊恼不已，半夜摸进城找孙小果，说："人家明明递来战书，老子还以为是请我喝酒，羞人得很。不行不行，你得跟我走，没你这个诸葛亮真不行！"

见刘三爷一副垂头丧气的样子，肩膀上的枪伤还在浸血，痛得龇牙咧嘴，孙小果一脸苦笑。他知道，对于刘三爷，不识字还不是最要命的，酒后乱冲乱打才是要害，倘若自己再不出手帮忙，说不定哪一天刘三爷的小命稀里糊涂就丢了。犹豫再三，孙小果答应去帮刘三爷半年时间，替他立一立规矩。见孙小果答应入伙，刘三爷喜出望外，递上一支填满子弹的盒子炮，说从今以后你就是虎头岩二当家的了。出门时，新婚的媳妇站在门口，一句话没说，只是哭。孙小果说："你好好在家。我就去半年，平时有空也回来看你。"

到了虎头岩，孙小果才弄清刘三爷的底数，和丁驼背这一仗干下来，弟兄们死的死溜的溜，算上刘三爷和孙小果，仅剩下十八个人，长枪、短枪和火铳一共十三杆。进城前务必先放一半人枪在石盆史家周围，正是孙小果给刘三爷出的主意，现在就是全部人枪放过去，怕是也未必管用了。孙小果说，不弄到七八十人枪，刘三爷不能进城喝酒，他自己也不进城去会媳妇。

孙小果入伙以后，冲着刘三爷嗜酒如命横冲直撞的性子，立下了五条规矩：第一，哪些仗可打，哪些仗不可打，要和弟兄们商量，多数人认为不可打的，不打；第二，喝了酒绝不打，万一别人打来，只守不攻，守不住就跑；第三，无论什么时候，营地弟兄留一半人滴酒不沾，以便应对不测；第四，不打穷人的主意，去富家做活路（打劫）不是万不得已不放枪，至少不伤人性命；第五，坐垭口（劫道）只取一半钱物，给人留下一半，不把人逼上绝路。定好了规矩，孙小果帮衬刘三爷细心谋划，吃掉了附近两股二十多人的土匪武装，钱财聚得倒不算多，人手增加了不少，队伍很快扩充到七十余人枪。兄弟们对二当家的佩服得五体投地，说他绝不比当年的诸葛亮差。

实力渐渐壮大，刘三爷便想起"草鑫阁"的酒菜，试探着对孙小果说："要过端午了，不晓得曹富贵那个狗日的咋样呢。"孙小果说："那就去会会他嘛。我也回家看看，一出来大半年，还没回去过。"刘三爷一听，顿时心花怒放，照老办法放三十个弟兄去石盆围住史家老宅，天完全黑下来，两人带着十余个弟兄从城墙沟的豁口摸进城。刘三爷去"草馨阁"，孙小果回家见媳妇，分开时约好四更天在"草馨阁"门口汇合，一起出城。

孙小果家在城东玉皇阁附近，那一带住家少，晚上特别清静。他绕到房子后面，从柴门上方翻了进去，轻手轻脚穿过厨房和堂屋，左侧卧房的门虚掩着，听得到女人微微的呼吸声。孙小果想把煤油灯点亮，摸出一根火柴划燃，借着亮光一看，女人在床上睡得很沉，旁边还有一个男人，也睡得很沉。孙小果一眼就认出来了，这个人是岳父染坊里的徒弟。火柴燃尽了，床上的两个人居然没醒……

孙小果不记得自己是怎么出门的，来到"草馨阁"门前，让守在暗处的兄弟转告刘三爷，他先回虎头岩了。

回到营地，孙小果把自己关在屋子里一天一夜，送进去的饭也未见吃多少，别人问怎么回事，他说身体不大舒服。第二天出来，人明显消瘦了，但一样说说笑笑，看不出什么特别的。刘三爷问他为啥提早回营地，孙小果岔开了话题，问最近曹老板的生意怎么样。刘三爷觉得有点奇怪，但没有多想。

四

过了几天，刘三爷又想进城喝酒，孙小果略一停顿，说自己吃坏了肚子，拉稀，不去了。刘三爷自己带人进城，在"草馨阁"和曹老板喝了一阵酒，突然想起孙小果提前回营的事情，问曹老板："孙小果家最近没出啥子事吧？我是说他老丈人家，他女人那里。"曹老板说："没听说啊，茶楼人来人往的，如果有事，肯定瞒不过我。"刘三爷说："没事就好。"

午夜时分，刘三爷离开"草馨阁"，本该往西从城墙豁口出城，却转身往东，鬼使神差般来到孙小果家附近。他知道，即便有什么蹊跷，半夜三更也看不到什么，但还是想过来看看。孙小果家黑灯瞎火的，不想刚靠近窗户，便听到屋里有动静，仔细一听，木床吱吱嘎嘎响，女人的声音浪潮汹涌。刘三爷愣神想了想，断定孙小果连夜摸回来了，心里暗暗发笑，你不是拉稀吗？还是忍不住了吧？手一挥，带着弟兄们走了。回到营地已近三更天，值夜的兄弟来报，说二当家的喝醉了，吐得满床都是。刘三爷心里一惊，以为自己听错了，问："二当家的不是进城去了吗？"值夜的兄弟说："醉成那个样子，咋个进城吗？"刘三爷赶紧去看，人果然在，睡得跟死猪一样。他这才明白，孙小果家里的确出事了，而且是天大的事。

刘三爷心烦意乱，不停地喝酒，天亮才昏昏睡去。正午醒来，一个兄弟来报：二当家的大清早一个人进城去了，留话给刘三爷，说办点小事，办完便回。刘三爷听了，飞起一脚端翻桌子，迅急传令，三十人枪去石盆围史家，万一有事多一份筹码，留两人看守营地，其余四十多弟兄带上全部枪弹，包括仅有的六枚丢炮（土手榴弹）去县城。他心里盘算，孙小果一定知道了他女人的事，难说会弄出多大的响动。虽然与保安团有默契，但孙小果毕竟是"匪首"身份，大白天进城闹事，那就不同了，万万大意不得。

大队人马扑向县城，藏在城外酸汤湾的林子里见机行事，刘三爷带几个人各显神通摸进城，从后门悄悄进了"草馨阁"。此时，曹老板正急得团团转，孙小果真被县保安团抓了。

刘三爷赶到之前，曹老板已经开始找人疏通。保安团许团副常在"草馨阁"进出，与孙小果家还带点亲戚关系，愿意帮忙，但人已关进县牢，不是说放就可以放的，开价五十个大洋。曹老板凑足钱，提着袋子去找许团副，天黑才把孙小果带回来，让他们赶紧走。孙小果闷坐在椅子上不动，没有要走的意思。

刘三爷也不肯走，说忙了大半天，酒还没喝一口，让曹老板端上来一坛酒，边喝边问孙小果到底怎么回事。孙小果说，自己女人与染坊徒弟的事情，他那天晚上看到了，悄悄退了出来。回到虎头岩左思右想一整夜，想明白了，本是打算进城来当面锣对面鼓说清楚，退婚，今后再无干系。进染坊找到岳丈，话才起了个头，徒弟带保安团的人围过来，说"匪首"要杀人，孙二哥腰间插着盒子炮，二十发子弹压得满满当当，证据确凿。

刘三爷听清事情原委，连砸两只酒杯，说夺妻之恨已不可饶恕，借刀杀人更是罪不可赦，起身带着几个兄弟出了门。不到半个时辰，一行人回来了，扛着两个麻袋，里面装着孙小果的女人和徒弟。

茶房里有两根雕花柱子，本是装饰，正好用来绑人，一根柱子上绑一个。徒弟已吓得面色如土，女人反倒平静，说："我晓得我该死，但我没想害我的男人。"她说自己不知道徒弟去保安团报案，后来才听他说，见孙小果进了染坊，徒弟以为来找他算账，慌慌张张从后门溜走，本打算躲到城外去，念头一转，竟去了保安团。说到这里，女人使劲咬了咬嘴唇，看着孙小果，恳请他念在夫妻一场的分上，劳烦裹张草席埋一下，不要把她丢到棺山坡上。刘三爷换了大碗喝酒，酒劲上来两眼通红，说："要得要得，就给你弄张草席，我做主了。只埋你一个，那个狗日的不埋，弄去喂豺狗。"

没人看清刘三爷手上的刀是怎么刺进徒弟胸膛的，鲜血喷出几尺远，女人转头看了一眼，闭上眼睛。刘三爷正要刺女人，孙小果已经挡在前面，说："算了！"刘三爷握刀的手抖个不停，还要往前刺，被孙小果一把抓住。孙小果说："毕竟夫妻一场，算了！"刘三爷退了回去，一屁股坐在椅子上，紧跟着又蹦起来，在屋子里转了几圈，端起一碗酒喝了个底朝天，挥刀朝徒弟的胸膛划去，三下两下挖出一颗血糊糊的心脏，说："你们看，这狗日的，心子真是黑的呢。"

这时候，在场的所有人呆呆的，大气不敢喘。孙小果终于回过神来，吩咐弟兄们把徒弟的尸身装进麻袋，抬到城外埋了。兄弟们正要动手，刘三爷突然发话，叫店里炒菜的师傅来，说要把这个狗日的黑心子炒来下酒。曹老板被吓得心惊肉跳，晕倒在地，刘三爷斜眼看了看，说你今天就算死在这里，老子也要把这个心子炒来下酒。没过多久，伙计双手颤抖着端来一盘"下酒菜"，放到桌子上。刘三爷叫大家都尝尝，弟兄们纷纷往后退，有人哇哇地呕。刘三爷瞪了瞪眼，夹一筷子送进嘴里，津津有味地咀嚼起来。

这时，女人开始嘿嘿地笑……

五

刘三爷带弟兄们抬着徒弟的尸身出城，丢进棺山坡乱石岗，回虎头岩去了。孙小果把女人背回家，寸步不离守了一整夜，直到女人的神志渐渐清醒。

孙小果决定留下照顾女人，第二天一早去找许团副疏通。许团副出了个主意，带他去见史总指挥，当面递上装了五十个大洋的布袋，说是给保安团交的保证金，声明从此脱离刘三爷。史总指挥知道孙小果与刘三爷的关系，担心石盆老家，也不敢太为难他，说："回头是岸，既往不咎，既往不咎嘛！"

女人的确是疯了，状况很怪。白天看，她完全正常，早早起床做饭，忙着收拾家务，小心地伺候自己的男人。她好像清楚自己犯了不可饶恕的过错，没事可做的时候，便坐在厨房的角落里哭。但是，天一擦黑，人就变了，变得烦躁不安，几间屋子进进出出到处转。男人不叫她，她不睡觉，把她领进屋来，转眼又像刚嫁过来的样子，羞羞答答坐在床沿上，不吹灭煤油灯不肯脱衣服上床。半夜醒来，她不认识自己的男人，神色惊恐，双手护着胸脯，说自己的丈夫马上回来，一定会杀你，还要挖出你的心子炒来当下酒菜。

女人清醒的时候，孙小果问她和徒弟的事，她不隐瞒，一边说一边哭。

女人说，两个多月前，豺狗夜里从城墙消水洞进城，叼走了一个十多岁的男孩，第二天人们漫山遍野找，在棺山坡找到衣服的碎片和一摊血迹。这件事情弄得满城人心惶惶。父亲让她回娘家住，她不肯，因为孙小果说过随时可能回来，她怕错过。有一天半夜，她听到豺狗在家附近嚎叫，胆战心惊之际，窗外亮起明晃晃的火光，豺狗怕火，跑了。此后，只要听到豺狗叫，火光同时也亮起来。她在窗户纸上捅开一个小孔，看到了点燃火堆的人，是她家染坊的徒弟。那段时间，不管豺狗来不来，徒弟都守在外面，天亮才不声不响走开。她觉得这样不大好，白天在染坊里对徒弟说不用来了，但他每天晚上照样来。

女人说，大概是谷雨前的几天，半夜下起瓢泼大雨，她被一阵雷声惊醒，听到屋外有响动，爬起来从窗纸的小孔朝外看，见徒弟抱一把锄头蹲在檐下，她松了一口气。雨越下越大，屋檐遮不住，她实在不忍心，犹豫再三，开门叫徒弟进堂屋来，让他在椅子上歇息，自己回屋睡了。也不知过了多久，卧房门被轻轻推开，她睁开眼睛一看，是自己的男人回来了。男人上床脱光她的衣服，她想和男人说话，但发不出一点声音，又觉得自己是在做梦，那个梦令人浑身畅快。天麻麻亮，她终于醒来，借着窗口淡淡的光亮，看到身边的确有一个男人，是徒弟。那么，刚才的一切并不是梦。她先是一惊，接着感到恐慌，也感到愤怒，抬手打了徒弟一耳光，赶他走；他不走，身子又压了过来……

女人说，她不敢给家里人说那天晚上的事情，她怕。但是，过了一些天，她竟做了与那天晚上一模一样的梦，在梦里，她分辨不出是自己的男人还是徒弟，拼命挣扎，好不容易醒了，真的是梦。是梦就好，她长长地舒了一口气，再也睡不着。恍恍惚惚之间，她的身子开始燥热，心咚咚跳，似乎想回到那个梦里去。她鬼使神差一般从床上爬起来，透过窗户纸上的小孔往外看，徒弟蹲在屋檐下。那一刻，她身体里出现了另一个"我"，这个"我"支配着她去打开门，对徒弟说："你进屋来……"

从女人说的时间推算，那一天，正好孙小果回来了，看到了；而女人和徒弟睡得太沉，一无所知。

女人还说，徒弟领保安团来抓走孙小果，她完全没了主张，只晓得一个劲哭。徒弟叫她一起走，她不愿意；家里人也让她走，说保安团抓了孙小果，都是你们惹的祸，刘三爷早晚得到消息，等到他来了，你们都活不成。争执到晚上，女人只好答应。原以为孙小果关在县牢里，刘三爷未必这么快就知道，打算回家收拾些细软再走；刚要出门，刘三爷带人来了。

听了女人的叙述，孙小果的心仿佛沉到一个很深的水潭里。转念一想，若不是自己离开家去给刘三爷当"军师"，女人不至于落到这步田地。之后的一段时间，他带女人到处寻医，还请法师作法驱鬼，什么办法都用尽了，始终不见好转。最麻烦的是，他睡着了，女人会偷偷摸摸从床上爬起来，一丝不挂出门，径直去"草馨阁"，站在街上盯着那栋房子久久地看。每次把她带回来，她像自知犯错的孩子，蹲在床边哭。孙小果又心疼又无奈，倒像是他伤害了这个女人。

　　一天夜里，孙小果梦到被人追杀，尖刀迎面刺在胸口上，人惊醒了，痛却是真的，他看到女人正用菜刀划他的胸口，一道半尺长的口子往外渗着血珠。女人见他醒了，歪着头笑，说："我没想吵醒你哦，我只是想把你的心子挖出来看看，我保证不炒来下酒。你睡吧，你睡着了我再慢慢挖……"此后，这样的事情接二连三发生了多次，孙小果把菜刀放在柜子顶上，埋进米缸，塞到地板下，不管藏在哪里，女人都能找到，一门心思要挖他的心子出来看看。孙小果绝望至极，他终于明白，这个女人，他无论如何也救不了了。

六

　　孙小果在家照顾女人，虎头岩的兄弟常常摸进城来找他。兄弟们说，没有二当家坐镇，刘三爷的老毛病又犯了，喝得酩酊大醉了拉兄弟们出去乱打，好几次命悬一线死里逃生。不管兄弟们说什么，孙小果低着头，一言不发。

　　冬至前一天晚上，一位兄弟急匆匆赶来，一进门就跪在地上，恳求二当家的救兄弟们一命。细问缘由，兄弟说，黔军和川军部队在附近交战，刘三爷见他们的枪好，要去提（缴）。他们在石家坪伏击黔军第三师一个排，明明人数和地势都占优，但抵不住人家清一色的快枪，损失了二十几个兄弟。刘三爷不服，决定明晚去黔军驻地摸夜螺丝（偷袭），说不信弄不到他们手上那几十杆快枪。兄弟说，估计这一去，大家都回不来了。孙小果深叹一口气，站起身来，把兄弟拉到门外，轻声交代了一阵。

第二天清早，孙小果买回几斤羊肉，清水浸泡一上午，再小火慢炖一下午，晚餐自己下厨做了羊肉汤锅，女人说好吃。吃完饭，孙小果烧了一大锅热水倒进木桶，让女人洗澡。女人的脸刹那间布满红潮，要孙小果出去，她才肯脱衣服。女人洗完进了卧房，另一锅水已经烧好，孙小果突然不想换水了，坐进木桶，将就女人用过的水洗澡。他觉得一种咸咸的东西往嘴里钻，伸手抹掉，一会儿又流到嘴角，他不记得自己多久没流过眼泪了。洗完澡上床，女人羞涩地指了指煤油灯，他笑着点点头，一口气把灯吹灭。女人蜷在被子里的身子滚烫，还轻轻地颤动。女人出事后，这是他第一次主动与她亲热……

欢畅的呻吟终于停下来，余下小城深夜特有的宁静。孙小果闭上眼睛假装睡着，等待意料之中的情形出现：女人掀开被子起床，不再是娇羞的新娘，变成一个冰冷的影子，推开卧房的门，再推开大门，无声无息往外走。孙小果跟着起床，穿好衣服，挎上早已备好的包袱出门，包袱里面装着女人最喜欢的衣服。他没有关门，连钥匙也随手扔了。已入数九，一丝不挂的女人好像感觉不到冷，身影飘忽着穿过空无一人的街巷，一步步靠近"草馨阁"。孙小果上前替她披上一件衣服，说："我们不去那里了，我带你去个好玩的地方，好不好？"女人回过头，说："是你啊！你多久回来的？"孙小果不再说话，牵着女人的手从城墙沟豁口出了城，女人很开心，一路呵呵地笑。

在城外的官路上差不多走出两里地，孙小果放慢脚步，走在女人后面，拔出腰间的镰枪，朝女人的后颈处开了一枪。女人还没倒地，他上前一把接住她，抱着进了路边的树林。林子里铺着一张白布单，旁边是一口红木棺材，他把女人放在白布单正中间，打开包袱取出衣服，一件一件给她穿上，抱起来放进棺材，细心整理妥当，然后打了个手势。候在不远处的兄弟们围过来，抬起棺材，登上龙塘堡后山高高的山梁。

为新坟培上最后一铲土，黎明已经无声无息地到来，如水的天光映着孙小果苍白的脸。他对自己的女人说："我给你备的可是红木大棺材哦，不是草席哦……"

七

孙小果回到虎头岩，刘三爷再不敢胡来，定下的规矩重新算数。他们依照过去屡试不爽的方式"大鱼吃小鱼"，集中人马攻击并收编周边小股土匪，仅仅半年多时间，队伍壮大到百余人枪。

大势尚好，但麻烦也跟着来了。县保安团史总指挥当上了国民政府县长，下决心清剿虎头岩，打算把双亲接进县城住，这样便再不怕刘三爷围石盆老宅。石盆那边收拾家当准备搬家，刘三爷得到消息，连夜进城带全家人离开，送到外县亲戚家。他劝曹老板也出去避一避，曹老板说不要紧，他自有办法应付。

虎头岩摆开架势与县保安团干仗，对方人多枪好，兄弟们心里没底，唯二当家的足智多谋，磕磕绊绊好几次，没吃亏，大家心里稍微踏实了一些。只有刘三爷注意到，孙小果听到枪响就兴奋，总是不顾一切往前扑；而在以前，他反反复复对弟兄们说，死人是无法打火线的，保住性命才能打对方。他曾经骂刘三爷的鲁莽行为"愚蠢至极"，如今他比刘三爷更鲁莽，像是故意往枪弹里钻。刘三爷发过多次脾气，说，你狗日的是不是想被保安团打成"筛子"？孙小果笑，说，我这不是好好的吗？

终于，孙小果真的被打成了"筛子"。四月的一天，刘三爷带人在六里沟一带筹粮，黄昏时分还未回来，孙小果不放心，下山接应。两队人马会合，刚进羊溪口谷底，山垭上响起密集的枪声，他们掉进了保安团的口袋阵。孙小果分辨态势，让大家从三垅田方向绕道回虎头岩，自己却不退，提着镰枪迎了上去。刘三爷转头不见孙小果，带兄弟们拼死往回扑，找到的时候，人已经断气了。好不容易把尸首抢出来，冲出保安团的包围，刘三爷仔细察看，孙小果身上六个对穿对过的血窟窿，五个在胸膛上，一个在脑门上，这才明白，他的确是自己不想活了。

刘三爷和兄弟们把孙小果葬在龙塘堡后山，紧挨着他的女人。大家心里清楚，孙小果一定愿意睡在这个地方，只有睡在自己的女人身边，他才踏实。

孙小果死了，刘三爷天天喝得烂醉，虎头岩营地乱成一团。过了不到一个月，营里的一个兄弟被保安团买通，乘晚上在前山垭口值夜的机会，放进来一百多兵士。刚到丑时，虎头岩枪声大作，刘三爷还在喝酒，醉眼蒙眬之中提起镰枪从屋里冲出去，站在门口一阵乱打。几个兄弟过来拉他，说看样子守不住了，赶紧从后面溶洞里的暗道走。刘三爷正在酒劲上，死活不肯走，兄弟们见大势已去，纷纷钻进溶洞逃了。前后不过十来分钟，刘三爷枪弹打光，两条腿被打断，保安团几十人围过来，把他绑在竹滑竿上，抬着进县城领赏。

史县长对刘三爷恨之入骨，下令立即枪决。行刑用的是火药枪，枪管里装谷子，枪一响，射出来的谷子在全身上下钻出一个个小孔，并不立即致命。活活痛死之前，刘三爷一直在骂史县长，说半夜耍阴招算啥子本事，拉开场合打，老子未必打不过你；还说："老子二十年后又是一条好汉，你等老子二十年，再来和你狗日的打。"

刘三爷兵败被擒，曹老板知道无力回天，但又不能不管不问，反复思量之后径直去找史县长，说："人死了总得埋嘛，县长说个数。"史县长心情好，很爽快地答应了，说："本县长哪里是在意几个钱的人。这些年没少去你那里喝茶，你我也算有交情，就给你个面子吧。"曹老板赶紧作揖道谢，说："我就晓得县长宅心仁厚。至于那个嘛……我晚上再来您府上。"

从史县长那里出来，曹老板赶到棺材铺，买下铺子里最大最好的红木寿材，带着伙计们抬到下城门外。他们候在离刑场不远的地方，听到火药枪一声接一声响，等到行刑的兵士撤走，围观的人也散去了，才过去为刘三爷收尸，直接抬到县城西面的山上埋了。

八

当天晚上，曹老板提着一个布包去史县长家，进门恭恭敬敬放在桌子上，包里装了三十个大洋。史县长说自己真不在意那几个钱，但也不推辞，看座上茶，说："我这里的茶可不如你茶楼的好哦。"曹老板说茶就不喝了，还要回去照料生意。史县长说不急嘛，坐下叙叙，正好有个事情问问，曹老板只好留下。

史县长呷了一口茶，慢吞吞地说："这个这个……刘山嘛，作恶多端，听说在你的茶楼里杀过人，不晓得有没有这个事情？"

听史县长这样说，曹老板心里顿感不妙。刘三爷在茶楼杀人的事情，姓史的早已知道，有一次来"草馨阁"喝茶还提到过，假装关心曹老板是不是吓着了，此时旧事重提，定有深意。曹老板故意把话说得吞吞吐吐："事情嘛，也不能说没有……不过，是他兄弟的瓜葛，就是那个孙小果，已经死了……具体的嘛，我也不很清楚。"史县长说："人总是在你那里杀的嘛，人命关天，你没报案，就不好说与你毫无干系吧？"曹老板说："我真的不是很清楚，只听说事出有因，好像有人霸了孙小果的媳妇。"史县长说："姓孙的不也是个匪首吗？依我看嘛，沾上通匪的嫌疑，总归不大好办。那个茶楼嘛，我倒是以为卖了为好，你们一家人出去避一避，这样大家都不为难。你说是不是？"曹老板说："哎呀，茶楼是祖上传下来的，不是说卖就可以卖的。"史县长说："牵扯到杀人案，怕是你想卖都未必有人敢接手哦。"曹老板说："就是嘛，所以呢……"史县长抢过话头，说："你真要卖，我可以替你留意一下，看看有没有合适的人盘下来。"不等曹老板吱声，史县长站起身来送客，把曹老板刚刚送来的布包往前一推，说："这个你先拿着，就当定金，余下的钱再行商量，你看如何？"曹老板明白了，史县长在意的还真不是那几个钱，他要"草馨阁"；而且要用曹老板送他的三十个大洋买下茶楼，至于余下的钱将如何"再行商量"，可想而知。

　　正如曹老板预料的一样，县城里很快传出风声，说曹老板通匪罪证确凿，必须法办。好心人提醒曹老板是不是出去避一避，他笑笑，一点不着急，一家人慢慢收拾行李，还摆了几场告别宴，与亲朋好友一一作别，前前后后折腾了十来天，才拖家带口从上城门大摇大摆出城。照曹老板的说法，他家祖上是从四川过来的，三辈人没有回老家去看看了，应该认一认根脉，不能忘了祖宗。知情人说，史县长算计很精：以通匪罪办了曹老板，也不是不可以，但只能杀曹老板本人，总不能把他一家老小都杀了；如果硬抢"草馨阁"，又过于明目张胆，上上策是让曹家人自己走掉。

史县长占了"草馨阁"，对外说是他的侄儿从曹老板手上买下来的，花了一千五百块大洋。茶楼在关门一个月后重新开张，史县长的侄儿出面经营，但生意做得不顺。县城里风言风语，说"草馨阁"里发生了那么凶的事情，把人的心子都挖出来当下酒菜了，是因为茶楼的名字没取好；门楣上那块匾牌黑底蓝字，阴气过重，"草馨阁"三个字看似圆润，实际上藏锋甚锐，命势不够的人撞上去，必定伤于无形。也有人说，其实那个死人的心子并没有被炒来下酒，炒菜的伙计不敢动手，厨房里正好有一个猪心子，炒了端上楼去，反正刘三爷也吃不出来。史县长听到这些传言，不敢不信，迅即摘掉"草馨阁"的牌匾，换上"好运茶楼"，朱红大字，看上去喜气洋洋，但生意还是不好……

一九四九年，国民党政权垮台，解放大军第二野战军五兵团挺进大西南，于十一月逼近我们县城。史县长张皇逃窜，在邻县乡村负隅顽抗时被击毙，"草馨阁"由人民政府接收，房子成了公产。多年以后，那地方开了一家饭店，就是中心饭店。

九

有关中心饭店的故事，我从我的大姑父那里得到了一些印证。

我十岁那年，被判处十年有期徒刑的姑父刑满释放，我第一次见到他。姑父经常讲起县城里的旧事，说到中心饭店，他告诉我，那地方早年的确是一家茶楼，名号"草馨阁"；也的确有一个"匪首"在那里杀了人，把心子炒来下酒。那个大名鼎鼎的"匪首"刘山，是姑父的亲哥。

姑父说，刘山被杀，他们一家与史县长结下血海深仇，但毫无办法。解放大军兵临城下的时候，姑父十八九岁，与堂兄和几个朋友密谋迎接解放，不是觉悟高，而是想到为兄报仇的机会终于来了。听说史县长潜逃，姑父甚是郁闷，所幸不到半个月，史县长被击毙于临县，尸体运回来，摆在下城门外示众，那片空地正是刘三爷被火药枪打死的地方。那天，姑父扛一大坛酒去他哥坟前，喝到不省人事，第二天中午才跌跌撞撞下山。

还记得姑父第一次带我去他哥墓地的情形。我们从县医院旁边的小巷穿过，顺菜地中间的小路上山，接近山顶的地方，一座孤寂的土坟出现在眼前。此时，刘三爷已经作古四十多年。姑父说："这就是'匪首'刘山。他是土匪不假，但也是条好汉，死得那么惨，除了骂那个狗县长，哼都没哼一声。"刘三爷的坟头正对石盆史县长老宅方向，照当地风俗，意思是做鬼也和你斗到底。这应该是曹老板刻意而为，兄弟一场，他最后能为刘三爷做的，也只有这样一件事情了。

姑父和他哥一样嗜酒成癖，一九七九年春天死于酒精性肝病。照他生前的意愿，家人把他葬在他哥身边。每年清明为姑父扫墓，我都要在刘三爷坟前点上香烛，多烧一些纸钱。姑父去世一年后，姑妈收到一份公文，是姑父冤案平反昭雪的通知。又过了几年，姑父等人当年为迎接解放大军做的事情被认定为参加革命工作，和他一起牵头的堂兄得以"落实政策"，享受老干部待遇，直到寿终正寝。可惜姑父没能等到这一天。

我们小小的县城如今是越来越繁华了。新城区几乎延伸到虎头岩下，那附近曾经有刘三爷的营地；不远处的龙塘堡后山上，孙小果和他的女人相守在那里，不知道坟上的青草长了多高。不曾改变的是虎头岩灰白色的悬崖，千百年来兀自矗立，对人世的变迁默默无言。老城区范围内，城南的车站饭店早已关张，原址上建起一栋高楼；城北的马店也没有了，马车的铃声只能留在人们的记忆深处。中心饭店也就是"草馨阁"所在的地方，老房子一栋不剩，新建了商业街，白天人来人往，夜里灯火辉煌。每次路过那里，我都在想，如果"草馨阁"得以保留，即便把后来的中心饭店留下来，老房子的格局还在，发生那些故事的场景还在，是不是也很有价值呢?

2022 年

红蜘蛛

老旧的房子里面，总有小动物与人为邻。小时候，我家住的是一栋黔北民居风格的木房子。在我们那座小县城里，差不多家家户户都住这样的房子，瓦檐低矮，板壁破旧，各种小动物躲在角落里繁衍生息：老鼠会打地洞，跳蚤和臭虫藏身于壁缝间，防不胜防，很讨厌；壁虎在墙壁上到处爬，常常突然停住，警觉地四处张望，然后飞快离开，有几分可爱；蜘蛛不声不响地把蛛网织在高高的屋檐上，晶莹透亮的细丝一圈一圈展开，构成精致的图案，仿佛一种特别的装饰。

我并不害怕蜘蛛，可能是因为蜘蛛网有实实在在的用处。每年秋后，城外的稻子开镰收割，田野间蜻蜓满天飞；在竹竿上绑一个圆形竹圈，把蜘蛛网一层层搜集在上面，成群的蜻蜓飞过时，抬手一挥，能粘住好多只。下午放学后，同学们三三两两约着出城去捉蜻蜓，田埂上下一阵扑腾，可以捉到一大堆。蜻蜓是可以吃的，去掉头、翅膀和尾巴，用南瓜叶包着，放到柴火上烧了吃。小小的蜻蜓多么可爱，竟捉来吃了，现在想起来有些残忍；但是，那时候一个月也未见得能吃上一回肉，比较馋，都说蚂蚱也是肉，蜻蜓和蚂蚱没有太大的区别。这么说来，用蜘蛛网捕捉蜻蜓满足一点点口腹之欲，蜘蛛也是有贡献的。

后来，听老人讲了一个关于蜘蛛的故事，再看到那东西，便觉得神秘莫测，连蛛网也不敢去碰了。

事情发生在民国时期。我们那条街上离我家不远的地方，一户姓陈的人家开了个铺子，说是做山货生意，收购的东西很怪异，有蛇胆、熊胆、狐狸皮、山猫皮、穿山甲的鳞片，以及长在棺材里面的老灵芝等等。人们说，陈家的铺子里有一股怪怪的气息，连蜘蛛都不在他家屋檐上结网。

陈家铺子的老板五十岁开外，个子瘦瘦小小的。因为早年丧父，家境不大好，陈老板从小就很能吃苦，后来生意做大了，也依然勤勉，凡事亲力亲为。比如，他清早自己动手一块一块卸下铺子的门板，整天守在柜台前收货，天完全黑尽了，才把门板一块一块装回去，还是自己动手，能省的人工钱尽量省。他还不时往乡间跑，去村里收货价格更低，赚头更大，无非自己辛苦一点。大家说陈老板生意做得精，他露出满面愁容，说："挣点辛苦钱，生意不好做啊，一家老小总得吃饭不是！"

黔北的大山层峦叠嶂，很多地方人迹罕至，里面藏着不少稀奇古怪的东西。山里人常能得到些意外的收获，手头有了货，拿到陈家铺子变现。陈家的生意货源倒是不愁，关键是把东西运出去卖掉，这得有路数。陈老板究竟有什么路数，人们不甚了了，只看到那些晒干了的奇形怪状的东西、用酒泡在罐子里的东西，以及一些毛茸茸的东西，积到一定的量，便倒腾到外地去。听说那些山货卖得很远，先沿官路走将近两百里到思南，再乘船顺乌江而下，一直到长江边上的涪陵，在那里出手。每次出去，陈老板必亲自押货，来回至少一个月；回程也不空着手，带些洋火和香胰子之类，就是火柴和肥皂。盐巴是专营的，利润虽大，被官家查到了就有倾家荡产的可能。有些生意人也悄悄贩盐，陈老板很谨慎，最多捎三斤五斤，被查到了，一口咬定带回去自己家里吃的，犯不了多大王法。左邻右舍知道他家铺子里有盐巴，上门来买一点，陈老板也给，价钱比官盐便宜，总要特别叮嘱几句，说我这可不是卖盐巴哦，我只是把自己家吃的"匀"给你们一些，照顾街坊邻里的嘛。

陈老板每次出货不过三五个箱子，用谷草编的绳子里三层外三层捆好，装在一辆鸡公车（独轮车）上，临时雇两个伙计推着就走了；回来时鸡公车上也只有三五个箱子，跟班的伙计换着推车，爬坡上坎时陈老板也帮着推。陈老板说生意不好做，倒也是实在话，从我们县城到涪陵，陆路加水路一共六七百里，不备三五双草鞋走不拢，挣的确实是辛苦钱。

路远不说，还凶险，当年兵荒马乱，沿途到处是土匪窝子。陈老板遭遇"抢二"（土匪）劫道不多，运气算好的。有一回遇到土匪刘三爷的人，对方见是山货，不能吃不能用，放他过去了；回来的时候又被同一班人截住，只要了他一半钱物，算下来刚刚保本，虽说白跑了一趟，毕竟老本还在。遇到悍匪匡老二的那次就惨了，卖山货的钱和带回来的东西被抢得精光，一个土匪剥掉陈老板身上的皮袄子，穿在自己身上，说"这个穿起还真热和呢"。回到城里，陈老板越想越沮丧，大病一场，内人劝他，说："你要晓得哦，你这回遇到的是匡老二的人，有命活着回来就烧高香了。"陈老板想想，也是。匡老二心黑手辣远近皆知，曾率领八百人枪围打县城，从四月三十打到五月初二，一度攻到南门下，放火烧掉城楼；驻防在西南四十里外永兴镇的黔军两个满编连赶来救援，县城才得以解围。那一战打下来，县保安团阵亡七十余人，百姓也有伤亡。

大约一年以后，匪老二新婚之夜遇到仇家"乱枪闹洞房"，被打得浑身血窟窿，十六岁的新娘子也死在混战之中。陈老板听说女子是响水岩富绅黄仁玉的女儿，不胜唏嘘。他认识黄仁玉，去响水岩收货的时候曾在他家歇脚，喝过茶，也见过他家闺女，要说模样，什么叫天生丽质花容月貌，那女子便是，以至于人到中年的陈老板看见她，也有些神魂颠倒。据说匪老二找媒婆上门提亲，黄仁玉自然不答应。过了几天，匪老二亲自上门要人，黄仁玉还是不答应，话音未落，枪声响成一片，全家人无一幸免，女子被绑到青杠坡老巢。当天晚上，匪老二喝足了酒，刚跨进洞房，后面冲进来一堆人，十多杆枪一阵乱射，打完就走，匪老二一命呜呼，女子也被打死了。知情人说，女子倒在血泊中还分明带着笑容，模样仍然俊俏得惊人。

匪老二匪帮覆灭之后，陈老板又开始出货。每回下思南路过青杠坡，他总要抬眼看一看那座高高的山梁，想起死于非命的黄家女子，心里念叨："好俊俏的姑娘啊，可惜了！才十六岁，可惜了……"

尽管陈老板叫苦不迭，小城里的人们还是慢慢看出来了，陈家的生意是很挣钱的。县城很小，藏在大山深处，外面的人很难进来，当地人大多一辈子也走不出去，唯一通向外界的官路长满了杂草。城里的店铺少之又少，做此等山货生意的仅陈老板一家，而蛇胆熊胆之类的东西既不能吃又不能穿，拿在乡下人手上几乎没用，出不了手就不是钱，价格几何只得由陈老板说了算。

听说早些时候有人来卖过一张老虎皮,陈老板给了三块大洋,外加十包洋火和五块香胰子,打到老虎的人欢喜得不得了,至于那张虎皮拿到涪陵能卖多少钱,只有陈老板自己清楚。那些洋火和香胰子,在外面值不了几个钱,捎回当地价格就不低了,因为稀罕,任你买不买。

陈老板的生意究竟如何,看看他家的房子就知道。他家原是临街一栋老旧的木房子,后来大兴土木,在后面修了一栋两层的新房,一前一后,一高一低,看上去很是抢眼。有一天县长踱着方步过来,四下打量一番,说:"你这个房子好啊,错落有致,又浑然一体,不错不错!"县长大人突然驾临,陈老板受宠若惊,立即让家人备席,做了几道特别的菜,有酱烧穿山甲、辣爆刺猪肉和黄焖獾子等等,酒是从涪陵带回来的老窖。县长很开心,一再赞叹:"如此美味佳肴,无出其右,无出其右也。你这酒也好,很好!"

陈老板夫妇膝下两个儿子,大儿子已育有一男一女两个孙辈,他满五十岁那年,小儿子的媳妇生下一名男丁,加上健在的母亲,一大家子正好十口人。人丁兴旺当然是福气,但是,问题也紧跟着来了,比起寻常人家,陈家的房子不算小,因为人口多,也还是略显局促。盘算再三,陈老板开始打邻居家一厢菜地的主意,想买下来再建一栋房子。几经交涉,卖家要价二十块大洋,贵了一些。但那厢菜地在自己家旁边,竖七丈有余,横也近五丈,如果买下来修一栋二层的房子,两边接上一层的厢房,中间留一个三丈见方的天井,陈家就有一个院子了。想想一家人四世同堂住在自己的院子里,说不定今后还能五世同堂,世世相传,陈老板觉得千值万值。

就在买卖双方谈妥了价钱，准备找中人见证写"字笔"（合约）的时候，出了一件蹊跷的事情。

秋后的一天黄昏，天刚刚擦黑，一位老人来到陈家，径直进了堂屋，自己找把椅子坐下，称自己姓陈，从江西老家来。老人说，若论辈分，他要高出陈老板三辈，来这里也没什么大事，认认亲戚而已，三两天就走。陈老板祖上来自江西，老家的确是老人说的那个地方。不过，陈家来此地定居已经三代，只记得长辈说过老家大抵在哪一个县，具体地方记不清楚，也不曾在意过。这位神秘的老人怎么知道他们在这里，还找来了呢？陈老板不大信，一家人都不大信。转念一想，来人说得有鼻子有眼，即便是个骗子，顶多骗吃骗喝几天，再骗几个钱做盘缠，又如何呢？当是做点善事，那就照着礼数招待吧。

酒足饭饱之后，安排了客房让老人歇息，还吩咐大儿媳端来一盆热腾腾的洗脚水。老人看了一眼木盆，也不洗脚，漫不经心地抽叶子烟，一连点了两袋烟，才开口说话："你家是不是打算再修一栋新房子？"陈老板略一思忖，说："您老人家也看到了，人多屋窄，是想修几间。"老人说："哦，是要修哈，修几间呢？"陈老板说："不瞒您老人家，打算修五柱四瓜，再接一列厢房，弄个院子。"老人呵呵一笑，说："你家的房子啊，都要重新修过呢。重新修过也好，院子规整嘛。"陈老板也笑，说："好是好，哪有那么多钱？"老人又笑，说："怕是由不得你哦，不修不行，不修也要修……"老人接下来说的话令陈老板背心发凉。老人说，三日之后的午时，陈家必有"祝融之灾"，就是火灾，而且无法化解，唯一的办法是先把家里的东西搬出去，免得一把火烧光了，可惜。说完，老人又看了一眼放在面前的洗脚水，站起身来，去客房睡了。

陈老板回到卧房，无论如何也睡不着，烟一袋接着一袋抽，刚刚灭了，又划燃洋火去点。"祝融之灾"？而且就在眼前？看着烟锅里猩红的火光，心想自己并未做过什么恶毒的事啊，何以遭遇"祝融之灾"竟至于无法化解呢？于是又想，就算陈家有这一劫，这个老人怎么知道？而且断定是后天午时，连时辰都说得这么肯定，也太玄乎了。三更天的时候，陈老板轻手轻脚起床，去客房门口看了一眼，老人鼾声如雷；转身回去，路过库房的时候，看到屋子里毛茸茸的东西，是一些刚收来的狐狸皮，金黄的毛色很像火苗，心里咯噔了一下。

陈老板一夜翻来覆去，心思惶惑挨到天亮，不知不觉睡了过去。醒来赶紧去客房看，大儿媳妇正在叠被子，说老人大清早出门了，没说去哪里，只说午饭不用等他，晚饭回来吃；还有，临走时叮嘱了一句，今天抓紧把家里的东西搬出去，放哪里都行，就是不能留在房子里面。陈老板一脸茫然，出门转了转，很快就回来了，对家人说："东西先不要动。"他一整天心神不宁，屋里屋外转来转去，看到自己收来的山货，怎么都不顺眼，而以往，那些东西在他眼里分明就是白花花的大洋。到了傍晚，走出门口看了几回，不见老人回来，突然觉得心里不是那么闷了。他想，也许老人根本就不会回来，所谓逃不掉的"祝融之灾"也无非几句妄言，完全不必理会。多年在生意场上滚打，不可能没有算计，难免得罪人，亏得自己做事情一直注意把握分寸，不至于弄出你死我活的深仇大恨来。仔细琢磨，这个老人跑来说的这些话，兴许就是何方冤家想出来的主意，让你慌慌张张把家里折腾得乱七八糟，给城里人看一看笑话。于是，他点上一袋烟，猛吸几口，吩咐按时开饭，说不用等老家来的亲戚了。天晓得他是亲戚，还是别的什么人呢。

不想，饭菜刚刚摆上桌子，老人回来了，进屋环顾四周，瞪大眼睛说："东西怎么还没搬？赶紧搬赶紧搬，马上就搬！"陈老板起身迎上去，说："不忙不忙，还是先吃饭吧，先吃饭。"老人看也不看他，对坐在饭桌上的一家人说："大清早给你们说了，今天啥事都不管，只管搬东西，为啥不动？"陈老板说："是我不让他们动，你说的那个火，我看啊，也不是说烧就烧得起来的。再说，就算要搬，还是吃了饭再搬嘛。"老人哼了一声，说："吃饭？一把火烧得干干净净，就怕以后没得饭吃哦。"老人一脸不高兴，但还是坐了下来，端起酒杯喝酒。一家人战战兢兢大气不敢出，仿佛做了天大的错事，而老人好像也不是昨天才闯进屋里来的一个陌生人，而是这一家至高无上的主人，谁都得看他脸色。三杯之后，老人放下酒杯，语气缓和下来，说即便你们不肯信我，也不敢赌我一定是在打诳语吧？《增广贤文》上不是说过"宁可信其有，不可信其无"吗？此等大事，你若不信其有，万一是真的呢？你能抓石头打天？把东西搬出去，特别是把值钱的东西搬出去，日后才有钱修房子，才有钱过日子嘛……

这时候，陈老板心里没有主张了，张着嘴看向家人。大儿子先点了点头，意思是赞成老人的话；二儿子说："搬吧，如果没事，大不了又搬回来嘛。"两个儿媳跟着点头，内人也点头，最后老母亲也点了点头。的的确确，涉及身家性命，又有人专门来"泄露天机"，陈老板真不敢赌了。那么，就"宁可信其有"吧。一家人简单商量了几句，说动就动：大儿子去找跟着跑生意的两个伙计过来帮忙，小儿子去邻居家，先借用打算买下的那厢菜地堆放从家里搬出去的东西，陈老板带着内人和两个儿媳规整物件。不一会儿，菜地上搭起了棚子，家里的东西一件一件往棚子里搬。老人看着，嘿嘿一笑，去客房睡觉，说他睡的这间屋子的铺笼帐盖明天早上再搬不迟。

忙忙碌碌一整夜，房子里面搬得空无一物，不要说值钱的，就是没什么用处的，也全部清空了。其实，陈老板心里始终嘀咕，不相信火能烧得起来。既然你说一定烧得起来，那我就把所有房间全部清空，连半根柴火也不留下，看还怎么烧。除非雷劈，倒是听说过雷公发怒点燃房子的传闻，但陈老板不相信自己的罪孽大到要遭雷劈的程度，何况这一段时间阳光明媚，秋日的天空万里无云，哪有雷霆万钧的迹象？他暗自寻思，过了午时，这火要是烧不起来，那就要看看老家来的这位长辈怎么说了，弄了这么一出，不要说你的辈分高三辈，就算高出三十辈，也不能没个说法。

陈家这一夜的动静惊动了半个县城。第二天一早，事情在街巷之间传开，所谓街谈巷议，就免不了走样。有人说，陈老板挣了大钱，要修一个很大的陈家院子，原来的房子不要了，拆起来又麻烦，干脆一把火烧掉，值钱的东西都搬出来了，就等着点火呢。还有人说，陈老板要亲自放火烧房子，这就更吸引人了，那么好的房子，怎么说烧就烧呢？好在陈家的房子左边是正想买下来的菜地，右边是一堵石头垒成的矮墙，后面挨着河沟，与任何一家邻居都隔着至少十几丈远的距离，不然一把火烧到别人家去，纵火焚城可是杀头的罪名。为防万一，邻居家还是把水缸装得满满的，锅碗瓢盆里也装了水。

时辰将至，不少人围了过来，等着看陈老板亲自放火烧自己的房子，还不断走到近前问这问那。这时候，陈老板发现，自称老家来的那个老人已不知去向，定神一想，自己一定是被人戏弄了。事到如今，他也只能先不动声色，想想如何收场。

为了避开人们的追问，陈老板躲躲闪闪，三转两转进到已经搬空的房子里面。他从一层顺着楼梯上到二楼，再下来，每个房间都看了看，最后回到堂屋，环顾空空荡荡的屋子，觉得自己非常可笑。想一想，自己虽然没读过太多的书，小时候也跟着父亲念过《三字经》《百家姓》和《唐诗三百首》，能背诵《增广贤文》，还读过几天《离娄》《告子》，至少算半个秀才吧，让一个来历不明的老人鼓捣得团团转，要说羞愧，也真的羞愧难当。

堂屋不大，陈老板反剪双手转过去转过来，看见角落里放着一把竹椅子。记得每一件东西都清理出去了，椅子兀自摆在那里，是忘记搬走了吗？不对，他清楚地记得，自己反复查看过，确定任何一件东西都是搬走了的。那么，是不是谁刚搬进来的呢？也不对，搬完东西以后，他一再叮嘱家人，谁也不能再进屋子里来，也的确没看到谁进来过。究竟是怎么回事呢？既然想不清楚，就不想那么多了，有一把椅子也好，反正一时半会儿也不便出去，正好坐下歇歇。他把椅子挪到堂屋正中，一屁股坐下，脑子里还想着这尴尬的场面如何收拾，下意识间，从左边衣兜里拿出随身带着的短烟杆，打开烟袋，装了上好的烟丝，再从右边衣兜里掏出洋火。

陈老板划燃洋火的那一刻，午时正好到来。

那时候，他彻底忘记了"祝融之灾"这档子事情，忘记了自己是因为什么而这样坐在堂屋里的。就在此刻，手上的洋火划燃了，跳动着殷红的火苗，烟还没点着，一只红色的蜘蛛顺着蛛丝从房梁上掉下来，正好停在他的面前，半空中悬着不再往下掉了。这是一只多么特别的蜘蛛啊，颜色血一样红，浑身发亮，个头拇指大小，吐出的那一条牵连着它的蛛丝，也比别的蛛丝粗得多，轻轻晃动伸缩，韧性十足。陈老板从没见过这样的蜘蛛，略一端详，竟然鬼使神差一般伸出手，用洋火去烧它……

很多年之后，陈老板都记得清清楚楚，火苗顺着蛛丝蹿上去，蹿得很快，如一条燃烧的丝线，带着"嚓嚓"的声音。他的目光跟着火苗往上，瞠目结舌之际，阁楼上的竹席已经被点燃，紧跟着，长年累月烟熏火燎的檩子也燃起来，接下来是干燥的横梁，随即又延伸到同样干燥的板壁……之后，整栋房子变成了一支巨大的火炬。

陈老板不是急匆匆逃出来的，而是慢慢走出来的。看到堂屋的门楣被烈焰包裹着，听见房梁"咔咔"地响，他才从竹椅子上起身，一步一步往外走，左手握着烟杆，烟锅里的烟丝并未点燃，右手捏着烧去半截的洋火。他有些恍惚，口里念念有词："嘿，真的烧起来了，还真的烧起来了呢……"一直围在陈家看热闹的人兴奋不已，好像看到的并不是一场火灾。不过，在他们看来，这当然不是一场火灾，因为他们早听说陈老板要亲手放火烧自己的房子，也亲眼看到了房子是怎么烧起来的，看到陈老板从容地走出来，脸上带着笑容，手里还捏着半截洋火。既然自己放火烧自己的房子，当然就不需要救火了。人们指指点点地议论，等到房子烧到垮架，没什么看头了，便散开各自回家，该干什么干什么。两栋房子一个时辰就烧塌了，但火势依然很旺，烧了差不多整整一天，直到天黑下来，才渐渐熄灭。

房子烧掉了，陈老板一家在菜地上搭起的棚子里面过夜，从家里搬出来的床一字排开，虽不大雅观，铺笼帐盖倒也齐全，总有个地方歇息。准备把菜地卖给他们的那户邻居送来吃的，一大碗卤猪头肉，一大盆凉拌酸菜，一甑子掺了少许苞谷面的米饭，还有一壶苞谷酒。都饿了，是不是该吃饭了？陈老板说等等吧，那位从老家来的亲戚还没回来呢。家里人说他一早就不见了，没给任何人打招呼，也没说要回来。陈老板说还是等等吧，万一他要回来吃饭呢。夜越来越深，月亮爬得老高，稀疏的星星静静地闪烁，小城里万籁俱寂。陈老板劝母亲先吃饭，母亲说不急，那个人说起来也是她的长辈，不能不讲规矩。等到午夜时分，老人还未露面，陈老板说："不等了，吃饭吧。"

吃完饭，陈老板不顾夜深，亲自上门去找答应为两家做见证的中人，接着到邻居家里，当夜写下买卖那厢菜地的"字笔"，主动提出把价钱从二十块大洋增加到三十块，当场付清。邻居家两口子不敢相信，男人说："多了多了，三十块多了，早先说好的二十块，就按早先说的。"陈老板说："早先是早先，现在是现在。"女人心思活泛一些，接过话头说："要不你给二十五块？三十块真的多了。"陈老板笑一笑，说："就三十块吧，算我们一家感谢你们，今后还望着多照应呢。"男人还是觉得不妥，说："隔壁邻居住着，你家的房子烧了，这时候多要你的钱，我们不是乘人之危吗？今后在街坊邻家面前也抬不起头啊。"陈老板说："房子是肯定要烧的，肯定要烧的，不管怎么都会烧，这不是一回事。就三十块，拿着嘛，不说了。"

那天晚上天气很好，陈老板签好"字笔"回来，一轮明晃晃的秋月照着残垣断壁。提前搬出来的那些怪异的山货堆在不远处，陈老板走过去看了看，突然起了个念头，弯下腰去一一捡起，扔进还闪着余烬的废墟，青烟飘起来，缓缓地上升，散开。陈家铺子后来还开着，再不做与毒蛇猛兽有关的生意，只收药材和土特产；一样通过官道下思南，再沿乌江去涪陵，回来的时候依旧带些洋火和香胰子，也带少量盐巴。

正如那位神秘的老人所言，陈家所有的房子都重新修过了，真正一个规整的院子，天井足足四丈见方，在县城里又是最气派的了。新居落成，县长和县保安团李团首前来道贺，陈老板做了一桌子好菜，摆酒招待。县长问："听说，你家老房子是你自己放火烧的？修新房子当然好，不过，也未见得要烧老房子啊？"陈老板说："谣传谣传，是不小心失火，不小心。"李团首问："听说你提前把家里全部搬空，自己点的火？不是你自己要烧房子，何以先把东西搬出去呢？"陈老板替县长和李团首满上酒，说："哎呀，这个事情嘛……是这样的，这个房子是烧了，这个火嘛……它一烧，就烧起来了。东西嘛……家里也没啥值钱的东西，搬不搬都无所谓，倒也还是搬了点。如果不搬出来，不就跟着烧了吗？烧了可惜嘛，所以就搬了点出来。要是县长您，李团首您，这种情况也是要搬的嘛……当然你们不会遇到这种情况，我们小老百姓就不好说了，您说是不是？所以嘛……来来来，喝酒喝酒，我从四川带回来的竹叶青，最后两瓶，一直给您二位留着的呢。"县长说："哦，房子是这样烧的啊。我看现在这个院子更好嘛，哈哈哈，是不是啊？"李团首说："旧的不去新的不来，烧了好，烧了好！"

民国二十二年，黔北军阀蒋在珍与当时的国民政府省主席王家烈打仗，其手下杨家凤的第三师第四混战旅占据了我们的小城。次年冬月，第八十五师第三旅攻打杨家凤，炮火摧毁了城里多栋房子，陈家大院先被炸塌，接着起火，烧了个精光，最后还是没逃过"祝融之灾"。当然，这场火与蜘蛛无关……

在我的故乡小城里，类似红蜘蛛的故事很多，真伪难考。都说陈家大院在我家附近，问起具体位置，却没一个人说得清楚。我想，事情可能或多或少有一点依据，但不至于如此玄乎，红色的蜘蛛以及那个神秘的老人，应该是人们杜撰出来的，故事而已。在我看来，大山深处一片灰暗的瓦房，几条窄窄的街巷，人们在这样的地方面对漫漫时日，岁月何等寂寞，不能没有一些故事；而故事当然是越玄乎越容易传开，越传也就越玄乎。如果没有这样的故事，人们的日子就更寂寞了。

2022 年

何家米铺

  我们县城里有一位老中医，据说医术甚是高明，年纪大一些的街坊邻居有个三病两痛，往往不去县医院，都去找他看，每每药到病除。老先生整天坐在临街的医馆里面，来了病人马上看，望闻问切细致得很，没人来便坐着沏茶。有些人不看病也往他的医馆跑，一屁股坐下来，慢悠悠地喝茶闲聊。老先生不仅和善好客，还满腹的故事，陈芝麻烂谷子的旧事看得多，记得也多，话匣子一旦打开，说起来滔滔不绝。医馆离我家百十步远，那时我正上小学，每天从他门前过；若是有人围在那里摆龙门阵，我就忍不住进屋去，听老先生讲故事，还因此逃过学。

  有一天下午，我放学回家，见好几个人坐在医馆里，便溜了进去。老先生给一个病人开了服调剂脾胃的药，叮嘱他节制饮食，说："吃不饱的年辰，得你这种病的人不多。"病人不以为然，说："照你这个道理，饿饭是好事咯？"老先生嘿嘿一笑，说："饿饭固然不是好事，不过，吃得太饱也未见得好哦。"旁边的人说先生此言差矣，还是吃饱了饭才安心，老先生摇摇头，指着街道斜对面的一片空地说："你们可晓得那地方原来是啥样子？"有人还真晓得，说早年是一个铺子。老先生点点头，说：
"对头，是卖米的铺子，何家米铺。卖米的嘛，自然不愁吃咯。
我小时候吃不饱，最羡慕的就是那家人了。哪个料得到，民国二
十二年，杨旅长的队伍在米铺买了一回军粮，何家就背时（遭
殃）咯。"

　　见众人睁大眼睛露出好奇的神色，老先生慢吞吞地喝一口
茶，清一清嗓子，绘声绘色地讲起何家米铺的故事："他家的事
情啊，往大处说，与各路枭雄争夺省主席大位有关哦……"

　　民国十八年，贵州省主席周西成在军阀混战中火线阵亡，其
手下"群、绍、佩、用"四大金刚争权，排位第二的王家烈得到
国民政府蒋委员长支持，逼迫已接任省主席职位的头号继承人毛
光翔"自愿休息"，自己取而代之。毛光翔自然不服，逃往其亲
信蒋在珍掌控的黔北，酝酿举兵进攻省城贵阳，夺回省主席宝
座。经过精心谋划，黔军二十五军第三师蒋在珍部与第二师犹国
才部联手，从遵义和安顺两面夹击，王家烈惨败，犹国才先一步
攻入贵阳，宣布代理省主席。没过多久，实力更强的王家烈控制
住局面，反攻省城得手，下决心彻底打垮二十五军，以绝后患。
民国二十二年五月，二十五军节节败退，第三师长期占据的遵义
也保不住了，兵分两路撤退，一路向北逃往四川綦江，一路向东
攻下湄潭县，但没守住，退到永兴场休整数日，随即进占凤冈
县城。

　　向东败走的是第三师第四混成旅。这的的确确是一支"混
成"的队伍：旅长杨家凤，务川县人氏，早年投黔军，从大头兵
升至营长，后离开部队回到务川，当上了地方武装团首。蒋在珍

为大哥毛光翔出头，与王家烈死磕，急需扩充力量，发现杨家凤是个人物，一纸委任状给了个旅长的头衔；不过，招兵买马乃至军饷粮秣是旅长大人自己的事情，上峰一概不管。杨旅长颇有手腕，以手下保安大队百余人枪为底子，招纳黔军、川军散兵游勇二百余人枪，收编相邻的四川彭水县地方武装百余人枪，还拉拢当地土匪和地痞流氓等数百人，拼凑起千余人的队伍，长短枪支七百余条。黔北战事日紧，蒋在珍命杨家凤率部紧急驰援，队伍一路向西经凤冈、湄潭赴遵义作战。杨旅长知道自己的队伍不经打，但没想到如此不经打，上阵不足半个月，一场胜仗没打过，人员和枪支损失不少，眼看态势越来越不对，打算退到务川休养生息，保存实力。

杨旅原本只是路过凤冈县城。队伍驻扎下来，雷姓副官不主张再退，进言道："此地据黔北通向黔东之咽喉，进可兵临湄潭，威胁遵义，退可周旋于黔东乃至湘黔川交界的深山密林。更重要的是，'凤冈'县名出自'凤鸣高冈'，旅座大名'家凤'，若在此经营一番，定能飞黄腾达。"杨旅长一双小眼睛骨碌碌转了几下，一拍大腿，说："老子也是这个想法！"于是，队伍不走了，设司令部于县城中心万寿宫，占据周边凤凰山、真武山等六座石碉营盘，并派部分人马沿官路前出二十至四十里，控制随阳山、绥阳场等要冲，摆出扎根的态势。

这支队伍驻扎在县境内，军饷吃喝用度不小，给凤冈县县长李树屏带来很大麻烦。名义上，杨旅长的部队属国民革命军序列，县长是国民政府在当地的最高长官，妥妥的一家人，凡事均好商量。但是，县长是省主席王家烈任命的，而杨旅正与王家烈兵戎相见，双方必定各有各的算盘。面对近千人枪，李县长不敢造次，表示自己绝不在意上面"神仙打架"的事情，唯以保境安民造福百姓为己任。杨旅长需要粮饷，视县长为"摇钱树"，也不得罪，说起话来和颜悦色："兄弟和县长大人一样，也弄不清楚上面的那些事情。不过嘛，端哪个的碗吃饭，就听哪个的铺排（安排），服从命令而已。还是当县长好啊，不管牛打死马、马打死牛，你照样当你的县长。"李县长说："感谢旅座体恤！如今这个世道，兵荒马乱的，县长不好当啊！"杨旅长说："来到贵地，县长大人就是我们的父母官，不靠您老人家还能靠谁？多多关照哦！"李县长说："不敢不敢，旅长大人吩咐的事，在下定当竭尽全力。"黔地贫瘠，凤冈又是尤其贫瘠的一个县，千余人驻军"索需款米"数额巨大，筹措起来确有难处；李县长也不愿意养一个时时威胁自己的"太上皇"，表面应承"百端筹措"，实则既不用心又不用力。

不能按时从李县长手上拿到足够的钱粮，杨旅长自有办法，命令各营连"酌情筹集粮饷"，说白了就是纵兵抢劫。第四混成旅原本就是乌合之众，官佐兵士唯利是图，没有利益是绝不肯卖命的。杨旅长心知肚明，交代手下军官"给弟兄们一些好处"，下属心领神会，传下一道命令：遇到女人务必仔细搜身，金银细软珠宝首饰很可能藏在身上，搜到一律上交，胆敢私藏私吞者，杀无赦。命令特别说明，搜身以后的事情自己"看着办"。有了这道命令，兵士人人亢奋，城里城外到处抓年轻女子，奸淫良家妇女不在少数，闹出了多起人命。

面对鸡飞狗跳的局面，李县长渐渐坐不住了，派人带密函去省城向王家烈求救，称这支土匪一般的部队"至四乡纷扰，闾阎骚然"，自己虽然"本大无畏之精神，恪尽职守"，但"午夜焦思，受尽无量之苦，难以笔宣"。也不知道王家烈是否看了这份密报，李县长久等不见回音，心灰意冷，起了"脚板上抹油"的念头。

促成李县长下决心溜之大吉的原因，是一笔巨款到了县里。前一年夏季，黔北地区遭遇洪涝，凤冈灾情尤重，突如其来的山洪倒屋毁田，民众死伤无数，史称"癸酉大水"。国民政府各方势力忙着为争夺省主席权位大打出手，自然管不了这些"鸡毛蒜皮"的事情，唯华洋义赈救灾总会答应拨一笔款子拯济灾民。这当然是大好事。但是，这笔钱早不到晚不到，杨旅长的队伍到了，钱也到了，而且是数以千计的现大洋。李县长得到消息，内心一惊，他再清楚不过了，如果杨旅长知道了这笔钱，不用说灾民一个子得不到，他这个当县长的也捞不上一分一毫的好处，搞不好还有性命之忧。

李县长万分庆幸的是，押款的官差脑子灵光，得知占据县城的这支部队正和省主席打仗，便不敢贸然行事，把大洋运到城南三十里外的太极洞藏了起来，只身进城向李县长报告。李县长浑身上下一阵发冷一阵发热，说话声音也哆嗦了，叮嘱官差万万不要声张。两人关起门商量：照计划发放救济款项？眼下是不可能的，即便发给灾民，满城的兵士也一定去抢；把钱藏在太极洞，等杨旅走了再发呢？谁晓得他们走不走，什么时候走？也不是办法。李县长转念一想，白花花的银子发不了也藏不住，不如"由本县长先收着"。押款的官差认为这个主意好，同时毫不客气提出自己拿三成"辛苦费"。李县长说："本县长只是先收着，以后嘛……也是要发给灾民的。"官差说："兄弟把这么一大笔款子押过来，谁都没说，只向县长大人您报告了，辛苦也是事实嘛！"

李县长说："这个这个……兄弟的确辛苦。那就一成吧，一成不少了！"官差说："起码两成嘛！不然的话……要不兄弟再辛苦一趟，把款子押回省城去？"李县长心想，让这人押回去，一定押回自己腰包里去了，说："押回去？我看就不必了，万一路上有个走展（闪失）呢？……好！你说两成就两成吧！"

拿定了主意，李县长假装携家人出城郊游，只带最值钱的少许金银细软，和押款的官差一同直奔太极洞。民间传说，李县长在太极洞拿到巨款，害怕菩萨怪罪，跪在石刻的佛像前烧香磕头祈求保佑，随即匆匆逃离凤冈县境。

李县长逃走几天后，杨旅长得到消息，破口大骂一番，也无可奈何。以前粮食银饷的事情还可以逼一逼李县长，如今人跑了，只能自己想办法。这时，雷副官献上一计，说可以打一打何家米铺的主意。何家米铺是城里最大的粮食铺子，听说老板与李县长有些私交，李县长也明里暗里打过招呼，杨旅长投鼠忌器，令属下官兵筹粮派款一律绕开，不得袭扰。雷副官说："李县长自己都溜了，还顾忌啥？对何家米铺嘛，是不是可以放开手脚去弄？"杨旅长一拍桌子，说："弄！你去，带人把粮食全部拉过来！"雷副官说："怕不要这样弄哦？现今有人说我们的兵到处'明抢'，不好给人口实吧？"杨旅长说："啥子叫'明抢'？难道拿钱去买？你有钱？千把个兵顿顿要吃饭，你有那么多钱去买粮食？"雷副官说："我哪来的钱哦？弄个米铺嘛，总有办法，不急一天两天的。"

何家米铺开在城南主街上，三进的房子，外面是铺面，中间是家人的居所，最里面是粮仓。据说粮仓下面还挖了地窖，谁也不知道存了多少粮食，反正任何时候去买都有货。老板大约三十七八岁，老板娘略大一些，四十岁出头；夫妻俩有个女儿，十五六岁，平时不大出门，见过的人都说长得水灵。米铺的生意一直很好，卖家和买家都愿意来。庄稼人收了谷子、小麦和苞谷，卖到这家铺子，价钱比别的铺子高一点，城里人去铺子里买粮食，又总比在别的铺子买便宜一点。何家老板对卖粮的和买粮的一概恭敬，男客装上一袋叶子烟，女客敬上一杯热茶，笑容真诚而灿烂；老板娘说话轻言细语，也爱笑。街坊邻居说，所谓"和气生财"，看看何家夫妻待人接物的样子，便晓得是什么意思了。

这对夫妻对外人和善，相互之间却经常吵架，毫无征兆便开吵。比如，有人刚买了三斤米，又有人挑一担苞谷来卖，何老板正要过秤收粮，老板娘突然在里屋大骂，数落一些鸡毛蒜皮的事情，骂自己的男人如何懒惰，如何不中用。何老板不容女人嚣张，通常对骂几句，便从秤杆上取下秤砣，咣当一下砸过去；女人也不示弱，捡起秤砣咣当一下砸过来，好在手上有分寸，并不真的朝着人砸。吵架归吵架，生意不能耽误，何老板转头做自己的事情，嘴上嘀嘀咕咕："死婆娘，你等到，天黑了再收拾你，叫你晓得老子的厉害！"见这情形，买粮的和卖粮的都笑，有客人故意问："何老板，天黑了你安备（打算）咋个收拾她？"何老板说："我怕还拿不住她咯！"客人说："那就要看咋个拿咯，要是在床上的话，怕是你要晓得婆娘的厉害哦！"别人怎么打诨，何老板一概不在意，憨憨地笑，说："见笑了！见笑了！"

自从盯上何家米铺，雷副官装着无意在街上闲逛，从铺子前路过了几次，看到何老板夫妻吵架，很快就看出了端倪。

有一天晌午，雷副官带几个全副武装的兵士到何家米铺，拿出二十块大洋，说："老板看看，这些钱能买多少斤米？"何老板抬头看见雷副官，即刻满脸赔笑，指了指写在牌子上的米价，说："大行大市的，童叟无欺，童叟无欺。不过，长官要买米，倒是还可以便宜一点。"雷副官瞄一眼牌子，说："一块大洋六十斤米？既然大行大市的，你就照着给我称。"何老板略一停顿，转头朝里屋的老板娘喊："屋里头的，长官买米，买得多，你看仓库里够不够？"老板娘探出头，看到门口站着当兵的，脸上的笑容即刻僵住，轻声说："仓库啊？够不够……够不够啊？"

仓库里的粮食够不够呢？何老板其实是犹疑了一下的，但马上就说："够的够的，绝对够的！"他心里明白，扛着枪的人来买米，不管给不给钱，你是不能说不卖，也不能说不够的；好在对方拿出二十个现大洋，看样子是真要买米。何老板说："一千二百斤大米，仓库里有装好的，一麻袋一百斤，正好十二麻袋，我这就给长官装车。"雷副官说："要散的，你一秤一秤给我称。"何老板说："米是一样的呢。再说，散的没那么多。"雷副官说："那就从麻袋里倒出来，一秤一秤给我称。"

何老板感觉到雷副官在搞名堂，心里发虚，但不敢抗命，只好老老实实把大米扛出来，拆开麻袋过秤。一千二百斤大米装上车，雷副官掂了掂手上的大洋，说："称好了？斤两足不足哦？"何老板说："只多不少，只多不少！"雷副官冷冷一笑，一挥手，几个兵士冲进里屋，在门边找到了一个秤砣。雷副官取下大秤上的秤砣，拿在左手上，从兵士那里接过里屋找到的秤砣，拿在右手上，说："你这点小把戏哄得过我？你可晓得，我买的是军粮？你胆子也太大了吧！"何老板大惊失色，说："没有没有，真的没有！不信我们重新称过，你的米有多无少，有多无少！"雷副官说："不消（不用）称，大秤进小秤出，秤砣为证。米铺查封，人绑了!"兵士蜂拥而上，几个人关掉米铺大门，贴上封条，几个人拿出早已备好的绳子，把何老板夫妇捆得严严实实，拉着去了万寿宫。

雷副官看得清楚，何家米铺生意的奥秘在秤砣上。何老板自己更清楚，奥秘的确在秤砣上：收粮的时候用大秤砣，一斤十六两，称下来只有十五两七；卖粮的时候，两口子假装吵架，把大秤砣砸进去，把小秤砣砸出来，一斤十六两能称出十六两三。他们收粮价格比别人高，卖粮价格比别人低，差价就从这里面来。雷副官来买米，精明的何老板当然不敢克扣半点，虽然来不及把大秤砣换成小秤砣，但每斤称了十七两还多，说"有多无少"是大实话。而雷副官绝不会重新称那些米究竟够不够斤两，他要的是何家米铺短斤少两的证据，或者说，要的是一个站得住脚的理由：何老板在军粮上短斤少两。

三天以后，第三师第四混成旅司令部发布告示："何家米铺以大秤进小秤出之伎俩，欺瞒克扣四乡粮农及本城市民达十余年之久；驻军现金采购军粮，竟如法炮制，破坏保境安民之大计，实属罪大恶极，论罪当杀。经查抄，何家米铺现存粮食计大米二千二百一十斤，小麦八百六十六斤，苞谷二千六百六十斤，荞麦一百三十一斤，绿豆二百二十斤，杂粮少许，均为不义之财，悉数没收充为军粮。"贴布告的墙上钉了一颗大钉子，一对秤砣挂在上面，算是铁证。城里人围着布告议论纷纷，说真没看出何家米铺如此心黑，不晓得自己这些年吃了他家多少亏。也有人不大相信，说是杨旅长搞的鬼，摆明想霸占何家的粮食，与明抢无异，杨旅长和雷副官的心才黑。人们以为，就算何家米铺确有名堂，不过是生意上的小九九，罪不至死。

雷副官也认为没必要杀何老板夫妇，找他们的麻烦，毕竟是为了拿到粮食，而非取人性命。杨旅长想法不同，说："我们不是要在这里长期经营吗？既然长期经营，这米铺嘛，生意不错，我们可以接着开，找个信得过的人打理，赚点钱不好？这样的话，人不杀就不大好办，还是杀了吧，杀了省事。"雷副官说："那就杀嘛。要说这两个人呢……杀了也不算很冤枉。"

布告贴出的那天下午，何老板夫妇被拖到上城门外核桃树下执行枪决，尸身到第二天也无人收敛。人们想起何家有一个十五六岁的女儿，按说应该为父母收尸的，不知道为啥没露面。雷副官没见过何家女儿，甚至不知道有这么个人，听到议论，才派人打探，一无所获。第三天清早，雷副官在何家米铺门前转了一圈，随后走出城门，远远看到核桃树下的尸身，皱起眉头对跟在身边的几个弟兄说："你们辛苦一趟，去棺材铺买一口木匣子，找个地方把人埋了。"兄弟们不大明白，问木匣子是买一口还是买两口，雷副官说："买一口，两个人装在一起嘛，装得下。钱算我的，买便宜点的哈。"

大约过了半个月，何家米铺改名"顺和米行"，重新开张，老板是从杨旅长老家务川过来的，城里人都晓得背后真正的老板是谁。人们没见新开的米行买进粮食，铺子里大米小麦苞谷却一样不少。实际上，从何家米铺抄到的粮食远不止布告上公布的那些，仅大米就有一万八千多斤，还有六千多斤小麦，一万多斤苞谷。布告上说"悉数没收充为军粮"，也就是说说而已，杨旅的兵士吃饭，还得靠他们自己"酌情筹集"，那道"看着办"的命令也一直有效，弄得城里城外人心惶惶。也许因为众人既痛恨又害怕，城里人不去顺和米行买粮，四乡的庄稼人也不来卖粮，顺和米行生意冷清，既不"顺"也不"和"。

更不"顺和"的事情跟着来了，米行开张仅仅十天，被一场大火烧得干干净净。火是半夜燃起来的，大半条街的人被惊醒，见烧的是顺和米行，站在周围指指点点，只看热闹不救火。杨旅兵士赶来扑救时，三进的房子已经烧垮了架，铺面、后面仓库连同地窖里的粮食烧得一点不剩。天亮清理废墟，发现从务川来的老板烧死在里面，成了一截黑炭。令人不解的是，米铺两边紧挨着邻家的木房子，居然完好无损，只是板壁被烟熏了一些痕迹。城里传闻，有人亲眼看见，房子是何家女儿放火烧的。那女子看到火燃上房梁，才从容地离开，一个人出城去了……

民国二十三年初，国民革命军八十五师第三旅史姓副旅长带兵围攻凤冈县城，杨家凤的第四混成旅败走。

史副旅长是凤冈人，在当地经营多年，为了获取一个国军"副旅长"的头衔，率部参加围剿红军二六军团黔东根据地。八十五师与红军作战遭遇惨败，第三旅史副旅长带余部五百余人枪撤回到凤冈，自己的地盘却被杨旅占了。一番打听得知，对手战力不济，但人多，强攻不是上策。史副旅长踌躇再三，计上心头，表面与杨旅长交好，三天两头进城送礼，鸡公车上装满山珍海味、绫罗绸缎和山参虎骨，出手非常大方。礼品送进城来，押送的兵士也悄悄留下一部分，成为内应。史副旅长在城里的故旧势力更是暗中动作，花大价钱策反了对方一些军官和兵士，杨旅长及其副旅长陈中华的卫兵也有好几人被重金买通，成了史副旅长的人。

精心筹备直至万事俱备，史副旅长率部于农历冬月的一天丑时突然攻城。县城内，杨旅长坐镇万寿宫指挥部，派副旅长陈中华上城墙火线督战。陈副旅长赶到上城门，见正面进攻并不猛，松了口气，转身走进城楼，将盒子炮丢在桌子上，喊贴身勤务兵泡茶来喝，说："几杆破枪也想打进来？等老子喝壶茶醒醒酒，再和他们慢慢打！"陈副旅长到死也没想到，自己的勤务兵早已暗中反水，背后一枪打了过来。几个内应照约定的计划，同时扯开声音大喊："陈副旅长反了！陈副旅长反了！"守城兵士听说自己的长官"反了"，乱成一团，纷纷丢下枪逃命，城门告破。杨旅长见大势已去，翻城墙突围，一路狂奔二十多里逃到随阳山，清点人数，只剩八十余人。

随阳山土地肥沃，乡民较为富庶，杨旅长看出这个地方的价值，放了三百人枪据守。这部分兵士虽然未受损失，但人数不占优势，士气更为低落。史副旅长不给对手喘息的机会，大军倾巢出动围攻随阳山，双方均派出神兵队（敢死队）短兵相接。打到最后，第三混成旅残部全军覆没，杨旅长翻山越岭逃回务川老家时，身边仅剩雷副官一人。

杨家凤希图"凤鸣高岗"，却在凤冈铩羽折戟，千余人枪的队伍打光了，从此一蹶不振。此后有高人卜算，说"家凤"分明是家养的土鸡，绝非凤凰，在不该图谋的地方图谋过多，冲撞了神灵，必败无疑。没过几年，杨家凤死于务川，得年四十岁。关于其人的死因，传闻甚多：一说毕竟一方枭雄，心高气傲，眼看再无东山再起的机会，每日唉声叹气，郁郁而终；一说其尸身发黑，有被人下毒的嫌疑，是凶死；一说死后颈部有多道血印，像被绳子勒死的，也是凶死；还有一说，人不明不白死了，多年搜刮的钱财也不明不白没了，屋里屋外找了个遍，只找到几块大洋，看上去像有人谋财害命，也是凶死……

杨家凤的后事是雷副官操办的，墓地选在务川县城北火石岭。下葬那天，一个年轻女子站在离新坟不远的地方，哭得撕心裂肺。雷副官看到了，觉得蹊跷，走过去问："你哭啥？"女子说："我哭他死早了。"雷副官瞪大眼睛，问："你不会是何家姑娘吧？"女子说："你不认得我，我认得你！"雷副官说："你想杀杨旅长？"女子说："可惜，我杀不了他了。"雷副官说："妹子啊，幸好他死了，不然的话，你去杀他，那就不好说咯。"女子说："哪个晓得！"雷副官又问："你是不是也想杀我啊？"女子说："我要杀你！"雷副官摇了摇头，说："妹子啊，赶紧走吧，你杀不了他，你也杀不了我。"女子说："你放我走？就算今天你放我走了，我也要杀你！"

次年夏天，雷副官变成了做生意的老板，到凤冈县城拜见史副旅长，见面礼比当年史副旅长送给杨家凤的礼物加起来还多。那时，史副旅长已离开八十五师第三旅，重操旧业当县保安团总指挥，官位小了一些，但实权在握。两人先在草馨阁茶楼喝茶，从正午喝到天黑，接着去景家大院吃酒，半夜才晃晃悠悠出来，一副相谈甚欢的样子。几天后，何家米铺的废墟上大兴土木，雷老板见天守在工地上，细细铺排十多个木匠干活，花了整整三个月时间，房子竣工，与原来的格局一模一样；唯一不同的，是门楣上"何家米铺"的匾牌更大，更气派。雷老板到处放话，说这个米铺还是何家的，何家女儿不日将回来当老板。满城的人都知道，何老板夫妇死在杨家凤手上，也可以说死在当时的雷副官手上，这个雷老板就是雷副官，他唱的是哪一出，人们看不明白，更想不明白。

新的何家米铺尚未开张，竟又毁于一场大火。这场火更为蹊跷，同样是半夜烧起来的，同样未殃及邻家的房子，同样烧死了一个人；三进的房子烧得只剩一片瓦砾，隔壁住着的邻居谁也没听到一丁点响动，清早醒来推开门，才看见那栋房子没了；雷老板的尸身靠在烧残的半截柱头上，还冒着青烟……

老先生讲完何家米铺的故事，端起茶杯，咕咚咕咚喝了一大口茶，抬眼环顾四周。这时候，医馆里聚了十几个人，均沉浸在玄乎的情节和神秘的氛围之中，无论坐着的还是站着的，个个眼神迷离，张大嘴巴，似乎想问什么，但没有一个人开口。

我看了看据说原是何家米铺的那片空地，心里生出一丝疑惑：老先生说得活灵活现，仿佛亲眼看到了一切，而很多事情他是不可能亲眼看到的，那么，他是怎么知道的呢？当时我大约十岁，不懂事，直言发问："您刚刚讲的事情，您是咋个晓得的？"老先生朝我笑了笑，说："看到的嘛。那时我就像你这么大吧，不，好像还要大几岁哦。当然，有一些是听说的。"我又问："就算您亲眼看到的，过去好多年了，您能记得这样清楚啊？您听说的那些，您信不信？会不会是别人瞎编的呢？"听我这样问，老先生显出几分诧异，似乎很高兴，伸手摸了摸我的头，问："你觉得呢？"我大起胆子回答："我觉得有点像编故事，就像写书一样。"老先生哈哈大笑，说："对头对头！我讲的当然是故事咯。故事嘛，听听就行了。"

老先生告诉我，县城里很多老年人都知道何家米铺的事情，至于细节，很难说他的记忆毫无差池，也难说他听到的都真实不虚。想了解那段历史的真相，不能只听故事，得看县志，看史料；县志上写得不会很细，这就需要花工夫搜集流传在民间的材料。老先生对我说，如果长大了愿意去做这件事情，是很有意思也很有价值的。接着，他又一次环视满屋的人，说："看看这娃娃，小小年纪，敢于质疑，而你们这么多人只晓得竖起耳朵听，你们没听出的破绽，他听出来了，还说出来了。这娃娃聪明啊，好好学习，将来必有出息。"

很遗憾，我没去做老先生认为"很有意思"的那件事，家乡一些人潜心做了，取得的成果的确"很有价值"，读他们挖掘整理出来的那些《史略》《史话》等等，我发自内心敬佩；我也未能如老先生所言"必有出息"，至今碌碌无为。

2023 年

后 记

————————

　　收入这本集子里的文字，都与我的家乡有关。十六岁考上大学外出读书，登车远行的那一刻，我意识到，家乡已经成为故乡，从此以往，我将拥有一份关于故土的殷殷牵系。

　　二十世纪六十年代中期，我出生在黔北山区一个非常偏远的小县城。我们县的历史并不悠久，追溯起来，明朝改土归流，废龙泉驿长官司，设龙泉县，迄今不过四百余年。万历三十二年，龙泉县首任知县凌秋鹏大兴土木，以青石砌城墙，建东西南北四道城门，另设月城（炮台）四座，垛口七百二十个，城池初具规模。从历朝历代修撰的县志里可以看到，明清至民国数百年风云涌动，刀光剑影之中，我们县城每每固若金汤，护百姓免遭兵燹之灾，城墙坚固是一个重要的因素。县志还记述了农耕桑麻之事，并附有"山川名胜""艺文存录"等大量悠闲笔墨，描述"八大胜景"的诗文流传至今，文人雅士对县衙周围的五株百年桂树也着墨不轻。翻开故纸，"衙斋五桂"依然枝繁叶茂，"香馥蟾光"穿越时空而来，引人思绪起伏。

　　几百载春秋的风霜雨雪之后，我来到了这个世界。那时候，我们的小县城何等寂寥，今天的人们是很难想象的：深褐色的木房子歪歪斜斜，狭窄的街道连着更狭窄的小巷，从某一片瓦檐下走出来的男人或女人步履散漫，无声无息地穿过街巷，隐入另一片瓦檐，或者转一个不大不小的圈，再回到原来那片瓦檐下面。如果你在小城里停留下来，看太阳每天不紧不慢地升起，白昼悠长而寂寞，耐人寻味的黄昏转瞬即逝，接下来是无边无际的黑夜，你甚至不敢肯定时间是不是还在流动。我在小城里渐渐长大，到了心灵苏醒的年龄，睁开眼睛四下环顾，整个空间仿佛被莫名的力量挤压着，让人觉得喘不过气。我经常一个人爬上东边的凤凰山，坐在废弃的营盘（防御工事）上，从远处看我们的小小的城：街巷如无序纠缠的带子，房子像一块块积木，眼前这片局促的天地，对于我，是不是就算人世的全部了呢？我猜测街巷和瓦檐之中一定藏有某种玄机，或者说，所有的玄机都藏在那里，只是我看不透、识不破。

　　好像为了探寻什么，童年和少年时代，我喜欢在小城的各个角落到处乱逛，反复端详每一条街巷和每一片瓦檐。城里有两条"大街"，南北向的主街大约一公里长，东西向的只有三五百米，交汇处构成小小的十字路口，砂石路面，晴天尘土飞扬，春雨潇潇和冬雨绵绵的季节，就泥泞到寸步难行了。那时，主街道还是公路的一部分，汽车穿城而过，车不多，也总会摇摇晃晃地开过来，临街房子的板壁下半部分沾满泥浆，干了又湿，湿了又干，看上去像半截土墙。街道两边连着的巷子逼仄幽深，地面布满霉斑。民居沿街巷排开，瓦檐是千篇一律的灰暗色调，每到雨天，檐水帘子一般挂在屋前，滴滴答答地敲击屋前的阳沟。正午和黄昏时分，一缕缕青烟自屋顶冉冉上升、慢慢散开。待到炊烟散尽，几只麻雀飞过来，站在檐角东张西望，歪着脑袋叫几声，突然亮开翅膀飞向远处……

不知道为着什么因缘，世界如此广阔，而我偏偏生在人世的这个角落。我相信"一方水土养一方人"，相信人的性格往往带着某一个地域深深的烙印。云贵高原莽莽苍苍的群山形成阳刚的力场，县城小小的城池又形成阴柔的力场，两种完全不同的力量交错在一起，淬炼着栖身于其间的每一个生命个体。比如我，自幼生活在大山深处，骨子里浸染着一些野性；而在小县城里长大的孩子，局促环境的影响日积月累，可能就更为拘谨。野性与拘谨在同一颗心里冲撞，人会变得敏感，各种奇怪的思绪时时在心头翻动扶摇。我隐约感悟到，要读懂自己的生命，其中一个绕不开的功课，是读懂自己的故土。

所谓故土，就是一个人生于斯长于斯的地方，人们通常是再熟悉不过了。但是，读懂自己的故土，又绝非易事。有那么一天，我脑子里闪出一个想法：我们的小县城不是很像一册线装书吗？这册书已经很破旧了，作为封皮的城门和城墙已被"撕"去，几条街巷和两边低矮陈旧的房子，便是勉强装订在一起的全部"内页"。谁也说不清楚这部书谋篇布局的依据，哪一条街巷应该如何弯曲着延伸，哪一栋房子应该在哪一个位置，哪一个人应该栖身于哪一间屋子里，冥冥之中早有安排，无法质疑也不能追问。至于其间的芸芸众生，你可以把他们想象成这部书里的一个个繁体字。我们知道，任何一部书，必须依靠每一个字符恰当的组合，也只能依靠每一个字符恰当的组合，才能表达其试图表达的含义。而我们的这一册"线装书"，一个个字符组成一行行字迹，看上去晦涩深邃，用心读来，又不过是一种被称作"日子"的东西。

什么是"日子"呢？简单地说，就是人们走过无边岁月过程中的一些碎片，无论怎么去描述和渲染，也只是一些碎片。那么，对于年复一年的"日子"，这里的字符们在诉说着什么呢？是不可捉摸的心念，还是似有若无的希望？在这人世的一隅，一个个字符业已完成的组合构成了历史，不可篡改；一个个字符正在进行的组合演绎着现实，或翻云覆雨，或静如止水；这里的未来，也必然是由一个个字符的组合决定的，无限的可能带给人无限的向往。人们长长久久地生活在这个地方，不在乎无边的索寞，与其说是一种因循，不如说是大彻大悟。人世的任何一片天地都是独一无二的，并不因为其偏远而变得单薄，变得无足轻重，人的生命也并不因为其平凡而失去意义。

既然世界如此广阔，而我偏偏生在这个地方，便一定有自己的因缘。从这个角度看，故土远不是一个地理概念。比如，一朵花开在这个季节而不是那个季节，一场雨下在这个地方而不是那个地方，其间的奥秘之深远，是不可叩问的……

几十年漂泊在外，每每梦回桑梓，我眼前的景象大多是儿时看到的样子：我家还住在上城门附近的瓦房里，屋前的庭院种满花草，菊花含苞待放，玫瑰开得正好，丁香花洁白似玉，美人蕉殷红如血。我甚至梦见过"衙斋五桂"繁茂的枝叶，梦见带领工匠修建城池的知县大人，穿一身藏青色官袍站在城墙上，胡子花白，面容坚毅而和善……偶尔回到故乡小城，四处走走看看，楼是越来越高了，街道也越来越宽阔了。街巷间来来往往的人，大多是我不认识的，而我认识的那些人，当年还很年轻乃至年幼的已经垂垂老矣，中年的和年老的就更老了；还有一些老人和不那么老的人，不再现身于街巷之间，他们去了哪里呢？原来，眼前这一册"线装书"是活态的，被一支无形的笔每时每刻修订增删，永远不再现身的那些人正像被删除的字符，他们的喜怒情仇已经烟消云散；呱呱坠地的婴儿是新增的字符，从第一声啼哭开始，将用或长或短的一生讲述自己的故事，直到被那支无形的笔删除的一天。

　　我想，作为一个字符，我与这一册"线装书"的牵连，一个游子与故土的牵连，可能是远远超越我认知的。夜深人静的时候，独坐书房，想起千里之外的故乡，恍惚间，"线装书"里的字符总是三三两两跳出来，在我脑海里走来走去；我觉得还有一点意思的，就随手记下，并不是很刻意。这样的文字难免零碎，但是，既然写下了，也姑且留在这里吧。